blue MOON

Războiul lui Hannah

JAN ELIASBERG

Traducere din limba engleză și note
EMANUELA TEGLA

LITERA
București
2020

LITERA®
Editura Litera
O.P. 53; C.P. 212, sector 4, București, România
tel.: 021 319 63 93; 0752 101 777

Ne puteți vizita pe
www.litera.ro

Războiul lui Hannah
Jan Eliasberg

Editor: Vidrașcu și fiii
Redactor: Dragoș Ghițulete
Corector: Ionel Palade
Copertă: Faber Studio
Tehnoredactare și prepress: Laurenția Carîp

Seria de ficțiune a Editurii Litera este coordonată
de Cristina Vidrașcu Sturza.

Descrierea CIP a Bibliotecii Naționale a României
ELIASBERG, JAN
Războiul lui Hannah / Jan Eliasberg ;
trad. din lb. engleză și note: Emanuela Tegla -
București : Litera, 2020
ISBN 978-606-33-6740-3

I. Tegla, Emanuela (trad. ; note)

821.111

Lui Ross, care m-a învățat să iubesc

„Cei binecuvântați cu o minte genială și cu darul științei au o datorie de onoare care este mai importantă decât orice descoperire – datoria față de umanitate. Știința poate fi folosită fie pentru bine, fie pentru rău, așa că le revine oamenilor de știință responsabilitatea de a se asigura că munca lor face lumea să devină mai bună."

Dr. Lise Meitner

Capitolul 1

Vin după mine în zori, așa cum m-am așteptat. Am dormit îmbrăcată, iar acum îi întreb dacă pot să mă încalț. Îmi dau voie să fac asta, dar nimic altceva. Îmi spun să ies afară, iar eu mă conformez. Pe drumul noroios, între barăcile mele și laborator, văd parcată o mașină de poliție, o dubiță cum îi spun ei, un diminutiv ironic când te gândești că e vorba despre acest autovehicul din fier, rece, umed, întunecat, care mă va duce de la Los Alamos la închisoarea de la Baza Militară Leavenworth, unde va trebui iarăși să aștept (mi-e teamă că nu prea mult) procesul în care voi fi judecată superficial și inevitabila execuție.

Reacțiile în lanț care au dus la condamnarea mea la moarte au fost precipitate chiar de propriile-mi nehotărâri și ezitări. Acest lucru mi-e foarte clar acum, dar atunci, când totul era doar teorie, urme de cretă albă pe o tablă, formule și calcule ce semănau cu niște oase cariate de vreme, împrăștiate pe pământul ars de soare, nu mi-am dat seama. Bărbatul în care nu ar fi trebuit să am încredere îmi pune cătușele la mâini și le fixează apoi de o încuietoare sudată de banchetă.

– O să te apăr eu, îmi spune, cu atâta convingere, încât zâmbesc.

– Iarăși minți.

Aruncă o privire peste umăr. Se asigură că nu ne vede nimeni, îmi ia fața în mâini și-mi spune:

– Te apăr eu, Hannah, dacă pot.

Cred că ar vrea să mă sărute, dar ar fi periculos pentru amândoi. De felul lui, e un bărbat meticulos și precaut, un inițiat în arta de a păstra secrete. Așa sunt mai toți îndrăgostiții. Nu am prea multe dovezi în sprijinul acestei idei, am iubit doar doi bărbați în viața mea, dar amândoi au ocolit adevărul. Lucru care-i proteja pe ei, nu pe mine. Promisiunea lui de a mă apăra – oricât de bine intenționată – nu-mi alungă îngrijorările. Așa că încerc să mă liniștesc singură, cu ajutorul calculelor.

Distanța dintre laboratoarele din Los Alamos, New Mexico, și închisoarea de la Baza Militară Leavenworth, Kansas, e de 1406 km. Am pornit când încă era beznă și mergem, după câte îmi dau seama, cu o viteză medie de 67 de km pe oră, iar dacă ne și oprim...

– Of, Doamne. Oare o să ne oprim din când în când? Oare o să-mi îngăduie acest mic confort?

Nu. Refuz să mă gândesc la asta. Calcule, gândește-te la calcule. Bat cu degetele de la mâna liberă, de parcă aș cânta la niște clape invizibile, pe bara de metal de lângă picioarele mele. Așa fac eu. De obicei, când mă gândesc la numere, bat darabana cu degetele pe suprafețe tari, mese sau birouri. O distanță de 140 6 km, parcursă cu o viteză medie de 67 de km pe oră, înseamnă, foarte probabil, o călătorie de 20,8095 de ore, plus cele aproximativ 27 de minute cât ar dura ca poliția militară să oprească duba pe dreapta, să-mi tragă repede un sac pe cap și...

Calculează.

– O să te apăr eu, Hannah, a spus. Dacă pot.

O distanță de 1406 km, o călătorie începută în beznă, plus necunoscuta: dacă pot.

Capitolul 2

Soarele alungase negura, iar acum ardea cu putere; nisipul încins sfârâia sub cerul de un albastru pur. Mitraliera turuia zgomotos deasupra noastră și, în timp ce elicopterul se înclina, pregătindu-se să aterizeze, maiorul Jack Delaney observă umbra acestuia pe întinderea de nisip de dedesubt. Era o priveliște care putea să-ți provoace amețeli, dar Jack scrută zona cu o privire ageră, de pasăre răpitoare.

În timp ce aterizau între munții care se ridicau din pământ ca niște țepe lungi, striate, roșii, se stârni o furtună de nisip, întunecând orizontul. Elicopterul se apropie de o pistă rudimentară - două linii în formă de x, gravate pe pământul pârjolit -, pilotul manevră rapid pedalele pentru a corecta direcția în funcție de vânt, zăbovi câteva minute bune în aer, apoi ateriză. În timp ce rotoarele se opreau încet, se uită la ceas și zise:

- Puteți coborî acum, domnule.

Îi dădu lui Jack rucsacul clasic, de armată, și o umbrelă neagră.

- Ca să vă ferească de soare, domnule.

Pilotul zâmbi scurt, larg, apoi, în doar câteva clipe, elicopterul R-4 se ridică hotărât în aer, lăsându-l pe Jack în mijlocul unui vârtej de praf. Sudoarea de pe ceafă începu să-l irite. E adevărat că misiunea era una de maximă securitate, dar lui Jack i se părea că toată secretomania și misterul în care era învăluit locul acela erau exagerate. Ridicându-și o mână să-și acopere ochii, observă, cu oarecare efort, ceva ce semăna cu un șarpe cu clopoței lung, lucios, undeva la orizont: era un șir de vehicule militare de aprovizionare care traversau deșertul și se îndreptau spre dealurile care se vedeau la orizont. Capul „șarpelui" – un Buick lung, negru, flancat de două vehicule utilitare mai mici – se distanța de restul corpului, coborând pe munte spre pista aeroportului, unde aștepta Jack, ținând în mâini rucsacul și umbrela aceea de Mary Poppins, un accesoriu ciudat, având în vedere ariditatea locului. Se îndrepta cu repeziciune spre el prin arșiță, un punct mic și negru în mijlocul acelei pustietăți copleșite de fierbințeală. Când au ajuns în dreptul lui, celelalte vehicule s-au oprit la o distanță regulamentară. șoferul Buick-ului coborî geamul și-l întrebă:

– Domnul maior Delaney?

Jack încuviință din cap. Șoferul ieși din mașină și-i întinse mâna.

– Collier. Sergent-major. Voi lucra cu dumneavoastră. E ordinul generalului Groves. Ne așteaptă la bază.

Collier puse bagajul și umbrela lui Jack în portbagaj. Nici nu apucase să se așeze înapoi la volan, că Jack reușise deja să-și facă o impresie clară despre el: un lingău plin de energie din vest, foarte dornic să mențină piesele de șah pe tablă.

– Credeam c-o să mă aștepte aici asistentul meu, spuse Jack.

– Tipu' ăla evreu?

– Locotenentul Epstein.

– A sosit aseară cu trenul, îi răspunse Collier. A zis că a vrut să evite căldura.

– Bărbat deștept, Epstein.

– Așa-s toți, nu? pufni țâfnos Collier. Le merge mintea la calcule evreilor ăstora. Savanți nemți. Parcă am murit și m-am trezit în New York.

Jack râse, oarecum amuzat, de asemenea vorbe. Ridică fereastra ca să nu mai intre mirosul de carburant și de tutun, se așeză pe bancheta din spate și începu să răsfoiască ordinele primite, care îi cereau să se prezinte la raport în locul și la ora indicate, dar fără a menționa motivul. Nu se știa ce făcea armata în New Mexico, totul era ținut în mare secret, dar Jack n-avea nevoie să i se spună care va fi rolul lui - era acolo ca să prindă un spion.

Războiul a scos la iveală limitarea FBI când e vorba despre o acțiune de amploare care depășește granițele țării. Conducerea Oficiului de Servicii Strategice îi fusese atribuită lui William Donovan, iar Donovan își crease o echipă eclectică, formată din tâlhari, începători, milionari, profesori, militari profesioniști și avocați care lucrau sub presiune, dar fără să facă valuri.

Când Donovan își îndrepta privirea lui de cunoscător fix către birouri, găsea că oameni ca Jack Delaney făceau o treabă foarte bună întrecându-se unul pe altul în săli de tribunal, de consiliu sau în diverse încăperi secrete.

- Poate că talentele tale ar putea fi folosite în scopuri mai bune, i-a sugerat Donovan lui Jack în timp ce se relaxau după o partidă de squash.

- Adică? întrebă Jack.

- Adică ceea ce faci acum. Doar că pe mize mai mari.

- Și ce crezi tu că fac?

- Cred că pui întrebări corecte, răspunse Donovan, și știi când nu primești răspunsuri corecte. Ăsta-i un talent la mare căutare pe timp de război.

Avea dreptate. Se pare că Jack avea această pricepere ieșită din comun de a scoate la iveală poveștile pe care oamenii nu voiau să le spună. Auzul lui detecta chiar și cele mai plauzibile minciuni, de parcă ar fi ascultat un pian ușor neacordat. În doi ani s-a dovedit a fi un anchetator iscusit, cu o carieră promițătoare în lumea informațiilor secrete. După ce Jack a fost rănit, Donovan l-a retras din zona militară din Europa și l-a consolat asigurându-l că-l așteaptă un viitor și mai strălucit dacă reușește în această misiune deosebit de delicată. Oare era o pedeapsă sau o recompensă? Jack nu era sigur, iar îndoiala asta nu-i dădea pace, îi țiuia în minte când purta o conversație sau când rămânea în liniște.

– Vă pierdeți vremea aici, domnule maior, îi spuse Collier de pe scaunul din față, pe un ton care de-abia masca, sub vorbele politicoase, disprețul pe care-l simțea față de el. Eu și Groves avem totul sub control.

Ambițioasa alăturare verbală „Eu și Groves" i-a smuls lui Jack un rictus.

– N-aș zice, observă Jack. Șaptezeci și doi de savanți au semnat o petiție prin care reclamă încălcarea eticii în...

Collier îl întrerupse și se uită la el prin oglinda retrovizoare cu o privire plină de dispreț:

– Câțiva dintre hipioții ăia s-au supărat, au simțit nevoia să-și exprime părerea în legătură cu felul în care le vor fi folosite roadele muncii. Au spus ce aveau pe suflet, acum s-au întors la lucru. Asta-i tot ce contează pentru generalul Groves.

Buick-ul urca pe drumul de munte, în timp ce Collier trăgea de volan la fiecare zdruncinătură. Drumul era tot numai o construcție cât vedeai cu ochii. În aer se auzea zgomotul puternic al picamărului. Pe partea terminată se aflau excavatoare și buldozere. Pentru o misiune atât de secretă, totul părea ciudat de aleatoriu și improvizat. Jack deveni brusc foarte atent, de parcă ceva i-ar fi trezit suspiciunea. Se apropiau de un fel de tabără în care se aflau mai multe barăci și diverse clădiri construite prost, la repezeală. Collier arătă actele la poarta bine păzită și intră în complex.

– Biroul dumitale e acolo. Collier arătă către o căsuță Quonset, aflată la un colț al unei intersecții pietruite. Pe verandă stătea locotenentul Aaron Epstein, a cărui frunte era acoperită de broboane de sudoare. Collier trase camionul pe dreapta și-l deschise. Locuința dumitale e acolo, pe strada aceea care duce în sus, pe dreapta.

– Cred că o să merg să văd laboratorul mai întâi.

– De fapt, domnule, generalul Groves doreşte să vă vorbească de îndată ce...

– Desigur. Imediat după ce termin cu laboratorul.

– Da, domnule, să trăiţi. Maşina aceasta e la dispoziţia dumneavoastră cât staţi aici. Îi aruncă lui Jack cheile, care le prinse şi i le dădu lui Epstein.

– Mă bucur să vă văd, domnule locotenent. Noutăţi?

Au luat-o agale spre biroul improvizat.

– Poftiţi, spuse Epstein. Cenzorii au reuşit să pună mâna pe asta.

Îi dădu lui Jack o telegramă Western Union. Jack o pipăi, îngrijorat. Recunoscu numele destinatarului iniţial, îl văzuse într-o listă cu cercetători elveţieni care călătoriseră mult peste graniţele neutre. „Către: GREGOR STERN. Dă-mi de ştire dacă Sabine e bine. STOP."

Fără să fie invitat înăuntru, Collier se strecură în birou trântind uşa în urma lui.

– Am interogat-o pe angajata de la Western Union care a raportat telegrama, spuse Epstein. Susţine că a fost adusă de un băieţel de doisprezece ani.

– E logic, deduse Collier. Dacă avem un spion printre noi, cu siguranţă nu-i un nătărău. Râse şi se uită rapid, pe furiş, la Jack, ca un căţeluş care-şi aşteaptă recompensa. Observându-i expresia impasibilă de pe chip, tăcu.

– Sergent Collier, spuse Jack, această telegramă ne dă de înţeles că unul dintre oamenii dumitale ar putea comunica pe ascuns cu adversarii noştri străini.

– Oamenii *mei*? Vă asigur, domnule, că nu e aşa. Collier încerca să-şi controleze indignarea din voce, să nu depăşească limitele respectului faţă de un superior.

– O să începem să-i interogăm pe savanţii europeni care au semnat petiţia în legătură cu Nerespectarea Normelor Etice.

– Sunt patru mii de savanţi la Centrul Hill, domnule. Două treimi din ei sunt europeni.

– Atunci începem cu vorbitorii de germană care au semnat petiția și care lucrează la bombă în mod direct.

– La dispozitiv, spuse Collier. Am primit ordin să-i spunem „dispozitiv“, domnule.

Epstein își împinse ochelarii în sus pe nas și zise:

– *Oishe geveine lech.*

– Da, o să te înțelegi bine cu intelectualii ăia, mormăi Collier, jumătate serios, jumătate în glumă.

– Ai alergii, sergent? îl întrebă Jack, dar Epstein acceptă înțepătura fără să clipească.

Era obișnuit, se gândi Jack.

Epstein făcu un gest înspre mormanul impresionant de dosare de pe biroul lui Jack.

– Am scos dosarele tuturor savanților care au semnat petiția. Acesta-i Reichl; el e cel care a avut inițiativa...

– Măgarul care crede că o mână de intelectuali știu mai multe decât șefii, interveni Collier.

– ...și Weiss...

– Nemțoaică până-n măduva oaselor.

– E din Austria, de fapt, îl corectă Epstein.

– A fost vreun american prezent când s-a predat fizică nucleară? întrebă Jack.

– Păi, Oppenheimer, spuse Epstein.

– Roz ca un porc numai bun de tăiat, spuse Collier. Generalul Groves dorește să vă vadă imediat după ce vă instalați.

– Desigur, spuse Jack. Merg la el după ce vizitez laboratorul.

– Da, domnule, să trăiți.

– Nu-ți face griji, sergent, n-am de gând să mă bag unde nu-mi fierbe oala și să supăr pe cineva, spuse Jack. Liber.

– Sunt liber, se crispă Collier. O să-mi duceți lipsa.

– Îmi asum riscul ăsta.

Deschise primul dosar. Din fotografia prinsă cu o agrafă de formularul de angajare, J. Robert Oppenheimer se uita la el cu o privire nefiresc de concentrată, ca o cobră care e gata să atace.

Jack distinse în privirea aceea aroganța copilului răsfățat, a cărui îmbufnare poate deveni de-a dreptul sâcâitoare dacă nu obține ce vrea.

Răsfoi dosarul lui Oppenheimer: născut la New York în 1904, fiul precoce, răzgâiat al unor bogătani evrei. Copil-minune la Harvard, membru în frăția Beta Kappa, a absolvit rapid cei trei ani, apoi la Cambridge, unde, după propria-i mărturisire, a pus un măr otrăvit pe biroul îndrumătorului său. Pe vremea când preda simultan la Berkeley și Cal Tech, și-a câștigat respectul celor mai renumiți fizicieni din lume, dar și al unui grup de studenți care-l admirau, care-i imitau gesturile elegante și care aveau tot timpul la îndemână țigări și purtau pălării care le aruncau umbre întunecate pe frunte.

Existau tot felul de istorioare din surse neoficiale, în care era descris ca fiind „extrem de inteligent, dar distant“, „pierdut în gânduri abstracte“, inserate ostentativ printre citatele lui din Scriptura Hindusă sau din Bhagavad Gita. Un lucru părea sigur: era un personaj bizar. Cu greu și-ar fi putut imagina cineva că e persoana în care să te încrezi că ar atrage cei mai mari savanți ai lumii în acest loc, într-o acțiune donquijotescă, în care sunt implicate atâtea personalități puternice, iar contextul e atât de imprevizibil.

Jack puse dosarele în rucsac și merse împreună cu Epstein câteva sute de metri până la Sectorul Tech. Locul părea mai degrabă o închisoare decât un laborator. Clădirile acelea înalte, lipsite de orice gust, ce contrastau puternic cu stâncile din spatele lor, erau înconjurate de sârmă ghimpată și păzite de gardieni înarmați. Dincolo de gard, printre bolovani, crescuseră pini care erodau ușor pantele, sfidând condițiile vitrege ale locului.

Privirea lui Jack se plimbă în sus, pe zid, către fiecare fereastră, apoi fu atrasă de o umbră de la etajul al doilea. Înăuntru stătea o femeie, părea o versiune modernă a lui Rapunzel, cercetând lumea de la înălțimea turnului ei inatacabil. Conturul elegant al capului și gâtului ei ieșea și mai tare în evidență prin contrast cu gulerul înalt și croiala severă a halatului de laborator. În acel scurt moment, înainte să-l observe pe Jack și să se îndepărteze, dădu impresia că e exact acolo unde trebuie să fie, că acolo e locul ei, încadrată de fereastră de parcă ar fi fost un portret.

Capitolul 3

În timp ce privea la peisajul arid care se vedea printre spiralele de sârmă ghimpată, Hannah Weiss își îndepărtă o șuviță brunetă de pe frunte. Dincolo de adunătura aceea de căsuțe, barăci Quonset și turnuri de pază, deșertul forfotea, plin de viață nevăzută și de secrete străvechi. În Europa nu există un astfel de loc. Poate niciunde altundeva în lume, de fapt. Unicitatea lui pârjolită de soare o făcea să se simtă încrezătoare că scopul în care era folosit era și el unul unic, care nu se va mai repeta, indiferent de cum va fi rescrisă istoria de munca pe care o făceau ei acolo. Ea și colegii ei încercau din răsputeri să-și păstreze vie convingerea că războiul se va încheia, că această comunitate ad-hoc se va destrăma și că promisiunile lui Roosevelt - încrederea lui în dreptatea divină și în libertățile esențiale ale omului, angajamentul lui de a apăra și promova civismul și buna-cuviință, tot ceea ce constituia un stat bun - vor instaura o eră a păcii și a progresului.

Clădirea numită „Sediul Y" fusese înainte Școala de Fermieri. Acum, în vechile săli de clase, unde se aflaseră, cândva, băncile de lemn, erau tot felul de echipamente de laborator. În locul meselor de seară ale cadrelor didactice și ale elevilor, impunătoarea lojă din lemn Fuller găzduia acum petreceri zgomotoase care țineau până în zori. Los Alamos a renunțat la restul lumii și la regulile care o guvernează. Puțini au știut la ce se înhamă când au venit aici, dar nimeni nu s-a gândit să renunțe la misiunea dificilă pe care o aveau de îndeplinit.

Trebuia să creeze Arma Care Să Pună Capăt Tuturor Războaielor, așezând o operă genială între un nebun și lumea pe care voia să o distrugă. Era un proces care impunea neîncetat rezolvarea tensiunilor și a disensiunilor. Ce era o sporadică imprudență în comparație cu posibilitatea de a instaura pacea mondială, pe de o parte, sau de a o distruge în totalitate, pe de altă parte?

Importanța misiunii nu-i dădea pace lui Hannah. Asta o ajuta să ignore lipsa confortului. Dacă urca și cobora de pe scara din fața tablei înalte și apoi o dureau gleznele, și-l închipuia pe unchiul ei, Joshua, la *appell*, obligat să muncească ore în șir, pe orice fel de vreme. Era recunoscătoare pentru umorul lui relaxant și pentru credința lui profundă, care îl vor ajuta, cu siguranță, indiferent de ororile pe care trebuia să le îndure. Când își vedea pielea de pe mâini crăpată din cauza vântului uscat, se gândea la Sabine, care cine știe pe unde era - poate își încheia studiile la New York sau se plimba pe Broadway cu lacrimi în ochi din cauza vântului. Astfel, conștientă că o plimbare pe vremea mușcător de rece ar fi fost scenariul cel mai puțin terifiant în cazul lui Sabine, Hannah se silea să se concentreze asupra muncii pe care o avea de făcut, ignorând orice bârfe sau întâlniri care aveau loc în jurul ei.

Viața ei la Los Alamos era simplă și izolată. Era o femeie care lucra printre bărbați. Bărbați cu multe libertăți care ei îi erau interzise. Se târguia pentru ruj în baraca unde se comercializau produse de pe piața neagră - rujul era o necesitate - dar ciorapii aparțineau trecutului, pe locuri codașe în lista ei cu obiecte importante. Aduna cupoanele pentru zahăr și făină, ca să le dea la schimb pentru hârtie de scris și creioane numărul 2.

Soțiile celorlalți cercetători primeau tot felul de lucruri de acasă, iar unele dintre ele făceau rochii pe care le vindeau, dar

Hannah își cârpea cu grijă hainele pe care și le adusese: trei fuste drepte (neagră, gri și roșu-închis), două bluze (una albă, cealaltă roz-deschis), un costum modest cu peplum (bleumarin, cu șnururi fine, negre), o pereche de pantofi de lac de un roșu intens care se potriveau cu oricare dintre combinațiile de mai sus și câteva articole de lenjerie intimă (mica ei comoară) pe care le cumpărase ultima dată când mersese la Viena. Dormea într-un camizol, deoarece își dăduse cămașa de noapte la schimb pentru un exemplar cu colțurile îndoite din volumul *Despre știință și religie* al lui Einstein. Hannah purta părul strâns la spate într-un coc, pe care îl fixa cu un pieptene cu model complicat de pietre prețioase, singura concesie pe care o făcea feminității, singurul obiect rămas dintr-o viață în care ea - chiar dacă pentru scurt timp - se simțise iubită. Hannah pipăi marginile aspre ale pieptenelui cu vârful degetelor în timp ce privi atentă la lumea de afară.

Jos, pe drum, o mașină neagră încetini și se opri. Coborâră doi bărbați, apoi un al treilea. Pe Collier îl știa, la fel ca toată lumea; era lacheul generalului Groves. Hannah îl observase pe bărbatul cu ochelari la cafenea cu o seară înainte, era îmbrăcat în haine kaki, cinase singur, în timp ce făcea eforturi, din cauza miopiei, să studieze un dosar pe care îl ținea prea aproape de ochi. Cel de-al treilea bărbat, îmbrăcat într-un costum prea elegant pentru vremurile de război în care trăiau, îi era necunoscut, dar Hannah mai văzuse genul acesta de bărbați și își dădu seama imediat ce fel de hram poartă. Recunoscu instantaneu personalitatea hotărâtă pe care o trăda bărbia puternică, înfățișarea aceea de om suplu și dur, ochii întredeschiși în timp ce își plimba privirea, precum un gândac, pe zidul din fața lui. De obicei, astfel de personaje intrau în tabără după lăsarea serii, când lumina era slabă. A doua zi dimineața nu-i mai vedeai, erau plecați, de cele mai multe ori, iar Hannah nu se mai mira deloc când descoperea că, odată cu vreunul dintre ei, dispăruse și vreun coleg de-al ei.

– Care-i problema de data asta? Oppenheimer bătu cu degetele lui osoase în tabla din spatele ei. Nu putem să renunțăm acum. Hitler știe că Aliații sunt aproape. Dacă nemții au bomba... ei, nici nu trebuie să mai zic.

Hannah se întoarse de la fereastră, cu ochii strânși din cauza soarelui, și se gândi iarăși la contrastul dintre măreața lor misiune și locul dubios, oarecum neverosimil, în care își desfășurau cercetarea. Mica Echipă de Asamblare, din care făcea și ea parte, fusese înghesuită în Sectorul Tehnic 18, o clădire ieftină, de lemn, care ieșea periculos în afara marginilor stâncoase de pe vârful Canionului Omega. Colegii ei arătau de parcă erau în primele săptămâni într-o tabără de aventuri. În nopțile în care ningea, băteau la uși înainte de răsăritul soarelui și strigau: „Trezirea! Să mergem la schi!“ Săreau peste micul dejun și se apucau agale de muncă, bătându-și cizmele unele de altele până când cădeau bucăți de zăpadă și de gheață pe podea.

Peter Reichl, cu o burtă imensă pe sub vesta croșetată, luă cuvântul:

– Am mers cât de departe am putut fără să declanșăm o explozie nucleară. Cum putem să dovedim teoriile noastre fără să – fără... Făcu un gest larg cu mâinile, incapabil să exprime în cuvinte enormitatea problemei.

– Fără să dezlănțuim o explozie care să distrugă Pământul? se oferi Hannah să completeze.

– Probabil că Roosevelt ar fi nemulțumit de asta, spuse Oppenheimer. Își duse țigara la gură cu un gest sigur, cu o eleganță de felină, inspiră adânc, teatral, apoi îi zâmbi lui Hannah în stilul acela al lui exuberant, excentric, care atrăgea atenția femeilor. Cum crede frumoasa noastră Casandra că ar trebui să testăm ceea ce nu poate fi testat?

Hannah rămase impasibilă:

– Rămâi la asistentele de laborator, Oppie. A trecut multă vreme de când nu m-a mai impresionat farmecul unui bărbat într-atât încât să fac ce vrea el.

Replica ei stârni chicotelile lui Alice Rivers, cealaltă femeie din încăpere. În timp ce Hannah era sigură pe ea, Alice părea că tot timpul trebuie să-și aranjeze ceva – ciorapii cârpiți, care începeau iar să se deșire, jerseul descheiat, lăsând puțin prea mult la iveală, șuvițele rebele care-i ieșeau de sub batic. Alice își petrecea timpul așteptând răbdătoare ca savanții să spună ceva inteligent, apoi își nota tot ce ziceau – inteligent sau nu – într-un caiet, cu inițialele celui care vorbea. Avea un râs contagios, pe care-l folosea des, lucru care o ținuse-n postul actual, în timp ce alte stenografe, cu fețele lor acre și bocanci greoi, poate că ar fi făcut o treabă mai bună. Oppenheimer râse și el cu Alice, dar Hannah observă că privirea i se întunecă, îi lipsea obișnuita sclipire a inteligenței și a entuziasmului.

Pentru că Hannah nu vorbea decât dacă avea ceva de zis, colegii ei deveniră atenți când ea se apropie de tablă, trase scara și urcă, hotărâtă, câteva trepte. În timp ce mâzgălea primele cifre ale unei ecuații lungi, le adresă întrebarea care-i chinuia pe toți:

– De ce trebuie neapărat ca o explozie atomică să ne arunce pe toți în aer?

Plictisit, Peter Reichl repetă ceea ce știau toți deja:

– U235 reacționează atât de repede, încât e imposibil de controlat. Carcasa de metal se va transforma instantaneu într-o minge de foc.

– Chiar trebuie să folosim metal? întrebă Hannah.

– Vrei să construim o bombă din piese de lego Lincoln Logs?

Hannah îl privi peste umăr și-i răspunse, zâmbind:

– Mă gândeam că din turtă dulce.

Reichl se fâstâci; nu voise să fie atât de arțăgos.

– Dar aici – stai puțin... Otto Frisch, după cum îi era obiceiul, măsura încăperea, lăsând în urma lui o dâră de fum de țigară. Cămașa lui modernă era cu o mărime mai mică, astfel că gâtul și mâinile îi ieșeau în afară, parcă era o sperietoare. Își uni palmele, de parcă asta l-ar fi ajutat să nu-i scape ideea.

Ce-ar fi să amestecăm U235 cu hidrură? Atunci am încetini viteza de reacție.

– Doar cu un exponent de zece, spuse Hannah. Tot ar fi prea rapidă să o putem controla.

– Dar dacă am putea-o expune doar preț de o fracțiune de secundă?

– Cum? Oppenheimer se aplecă înainte, de parcă ar fi vrut să ajute ideea asta să prindă viață. Ceilalți savanți făcură la fel, Oppenheimer era coregraful, iar ei, dansatorii lui.

– Lansând miezul reactorului printr-o gaură în blocurile de hidrură. Frisch făcu un gest către Alice, care încuviință, apoi se apucă să noteze furioasă ideea, sub obișnuitele inițiale ale numelui.

Hannah se gândi o clipă la această posibilitate, apoi încercă o altă formulă.

– Iar asta ne duce la inexorabila întrebare: cum o declanșăm?

– Asta va trebui să aflați voi, spuse Oppenheimer, ridicându-se de pe scaun cu mișcări line, apoi îndreptându-se spre ușă cu pași lungi, hotărâți, cum să gâdili balaurul fără să-l trezești. Și cum să faci asta înainte ca nemții să facă praf și pulbere întreaga Anglie.

Capitolul 4

NOTĂ DE CONSTATARE
CONFIDENȚIAL

SEDIUL CENTRAL
ARMATA AMERICANĂ ȘI DISTRICTUL MILITAR DE EST
303 Corpul de Contraspionaj
APO 403
3 aprilie 1945
SUBIECT: PROBLEME DE SECURITATE LA SEDIUL Y
Către: Donovan
De la: Delaney

REZUMAT: 1) Pe data de 13 martie 1945, ni s-a adus la cunoștință că o petiție care viza NERESPECTAREA NORMELOR ETICE în implementarea dispozitivelor circula prin comunitatea științifică; 2) Pe data de 2 aprilie 1945, au sosit la Sediul Y agenți ai acestui detașament și l-au găsit așa cum era de așteptat – nivel de securitate strict, climă mai uscată decât biscuiții pentru câini, pedanți care se plimbă liberi peste tot – și au aflat că cenzorii interceptaseră o telegramă adresată lui STERN Gregor, o persoană din Elveția care prezintă interes.

RECOMANDARE: Membrii personalului care au semnat petiția au fost identificați pentru verificări ulterioare mai amănunțite, inclusiv cei din Echipa de Asamblare, precum REICHL, cel care a inițiat petiția, FRISCH, WEISS, SZILARD.

Capitolul 5

Jack muta paleta de ping-pong dintr-o mână într-alta în timp ce, cu un aer nepăsător, îl studia pe Peter Reichl de la celălalt capăt al mesei verzi. Reichl părea un tip agresiv, ambițios, așa că Jack îl lăsă să înscrie câteva puncte, dar nu-l scuti de efortul de a le câștiga cu greu. Masa de ping-pong din sala de recreație de la Fuller Lodge văzuse ea destule pe vremea când clădirea fusese școală de băieți, dar încă arăta destul de bine. Despre Peter Reichl nu se putea spune același lucru. Nenumăratele nopți nedormite, preferința lui pentru mâncăruri grase, cum ar fi șnițelul vienez sau tortul Sacher, dar și cantitățile considerabile de alcool consumate și-au lăsat amprenta pe înfățișarea lui, astfel că avea colăcei în jurul burții și mai multe rânduri de gușă. În josul sprâncenelor și pe după urechi îi curgeau șiroaie de transpirație, care apoi picurau pe guler, formând pete. La tâmple avea smocuri de păr, iar mișcările lui bruște, agitate, îl făceau să semene cu un hopa-mitică. Jucând rolul celui care știe să piardă cu grație și fără resentimente, Jack își dădu jos geaca, relaxă strânsoarea cravatei, își suflecă mânecile cămășii și îl lăsă pe Reichl să mai înscrie câteva puncte. Din punctul de vedere al lui Reichl, era un meci amical între doi domni, câștigat în timp ce purtau o conversație amicală. Doar erau de aceeași parte a baricadei, nu?

După ce lovi cu putere mingea pe care Reichl i-o pasase aiurea, foarte sus, Jack simți familiara durere care pulsa în adâncul încrengăturilor de nervi și artere ale plexului brahial și mută repede paleta în mâna stângă. Reuși un smeș, compensând, astfel, o posibilă slăbiciune pe care i-ar fi putut-o observa adversarul. Jack se limită să pună întrebări generale, aparent lipsite de importanță, privind identitatea celor din lumea fizicii nucleare, dar ascultă cu interes când Reichl se abătu de la subiect și începu să vorbească despre o conferință ținută la Institutul Kaiser Wilhelm din Berlin, cu participarea unor savanți iluștri. Nu era nevoie să-și întoarcă capul, Jack știa că, în spatele lui, Epstein lua notițe, o măsură preventivă în cazul în care zgomotele făcute de mingea de ping-pong ar împiedica microfonul fixat sub masă să-și facă treaba.

– Cine participă la astfel de evenimente? întrebă Jack.

– Toată lumea.

– Ce înseamnă „toată lumea“? Întreb așa, de chestie.

– Profesori, studenți, absolvenți, savanți.

– Dar Kurt Diebner?

– Și el, bineînțeles. Era consilier în Reichswehrministerium la vremea aceea.

– Ministerul Apărării, clarifică Jack pentru cei care se vor nimeri să monitorizeze reportofoanele ascunse.

– Diebner? Reichl pufni disprețuitor, apoi chipul i se posomorî. Ah, da. Era acolo. Umbla cu Nobelul la gât, practic. El și cu Stefan Frei erau în centrul atenției printre capetele alea luminate, aproape că se împiedicau unul de altul, insistând pe lângă Albert Speer să le finanțeze cercetările.

– Stefan Frei?

– *Goldenes kind*, zise Reichl, în timp ce lăsă mingea să cadă și rămase așa, în picioare, gâfâind. Tricoul alb era plin de transpirație. Acel Adonis fermecat, cu păr blond și profil perfect, ca o sculptură de gheață, născut într-o familie – of, cum se zice?

– Putred de bogată?

– Și crescut în puf, *ja*. Privilegii peste privilegii. Reichl dădu din cap, lovi mingea din voleu și continuă: Un fizician teoretician genial. Nimeni nu poate nega asta. Eu doar voiam să spun că, dacă tatăl lui nu ar fi fost directorul Institutului Kaiser Wilhelm, poate că ar fi fost nevoit să muncească mai mult pentru a-și păstra poziția – și succesul la femei.

– Înțeleg. Jack prinse mingea în palmă și o băgă în buzunar. Pufnind ușor și ștergându-se pe frunte, pentru a părea relaxat, făcu un gest cu mâna înspre fotoliile din piele crăpată care se aflau puțin mai aproape de microfonul ascuns sub măsuță. În caz că discuția devenea interesantă.

– Domnule doctor Reichl, ați părăsit Germania în...

– '41.

Jack deschise un dosar și începu să așeze pe măsuța din fața lor hârtii pline de formule, calcule, rapoarte de laborator și fotografii. Într-una dintre ele, un grup de savanți în haine negre și cu ochelari, care stăteau pe treptele din fața Institutului Kaiser Wilhelm din Berlin. Erau patru câștigători ai Premiului Nobel în acel grup, dar Jack știa că Reichl nu se număra printre ei.

– Colegii mei evrei au înțeles bine semnele care prevesteau dezastrul cu mult înaintea mea, suspină Reichl. Mai toți au emigrat înainte de 1936. Erau mai deștepți decât mine, și nu doar la capitolul știință.

Jack scoase din buzunarul de la piept telegrama lui Gregor Stern și o netezi pe masă. Reichl păru oarecum surprins.

– Telegrama? Despre asta e vorba? întrebă el. Credeam că despre petiția mea.

Jack îl privi stăruitor în ochi, ascultând liniștea din jur și respirația ușor agitată a lui Reichl. Știa că oamenii nu suportă tăcerea, așa cum natura nu suportă vidul; se grăbesc să o umple cu aceeași râvnă febrilă. Din experiența lui, puterea tăcerii i-a determinat pe mulți să-și mărturisească, nerăbdători, faptele.

– Poate părea că am agitat apele pentru a da jos guvernul, nu pentru a avertiza în legătură cu posibila utilizare a bombei, zise repede Reichl. Petiția mea nu face altceva decât să prezinte un avertisment necesar: orice națiune care folosește aceste forțe ale naturii recent eliberate cu scopul de a distruge trebuie să fie pregătită să-și asume responsabilitatea pentru faptul că a inaugurat o eră a distrugerii la o scară inimaginabilă.

– Da, răspunse Jack, cu o asprime calculată în glas. Dar noi vorbim acum despre telegramă.

Reichl ridică din umeri.

– E doar o telegramă.

– Recunoști că ai încercat să i-o trimiți lui Gregor Stern?

– Recunosc că i-am dat 25 de cenți unui băiețel mexican să o ducă la Western Union.

– De ce n-ai dus-o chiar tu?

– Petiția asta nu le-a convenit unora. Reichl își încrucișă brațele peste burta impozantă. E defensiv, observă Jack, dar nu are de gând să divulge prea multe.

– Acordul de Schimburi Comerciale între Elveția și Uniunea Sovietică rămâne valabil, asta știi, cu siguranță; un om de știință stabilit în Elveția poate fi o legătură valoroasă pentru ruși.

Reichl tuși scurt, nervos.

– Voi, ăștia de la Serviciul Militar de Informații, aveți impresia că vedeți bolșevici peste tot; exagerați. Gregor Stern e un prieten foarte bun. Sunt îngrijorat pentru soția lui, Sabine. Nu s-a simțit bine în ultima vreme.

Jack îi lăsă un răgaz să se gândească la asta, apoi îi spuse:

– Nu cred că e ușor să fii fizician în Elveția. Lucrezi cu cele mai luminate minți din știința modernă. Probabil că Stern se simte exclus.

– Gregor are destule de făcut, răspunse Reichl cu asprime. Fizica nu se reduce la construirea de arme.

Jack nu reacționă în nici un fel; așteptă, calculat, cinci secunde, înainte de a continua:

– Și, bineînțeles, trebuie și să aibă grijă de Sabine.

– Bineînțeles.

Jack împături telegrama și o puse în buzunarul de la piept, apoi începu să adune probele împrăștiate pe masă și să le pună înapoi în dosarul din carton tare, produs din plante filipineze, cunoscut drept cartonul de Manila.

- Asta-i tot? întrebă Reichl.

- Deocamdată.

Nevenindu-i să creadă, Reichl se ridică, cu greu, de pe fotoliu și părăsi încăperea, urându-i, pe un ton tăios:

- O zi bună, domnule maior.

Jack se uită îndelung la fotografia cu savanții așezați în linie pe treptele Institutului Kaiser Wilhelm în timp ce lovea, absent, mingea de ping-pong de perete. Fusese foarte ușor să omită singura femeie din imagine. Stătea chiar la marginea grupului, micuță, serioasă, surghiunită la periferia ierarhiei. Încă erau multe lucruri pe care nu le înțelegea când era vorba despre rangurile științifice ale Reichului, dar era limpede că Diebner și Frei - care se aflau exact în mijlocul fotografiei, obișnuiți cum erau, cu siguranță, să ocupe locurile centrale - ieșiseră câștigători.

- Următorul, îi spuse Jack lui Collier, pe care îl bănuia că ascultă la ușă.

Sergentul Collier dădu buzna hotărât, înainte ca Epstein să apuce să se ridice de pe scaun. Expresia chipului lui Jack rămase impasibilă, în timp ce micuța minge albă continua să lovească peretele: *ca TAC ca TAC ca TAC.*

- Reichl a recunoscut că a încercat să trimită telegrama, spuse Collier. Asta ne interesează pe noi.

Iar se ambiționează să folosească cuvântul „noi", observă Jack, ca să nu mai vorbim de faptul că trage cu urechea. Jack aruncă pentru ultima dată, cu putere, mingea de perete, apoi direct în coșul de gunoi.

Epstein își drese ușor glasul:

- Sergent, știai că Gregor Stern este inginer mecanic, nu fizician?

Collier se uită la el, fără să înțeleagă.

-Nici „prietenul lui apropiat", Peter Reichl, nu știe. Și cine naiba e Sabine? întrebă Jack. Deci, cine urmează?

- Weiss.

– Spune-i să intre.

Lui Jack nu-i scăpă expresia îngâmfată, satisfăcută, de pe chipul lui Collier. Collier era tipul ăla care aduna cu atenție nota la bar, până la ultimul bănuț, ca nu cumva să plătească mai mult decât îi era partea – un om mărunt, care savura clipa când își dădea seama că el știa ceva ce tu nu știi și apoi, plin de el, îți spunea și ție.

Collier deschise ușa și spuse:

– Doamna doctor Weiss. Apoi savură reacția lui Jack când acesta o văzu pe Hannah Weiss intrând în încăpere.

Jack se ridică de pe scaun, își trase în jos mânecile cămășii și își încheie, stânjenit, butonii de la manșetă, apoi îi întinse mâna.

– Eu sunt maiorul Delaney, îi spuse. Acesta e locotenentul Epstein. Iar pe sergentul Collier îl știți.

– Da, ne-am mai întâlnit. Mai des decât mi-ar plăcea, spuse Hannah.

– Vă rog, luați loc. Jack arătă spre scaunul de lângă măsuța sub care era ascuns microfonul, dar Hannah rămase în picioare. Avea ochii de un albastru-deschis, pătrunzători, nefiresc de sclipitori și care contrastau cu părul ei șaten, strălucitor, răsucit într-un coc franțuzesc la ceafă.

– Îmi puteți spune despre ce e vorba?

– Doar o verificare de rutină. Am dori să vă cunoaștem mai bine, să aflăm dacă aveți vreo problemă, vreo dificultate.

Hannah zâmbi sarcastic:

– Așa i-ați spus lui Peter?

– E prietenul dumneavoastră?

– Suntem din Viena amândoi. Lucrăm împreună, spuse ea. Bietul om e veșnic hărțuit de voi, ăștia de la serviciul de informații.

– Ce vă face să credeți că e vorba de mine ?

– Nici măcar n-ați trecut pe la cazarma în care sunteți cazat înainte de a începe să ne interogați. Aruncă o privire către geanta lui Jack, din colț. Observ și eu unele lucruri.

– Așa e, aveți dreptate.

S-a terminat cu poleiala, își zise Jack, și se hotărî să treacă direct la treabă, fără să mai încerce să fie drăguț. Era clar că doamna doctor Hannah Weiss - o femeie frumoasă, care lucra în mijlocul unor bărbați singuri - a avut parte din plin de apropouri și avansuri și conversații aparent inofensive, dar pline de subînțelesuri.

- Vă rog, spuse el, arătând din nou către scaun. De data aceasta, Hannah se așeză; stătea cu spatele drept și mâinile împreunate pe genunchi. Jack puse fotografia cu savanții pe măsuța din fața ei.

- Ați fost și dumneavoastră la Institutul Kaiser Wilhelm între 1931 și 1938?

- Da.

- Povestiți-mi despre colegii dumneavoastră de acolo.

- Ei nu se considerau colegii mei.

- Dar sunt sigur că „ați observat unele lucruri", spuse Jack.

- Am observat că, pe măsură ce devenea mai importantă munca noastră, apăreau tot mai multe uniforme militare. Privirea ei ascuțită alunecă de la gulerul scrobit al lui Jack către uniforma kaki a lui Epstein.

- Doar nu ne comparați acum, se zbârli Epstein, cu Gestapoul!

- Deloc, spuse Hannah. Eu doar zic: Fii atent cu cine lucrezi!

- Dar dumneavoastră cu cine ați lucrat, doamnă doctor? întrebă Jack.

- Institutul avea sute de savanți.

- Să începem cu Gregor Stern atunci.

- De ce vă interesează tocmai el?

Îl privi provocator pe Jack, dar acesta nu spuse nimic.

- Înțeleg, spuse ea. Nu doriți să răspundeți la întrebări, doar să le adresați.

Hannah își aranjă pieptenele cu pietricele prețioase din păr, un gest care i se păru lui Jack puțin cam teatral. Bătu cu degetul în fotografia în care Gregor Stern stătea lângă Hannah și spuse:

- Pare că dumneavoastră și Stern vă cunoșteați chiar bine.

- Gregor e un om minunat.

– Interesant mod de a descrie un coleg.

– Așa credeți? întrebă ea. Pe dumneavoastră cum v-ar descrie colegii, domnule maior Delaney?

– Tenace.

– Ah. Mă rog. Încercați să n-o luați ca pe o ofensă.

Părea că se simte bine în situația în care se afla, iar asta nu-i căzu bine lui Jack, până când ea ridică din nou mâna, cu aceeași mișcare grațioasă, pentru a-și ajusta pieptenele din păr, și atunci înțelese. Era gestul care o trăda. Acum tot ce trebuia să facă era să afle de ce. Avea destulă experiență, știa cum să o abordeze încet, cu blândețe. Se lăsă pe spătarul scaunului, într-o atitudine deschisă, cu mâinile relaxate pe genunchi.

– Spuneți-mi, doamnă doctor Weiss, ce caută o fată drăguță ca dumneavoastră într-un astfel de loc?

Capitolul 6

– Domnule maior? Collier apăru în ușă. E generalul Groves.

– Trebuie să-i pup mâna? întrebă Jack, sec.

– Un simplu salut ajunge.

Generalul de brigadă Leslie Groves îl dădu la o parte pe Collier și intră, aducând cu el un miros puternic de trabuc și de autoritate impozantă. Se mișca surprinzător de grațios pentru un om atât de corpolent și era evident că-i dădea satisfacție faptul că el era cel impozant din încăpere. Epstein și Collier se ridicară brusc de pe scaune și încremeniră în poziție de drepți. Jack desfăcu un pachet de Camel și îl puse pe masă, înainte de a se ridica pentru salut.

Hannah continuă să stea jos, cu mâinile împreunate pe genunchi, până când Groves făcu semn cu capul spre ușă și-i spuse pe un ton repezit:

– Mulțumesc pentru timpul acordat, doamnă doctor Weiss.

Collier dădu să o conducă, dar Jack păși între ei înainte ca ea să ajungă la ușă.

– Încă o întrebare, doamnă doctor Weiss.

– Spuneți, domnule maior. Expresia chipului ei nu trăda nici precauție, nici inocență.

– Care era prenumele soției lui Gregor Stern?

- Viața lui personală nu mă privea, răspunse Hannah. Și-apoi, știm amândoi că îl aveți deja pe undeva, în dosarele dumneavoastră.

- Faceți-mi hatârul ăsta.

- Annalise.

Jack avu un schimb de priviri scurt cu Epstein, apoi îi întinse mâna.

- Bună seara, doamnă doctor Weiss.

Hannah plecă fără să-i întoarcă salutul. Observând că Jack se uită lung după ea, Groves râse, amuzat.

- Fiecare furtun din baza asta a încercat să-i ude petuniile. Și nu a reușit. Nici dumneata nu vei reuși, domnule maior.

Jack ridică din umeri, gest care nici nu confirmă, nici nu infirmă presupunerea.

Groves se opri în fața lui Epstein.

- Locotenente, ai vizitat Ashley Pond de când ai sosit?

Mirat, Epstein răspunse:

- Nu, domnule.

- Trebuie s-o faci.

- Bineînțeles, domnule.

- Acum, locotenente.

- Ah, da, desigur! Să trăiți.

Epstein salută rapid și o șterse afară, bucuros că Jack e cel care rămâne cu cartoful fierbinte. În momentul în care se închise ușa, Groves se aplecă deasupra lui și îi spuse:

- Domnule maior Delaney, credeam că am fost destul de clar când le-am spus superiorilor dumitale că nu vreau să vii aici și să-mi deranjezi savanții.

- Am luat-o mai degrabă ca pe o sugestie, domnule.

- Aici e vorba de armată! urlă Groves. Noi nu purtăm pantaloni scurți, nu ne jucăm cu biluțe colorate și nu facem sugestii!

- Am înțeles, să trăiți.

- Unde naiba ai făcut școala?

- La Harvard, domnule.

Groves ridică din umăr.

– Ar trebui să fiu impresionat?

– N-aş îndrăzni să spun asta, domnule general.

– Oppenheimer e responsabil pentru soarta întregii lumi, domnule maior Delaney. Am şi aşa destulă bătaie de cap să-i muşamalizez tendinţele comuniste, nu mai trebuie să vii şi dumneata să-ţi bagi nasul în treburile lui şi să pui la îndoială loialitatea colegilor lui.

– Dacă el nu o pune la îndoială, cineva trebuie să facă asta. Jack îi dădu lui Groves telegrama.

Groves o citi cu voce tare, silabisind rar fiecare cuvânt:

– „Spune-mi cum se simte Sabine. STOP." Da, înţeleg de ce cuvintele astea sunt extrem de îngrijorătoare pentru noi.

– Gregor Stern e o persoană de interes.

– Domnule, spuse Collier, am stabilit deja că Peter Reichl a fost cel care a trimis telegrama.

– Şi că Reichl a minţit în legătură cu asta, adăugă Jack.

– Am ascuns microfoane în baraca lui de îndată ce a început să organizeze întâlniri în timpul cărora circula petiţia, spuse Collier. Nu e spion. De-abia se încumetă să treacă strada.

– Acoperă pe cineva, domnule general. Aş vrea să am permisiunea să aflu pe cine. Şi de ce.

Groves reflectă la această posibilitate în timp ce se plimba în cerc prin încăpere. În ochii lui Jack, semăna perfect cu un buldog cu picioare scurte, musculoase, care susţineau un corp imens. Jack citise undeva că rasa aceasta de câini era pentru sporturi barbare; un câine dresat în acest scop înhăţa botul unui taur legat şi nu-i mai dădea drumul până când nu punea taurul la pământ. I se părea că există o asemănare izbitoare între un buldog şi Groves când îl vedea aşa, înfumurat şi cu o agresivitate latentă, gata oricând să se joace cu orice animal care ar avea ghinionul să-i iasă în cale.

– La început, când am preluat postul de aici, a venit J. Edgar Hoover să mă vadă. Însoţit de trei dintre agenţii lui federali. Voia să mă sperie, bănuiesc. Dar cei trei n-au avut alt efect decât faptul că-l făceau să pară mai scund, zise Groves, cu un rânjet răutăcios, pe care nici nu încercă să-l disimuleze. În fine, bătrânul ademenitor de evrei și-a luat-o-n bot rău de tot, pentru că Oppenheimer e șefu'. Hoover îmi arată toate dosarele alea secrete – cum fratele lui Oppenheimer e un comunist cu acte în regulă, cum amanta lui Oppie a supt-o la jumătate din Brigada Roșie. Vrea să-i dau toată libertatea lui Oppenheimer, să înlocuiesc toți savanții cu republicani, fir-ar să fie. Așa că îi promit că, după ce-mi termin eu toată treaba, o să li-l servesc pe Oppie federalilor pe tavă. Până atunci, afurisitu' ăla de Hoover și idioții lui să facă bine să mă lase naibii în pace.

– Domnule general, cu tot respectul...

– Domnule maior Delaney, zise Groves, pe un ton de parcă certa un copil care făcuse rele. Fiecare minut pe care savanții mei îl petrec răspunzând întrebărilor dumitale e un minut în care nu se concentrează asupra misiunii. Chiar crezi că vreun arogant de la serviciul militar de informații, care are impresia că știe tot pentru că are o telegramă fantezistă, o să mă împiedice să-mi construiesc bomba?

Ținând telegrama lui Gregor Stern între degetul mare și arătător, Groves o flutură ușor pe sub nasul lui Jack, apoi o lăsă să cadă pe jos, între ei.

– Ai șaptezeci și două de ore la dispoziție. Găsește-ți spionul sau tai-o.

– Șaptezeci și două de ore nu e...

– Șaptezeci și două de ore, domnule maior. Și dacă îi deranjezi pe savanții mei de la munca lor, o să-ți pară rău.

Groves se uită la ceas apoi, ca și cum își marcase deja teritoriul, ieși din încăpere clătinându-se, lăsând în urma lui doar un iz de îngâmfare.

Capitolul 7

NOTĂ DE CONSTATARE

SUBIECT: PROBLEME DE SECURITATE LA SEDIUL Y
Către: Donovan
De la: Delaney

REZUMAT: 1) Telegrama trimisă de REICHL, posibil să o acopere pe WEISS. 2) Telegrama stabilește o comunicare ascunsă între ȚINTĂ și Persoana de Interes, STERN G.

RECOMANDĂRI: 1) Percheziționați locuința lui WEISS și a lui REICHL. 2) Faceți o petiție către guvernul elvețian pentru dreptul de a-l interoga pe STERN.

Capitolul 8

Jack se întâlni cu Collier și cu Epstein în modesta cameră a lui Hannah din unitățile Sundt, înarmat cu cheia principală; a renunțat la dreptul ei la intimitate când a venit aici ca savant, nu soție - de altfel, nici soțiile nu erau scutite de interceptările care se puteau face, grație tehnologiei moderne. Collier deschise ușa, iar Epstein începu, metodic, să percheziționeze camera. Jack se plimba de colo colo într-un stil mai puțin organizat, observând detalii, fascinat de ordinea meticuloasă și delicatețea cu care erau aranjate lucrurile ei esențiale, dar drăguțe. Îi simțea prezența nevăzută peste tot. În aer plutea un miros vag de parfum, un miros fin, ce aducea a iasomie. Pe măsuța de toaletă erau o perie, un pieptene, o oglindă de buzunar, ba chiar și un ruj de un roșu-închis și o cutiuță cu cremă hidratantă - toate aranjate frumos, în linie. Un obiect îi atrase atenția în mod deosebit lui Jack: o cutie de bijuterii din argint, pe care era gravat, în germană: *Vertraue dir selbst.*

- Ai încredere în tine.

Jack nu-și dădu seama că rostise aceste cuvinte cu voce tare, până când Epstein, ridicându-și privirea, îl întrebă:

- Mă scuzați, domnule, ați zis ceva?

- Nu, nimic, continuă, locotenente.

Jack deschise cutia din argint și studie cu atenție marginea de catifea, închisă la culoare, care semăna, oarecum neverosimil, cu agrafa în formă de pieptene pe care o observase în părul lui Hannah. Nu era tipul acela de baretă practică, pe care o purtau angajatele clerului sau soțiile din tabăra militară de acolo; pieptenele acela lucrat atât de frumos, cu atâta finețe, avea dinții dispuși pe ceea ce păreau aripile deschise a doi fluturi de noapte, iar pe corpurile lor erau fixate diamante mici, roz și safire minuscule, de un albastru de cobalt. O șuviță din părul lui Hannah se prinsese de balama, iar lumina se reflecta, strălucitoare, în ea.

Epstein îngenunche lângă un cufăr gri, de metal, de la capătul patului lui Hannah și-și pocni degetele, stingherit, înainte de a-l deschide. Se uită cu nerăbdare către ușă, unde era Collier, care privea pasiv invazia.

– Ce faci, sergent, aștepți invitație?

– Se pare că vă descurcați fără probleme, spuse Collier. N-aș vrea să vă încurc.

Jack interveni cu un aer de autoritate calmă, înainte să apuce Epstein să răspundă.

– Domnule locotenent Epstein, te-am rugat pe dumneata să coordonezi percheziția, spuse el. Fă bine și coordonează percheziția.

– Da, să trăiți. Epstein se ridică în picioare și îl privi pe Collier cu atitudinea celui care e conștient de propriu-i rang. Începe cu dulăpiorul, sergent.

Collier îngână, plin de ciudă:

– Da, să trăiți.

Apoi Jack începu să inspecteze biblioteca lui Hannah și observă câteva titluri care îi erau familiare: Thomas Mann, *Kritik der Reinen Vernunft* a lui Kant, *Principia Mathematica*. Pe noptieră zări un volum uzat, în germană, lângă veioza obișnuită: *Faust*, de Goethe. Luă cartea în mâini, o lăsă să se deschidă singură și observă câteva pasaje subliniate cu creionul. Unul dintre ele îi atrase atenția în mod deosebit: *Sobald du dir vertraust, sobald weißt du zu leben.* „Când ai încredere în tine", zice Mefistofel, „știi cum să trăiești". Nu puteai decât să fii de acord cu sentimentul exprimat, atâta doar că el devenea ușor ironic, având în vedere că apărea într-o poveste despre cum să-ți vinzi sufletul diavolului.

În interiorul cărții, prinsă cu o agrafă, se afla o pagină îngălbenită de ziar: o fotografie cu o celebritate din lumea filmului, cu păr blond, vopsit, la bordul unei nave, aruncând un sărut către admiratorii ei rămași în port. Jack își amintea vag de acea actriță, cu sprâncenele ei pictate, arcuite până la cer, dintr-un film de mâna a doua în care a jucat rolul secundar, pe lângă Luise Rainer. Titlul de deasupra fotografiei era DIVA LOTTE SCHEER ÎȘI IA UN CĂLDUROS RĂMAS-BUN DE LA GERMANIA. Jack mai găsi și ciorna unui articol, împăturită, șifonată, refuzat de Jurnalul Societății Regale de Fizică: „Neutroni termali și elemente de transuraniu", de doctor Stefan Frei și doctor Anthas Winik Sanheiser.

Lângă carte era o ramă ornată, din cositor, în care se afla fotografia neclară a unei femei tinere, pline de viață, lângă un individ mai în vârstă, burtos, cu barbă lungă și zâmbet larg. Erau pe un deal acoperit cu zăpadă, în spatele lor, în depărtare, se vedeau pini înghețați, iar ei erau în echipament de schi, cu bețele prinse de încheieturi. Lângă gura fetei se distingea vag un norișor de la respirația ei, de parcă zicea ceva în momentul în care a fost făcută fotografia. Oare ce șoapte auzea Hannah de la această fată, când stingea lumina?

Tot pe noptieră mai era o fotografie, cu Hannah și colegii ei, în fața bibliotecii de la Universitatea din Chicago.

– Cât timp a stat în Chicago? întrebă Jack.

– A sosit în 1938, răspunse Epstein.

– A stat în America șase ani, observă Jack, și totuși, toate lucrurile ei personale sunt nemțești.

– Poate că viața ei s-a oprit când a plecat.

– Sau poate că viața ei e încă acolo.

Jack trecu pe lângă masa pliabilă de lângă bucătărie și-și îndreptă atenția către șifonierul lui Hannah. Văzu o lumânare albă, într-un suport vechi, de argint, gravat cu Pomul Vieții.

– Ea fuge de naziști și-și aduce o lumânare de Sabat, reflectă el, cu voce tare. Dar numai una.

Epstein păru plăcut surprins.

– De unde ai știut că e o lumânare de Sabat?

– Noi doi lucrăm împreună de trei ani, zise Jack. Am mai prins unele lucruri.

Apoi Jack deschise încet sertarul de sus și-și strecură mâna printre puținele articole de mătase și dantelă pe care le avea Hannah, iar mintea îi zbură, aproape inevitabil, la linia corpului femeii care le purta. Îl învălui mirosul vag de iasomie într-o intimitate plăcută, până când simți cu degetele ceva tare. Dădu la o parte un furou împăturit cu grijă și scoase un mănunchi de cărți poștale legate cu o panglică fină, de gogrenă. În loc să tragă de capătul ei pentru a o desface, Jack strecură pachețelul frumos legat în buzunarul de la haină și-i spuse lui Epstein:

– Să mergem.

Întorși la birou, Collier făcu o cafea, pe care o bău stând lângă un teanc cu dosarele lui Hannah. Împreună cu Epstein, începu să le sorteze în funcție de chestiunile cele mai importante și confidențiale. Nu trecu mult până când podeaua se umplu de hârtii și dosare, iar cei doi se văzură nevoiți să navigheze prin acel labirint, încercând să găsească un înțeles în toate acele hieroglife de matematică superioară, cu tot felul de numere incomprehensibile, tăieturi și îmbârligături. Între timp, Jack stătea la biroul lui și examina fiecare carte poștală pe față și pe verso, rostind rar silabele în germană și traducând cu voce tare cuvintele pentru Epstein.

– „De atâtea ori am stat, în inima nopții, la acest birou și te-am căutat. Cu dragoste, Sabine."

Aranjă cărțile poștale pe rânduri și coloane, în funcție de dată.

– „La ce bun o... *Vollendung*." Jack se chinuia să afle cuvântul potrivit. Împlinire, poate? „La ce bun o împlinire ușoară? Plăcerea nu e nici pe jumătate la fel de intensă ca atunci când, mai întâi, trebuie să-ți descoperi drumul prin stufărișuri."

– „Stufărișuri", râse Collier, horcăit, cu gândul la o interpretare obscenă a citatului. Jack își aminti o altă cugetare de-a lui Goethe: „Nimic nu dezvăluie mai bine caracterul unui om decât ceea ce îl face să râdă".

– Sunt zeci de cărți poștale aici, toate cu Goethe, și toate semnate: „Cu dragoste, Sabine", spuse Jack.

– Par a fi poezii de dragoste, zise Collier. Am simțit eu că e o căutătoare în adâncuri.

– De fapt, toate sunt din *Faust*. E povestea unui bărbat care-și vinde sufletul diavolului și cere în schimb întreaga cunoaștere a lumii.

Jack ridică indiferent din umeri și continuă să caute printre documente.

– E cât se poate de clar că ea i-a cerut lui Reichl să trimită telegrama. Era îngrijorată să nu fi pățit ceva iubițica ei.

Jack trase printre degete panglica delicată de gogrenă, jucându-se cu ea, răsucind-o, în timp ce privea dosarele din fața lui.

– În decembrie 1939, spuse el, Gregor Stern primește viză să participe la conferința despre criogenie. Ghici unde se ține?

– La Universitatea din Chicago? Epstein ghici corect. Dar Stern e inginer mecanic.

– Trimite un mesaj colonelului Pash, spuse Jack. L-au arestat pe Stern?

– Secretarul de stat nu vrea să autorizeze o operațiune în Elveția, spuse Epstein. Le pune în pericol neutralitatea.

– Nu mă interesează unde se ascunde Stern, din partea mea poate să fie și la Vatican. Trebuie să aflăm ce știe.

Jack se ridică brusc în picioare și, în timp ce se îndreptă spre ușă, îndesă cărțile poștale în buzunar. Avea o senzație plăcută, de parcă se jucau de-a șoarecele și pisica, lucru care-l făcu să zâmbească plin de încredere în timp ce începu să meargă pe jos, în aerul serii.

Capitolul 9

Hannah Weiss stătea pe o bancă din parc, concentrată asupra unei cărți.

– *Guten Abend*, Fräulein Weiss.

Fără a-și ridica privirea, Hannah îi spuse:

– Aveți grijă, domnule maior. Oamenii ar putea crede că sunteți spion.

Jack râse, dezarmat pentru moment.

– Vorbiți germana chiar bine, spuse ea. Majoritatea americanilor se pierd când vine vorba de consoane glotale.

– M-am gândit că o să-mi folosească dacă o să-mi cumpăr vreodată un Mercedes.

– Se zvonește că Daimler-Benz îi folosește pe evrei ca sclavi. Dar sunt convinsă că mașina o să meargă ca unsă. Hannah închise brusc, cu zgomot, cartea și se ridică.

– Haideți, spuse Jack. Faceți-mi un tur al locului. Mi s-a spus că trebuie să văd petroglifele de pe drumul către Tsankawi.

O privi pe Hannah cum analizează oferta cu atenție înainte de a-l lua de braț; o vreme merseră așa, fără să schimbe nici o vorbă. Dacă i-ar fi văzut cineva, ar fi crezut că sunt un cuplu obișnuit, ca multe altele care se plimbă de mână sau merg să ia picnicul împreună în acel loc pitoresc. Dar ei nu erau simpli oameni ieșiți la plimbare, știau amândoi asta.

– Pot să vă întreb ceva? spuse Jack.

– Acum îmi cereți voie?

– Nu e pentru ei, se grăbi el să clarifice. E pentru mine.

– Spuneți.

– Cum se poate diviza ceva ce nu se vede?

Hannah luă de jos o piatră fină, de mărimea unui măr, i-o dădu și arătă către un ienupăr aflat la vreo șase metri depărtare.

– Aruncați-o. Ca pe o minge de baseball.

– Mă pricep mai degrabă la tenis. Sau la canotaj.

– Sporturi nobile, observă ea. Imediat o să-mi spuneți că vă place să mergeți călare la vânătoare de vulpi.

Jack simți o durere ascuțită străbătându-i brațul de la umăr în jos când aruncă piatra în crengile dese, stârnind un stol de păsări cu pene colorate în galben, portocaliu și negru, care zburară în toate direcțiile.

– De unde au apărut toate acele păsări? întrebă ea.

– Din copac.

– Dar nu știați că sunt acolo.

– Ah. Jack dădu din cap, în semn că înțelesese.

– Când atomii se divizează, eliberează o cantitate uriașă de energie, spuse Hannah. Asta măsurăm noi.

Umbrele serii se întindeau între drumul excavat și ruinele neexplorate din jurul lor. Era o ușurare să simți că începea să se răcorească, după căldura excesivă de peste zi, lăsând locul amurgului și miresmelor de pin. Cu cât mergeau mai mult, cu atât era mai pustiu în jur, iar zgomotele dispăreau, până când nu se mai auzi decât sunetul pașilor lor.

Ajunseră la un pasaj plin cu stânci, unde se afla o scară de lemn, sprijinită de una dintre ele. În loc să sugereze să se întoarcă, Hannah își scoase pantofii, și-i luă în mână, apoi începu să urce treptele uzate înspre locul anticelor popoare amerindiene, pline de gravuri cu modele geometrice, desene antropomorfice, și peșterile, bântuite de ecouri, care se scufundau prin partea frontală a stâncii.

– E mai uşor aşa, strigă ea peste umăr.

Jack fu impresionat de faptul că ea voia să meargă mai departe, iar respiraţia ei, respiraţiile lor îngemănate, uşor neregulate – singurele sunete în pustietatea din jur –, stârni ceva în el. Era conştient de pielea ei, de arcuirea piciorului ei desculţ. Cusătura perfect dreaptă a ciorapilor ei crea o imagine *trompe l'oeil*, pictată pe partea din spate a piciorului ei cu cerneală de henna care se întindea peste gleznă şi dispărea sub fustă. Jack încercă să-şi ţină în frâu emoţiile stârnite de acea linie de henna care se curba jucăuş de-a lungul formei elegante a piciorului ei.

– Împrejurimi foarte rustice, spuse Jack. În comparaţie cu Kaiser Wilhelm, vreau să zic.

– Mă simt privilegiată să fiu aici, spuse Hannah.

– De ce? Eşti la fel de pregătită şi de calificată ca oricare dintre intelectualii de aici, din câte îmi dau seama.

– Sunt femeie. Există destui care ar vrea ca eu să stau acolo unde, după părerea lor, îmi e locul.

– Eu credeam că savanţii sunt imuni la astfel de prejudecăţi antice.

– Şi savanţii sunt oameni ca oricine, spuse Hannah. Munca este de o importanţă supremă. Cere un efort de colaborare. Vanitatea nu-şi are locul în laborator.

– I-a spus cumva lui Oppenheimer asta?

– Oppie e prinţ pe lângă alţii.

– Cum ar fi...

Hannah refuză să comenteze.

– Ce importanţă are, la urma urmelor? spuse ea. Îşi mai aminteşte cineva numele celui care a inventat focul?

– Nu, dar se presupune din start că era bărbat. Nu te deranjează asta?

Hannah îşi încrucişă braţele.

– Sunt multe lucruri care mă deranjează, domnule maior. Dar sentimentele mele nu au nici un efect asupra legilor fizicii, iar pe mine doar fizica mă interesează.

Hannah nu mai știa sigur dacă mergeau pe ruta cu care era obișnuită sau dacă, fără să-și dea seama, o luase pe un drum necunoscut. Se urcă pe un bolovan, sperând să aibă de acolo o imagine de ansamblu a împrejurimilor, pentru a se putea reorienta. Lumina zilei aproape dispăruse, fiind înlocuită de strălucirea roșietică a apusului și de umbre mov, alungite.

– Ce crezi că înseamnă? întrebă Jack, studiind semnele neclare gravate pe suprafața stâncii.

– Tu ești cel care se ocupă cu rezolvarea puzzle-urilor, îi răspunse ea.

– Poate e mai bine ca unele lucruri să rămână un mister.

– Sunt convinsă de asta. Hannah mângâie cu vârful degetelor desenul spiralat, criptic, de pe stâncă. Jack simți cum ea încearcă să-și închipuie geometria lui ezoterică.

– Unde ai copilărit? îl întrebă Hannah.

– În partea sudică a Manhattan-ului. Jack îi oferi această frântură de adevăr pentru că bănuia că o minciună ar fi fost detectată imediat de radarul ei, iar tăcerea i-ar fi stârnit și mai tare curiozitatea. O privi cum reflecta asupra riscurilor și avantajelor continuării unor astfel de conversații pe teme mărunte.

– Ar trebui să ne întoarcem, spuse ea. Peste puțin timp se lasă întunericul.

Jack îi oferi mâna, iar Hannah îl lăsă să o ajute să coboare. Se întrebă dacă nu cumva ea a calculat dinainte, intenționat, durata exactă și greutatea strânsorii. Îl ținu de mână și-i atinse brațul exact cât era nevoie ca să pășească teafără înapoi pe cărare. Dacă ar mai fi așteptat o fracțiune de secundă, poate că și-ar fi închipuit, poate ar fi sperat că flirtează cu el. O fracțiune dacă s-ar fi sprijinit mai puțin de el și n-ar fi simțit plăcutul disconfort al atracției.

Pornită înapoi; ea îl ținea de braț și asculta întrebările lui, întrebări pe care studenții obișnuiau să i le pună. Care e diferența dintre energia cinetică și cea termală? Cum se poate izola energia într-un loc? Cum a ajuns Einstein la Teoria Relativității și ce înseamnă ea? Pentru Hannah, era mult mai ușor să discute despre subiecte care o interesau decât despre lucruri mărunte despre care o întrebau, de obicei, oamenii, fie că era în engleză, germană ori franceză.

– Și când te gândești că au trecut mai puțin de patruzeci de ani de când a fost confirmată existența atomului, spuse Hannah. Felul în care Einstein a utilizat fluctuațiile statistice...

Privi în sus, să vadă dacă chipul lui Jack luase acea expresie goală pe care o întâlnea de obicei la cei care o invitau la plimbare, dar care o făceau, în cele din urmă, să o ia la fugă. Dar Jack spuse:

– Continuă. N-o să mă prefac că înțeleg, dar mi se pare fascinant.

Părea că ascultă cu atenție, arăta concentrat. Sau poate doar amuzat. Hannah nu era sigură, așa că schimbă subiectul.

– Ce te-a făcut să te înscrii în OSS? îl întrebă ea.

– Ce te-a făcut să alegi fizica?

– Și mie îmi place să rezolv puzzle-uri, răspunse Hannah. Mă pricep. Am descoperit asta în Austria, când eram doar o fetiță.

Capitolul 10

Casa copilăriei ei din Josefstadt fusese un loc al misterelor și secretelor. De ce nu lua tatăl ei azima? De ce ea era singură la părinți, când toți colegii ei de școală aveau mai mulți frați și surori? De ce se simțea Hannah în largul ei în laboratorul tatălui ei sau când îl însoțea în timpul vizitelor la spital, dar, atunci când mama o ducea la cumpărături, era neîndemânatică și nesigură? Odată, de Crăciun, în perioada de vârf a modei „chic rural", mama ei a cumpărat două rochii *dirndl* (îmbrăcăminte care se poartă în zona Munților Alpi, fustă și corset strâmt) asortate. Hannah a refuzat să o poarte pe a ei, pe motiv că era prea strâmtă.

Când tatăl ei i-a explicat clasificarea tipurilor de sânge a lui Landsteiner, Hannah a ajuns la concluzia că părinții ei sunt incompatibili, cu siguranță exista o reacție imunologică toxică între ei. Moștenise de la mama ei ochii albaștri – o culoare foarte apreciată, numită *das blaue vom himmel*[1] –, dar atât, nimic altceva. De la tatăl ei luase părul brunet, ondulat și trăsăturile unghiulare ale feței, prin urmare, foarte probabil că a moștenit și anticorpii tatălui ei. Gândul acesta o făcea să se simtă ușurată; însemna că putea să renunțe la efortul de a obține aprobarea

[1] Albastrul magic, de vis, al cerului (în limba germană în original)

mamei și să se delecteze liniștită în mijlocul armoniilor complexe din lumea tatălui ei.

Abraham Weiss i-a insuflat fiicei sale gustul pentru certitudinea riguroasă a metodei științifice și pentru înțelepciunea superioară a matematicii. A învățat-o să cânte la pian, să aplice forma, ritmul și cadența, tempoul și sunetele înalte din concertele lui Mozart la unghiurile elegante ale geometriei. A ajuns să se simtă bine într-o lume în care melodiile ajută la rezolvarea problemelor, întrebările au răspuns, iar ipotezele pot fi demonstrate.

Când tatăl ei s-a oferit voluntar să îngrijească soldații în timpul acelei perioade denumite, în mod naiv, „Războiul Care Să Pună Capăt Tuturor Războaielor", Hannah a făcut toate pregătirile necesare pentru întoarcerea sa: a așezat partitura cu concertul lor preferat pe stativul muzical, cu însemnările lui migăloase; laboratorul, pe care, cât fusese plecat, îl ștersese de praf și-l păstrase curat, era gata pentru următorul experiment. Pe biroul lui erau aranjate, una peste alta, foile cu subiectele examenelor la care luase cele mai mari note și pe care le adusese acasă de la școală să le poată vedea, să verifice și el calculele și să-i spună cât de mândru era de ea.

Nu s-a mai întors acasă.

Atunci când e inhalată, iperita provoacă sângerare și umflături în gât și plămâni. Efectele sale devastatoare nu apar imediat, așa că tatăl ei a fost, timp de douăsprezece ore, un cadavru ambulant. Oricât de bine cunoștea Hannah proprietățile iperitei din sulf, oricât de îndârjită a fost ea în încercarea de a găsi un antidot, nu a reușit să-l salveze.

După câteva luni de doliu, cum impuneau regulile sociale, mama ei s-a recăsătorit. Tatăl vitreg al lui Hannah, Gunther, devotat mișcării *Heim ins Reich*, era un comerciant înstărit de opere de artă și artefacte, ceea ce însemna că socializarea cu cei din cercurile aristocratice avea o importanță crucială pentru afacerea lui. Era dispus să treacă cu vederea trecutul compromis al frumoasei roșcate Renate atât timp cât acesta rămânea ascuns.

Copila ei, o *mischlinge*[1] de prim rang, era o pată vizibilă pe tabula rasa a noii vieți a mamei sale. A fost mai ușor pentru Hannah să fie o orfană la Universitatea din Berlin decât un secret rușinos în cercurile bogătanilor din Austria.

Unchiul lui Hannah, Joshua, care avea aceeași barbă deasă și același râs contagios ca fratele său, mutase munții din loc ca să-i asigure un loc la universitatea unde era profesor de literatură. Avea nevoie de ajutor pentru fiica lui, Sabine, care avea doisprezece ani, deborda de energie și care rămăsese fără mamă din cauza tuberculozei. Duceau o viață chiar plăcută în apartamentul spațios de pe Leichhardtstraße. Deși născută dintr-o mare pierdere, mica familie era binecuvântată cu muzică, unele conversații pline de viață și un simț al umorului și mai viu.

La absolvire, Hannah i-a trimis mamei ei o scrisoare prin care o anunța că obținuse doctoratul în fizică aplicată *summa cum laude*. Renate i-a trimis un mesaj cordial de felicitare care începea cu formula „Dragă prietenă". Pachetul care însoțea felicitarea conținea o brățară cu diamante lunguiețe, pe care Hannah a vândut-o ca să aibă bani pentru o excursie la munte, schiuri noi pentru Sabine și echipament nou de laborator pentru bursa ei de cercetare la Institutul Wilhelm Kaiser. Și astfel s-a format un obicei: de ziua ei și de sărbătorile creștine, Renate îi trimitea câte un cadou scump, dar impersonal. Mustrările ei de conștiință erau astfel risipite, iar ordinea din lumea lui Hannah era restabilită. Auzea râsul tatălui ei în fiecare dimineață la micul dejun. Vecinii bârfeau, dar ea își trăia tinerețea fericită, fără să se gândească la măritiș. Era ocupată cu creșterea lui Sabine și cu rezolvarea fascinantelor enigme din matematică și fizică.

A fost luată complet prin surprindere când, într-o zi, ridicându-și privirea de pe foile cu calcule și ecuații, a descoperit că, din nou, axa universului se înclinase într-o direcție terifiantă.

[1] O persoană de rasă mixtă, în special una de origine parțial evreiască (în limba germană în original)

Capitolul 11

La capătul drumului, Hannah se sprijini de poarta de lemn, își îndepărtă cu mâna nisipul de pe tălpi și se încălță. Jack rămase nemișcat câteva clipe cu privirea fixată asupra orizontului, apoi se uită la Hannah.

– Și unde e Sabine acum?

– N-am avut parte de luxul de a ști soarta celor dragi, răspunse Hannah. Sunt zile în care încă mai sper. În alte zile însă...

„Es gibt nichts auf der Welt das beschamter ist als sich selbstauf Lugen und Fabeln zu grunden", spuse Jack. „Nu există nimic mai rușinos pe lumea aceasta decât să-ți clădești identitatea pe minciuni și închipuiri."

Ea îl privi cu surprindere:

– Cunoști opera lui Goethe.

– La fel ca verișoara ta, se pare.

Jack scoase una dintre cărțile poștale pe care le ținea în buzunarul de la piept și i-o întinse; privirea lui Hannah deveni glacială. Încercă să-și stăpânească revolta stârnită de gândul care-i trecu prin minte: mica sa intimitate răscolită de mâinile lui indiscrete și privirea lui calculată.

– Când o să mă mai interogați, îi spuse ea, măcar să aveți decența de a spune că asta faceți.

– Eu doar caut adevărul, Fräulein Weiss.

– Serios? Căutați adevărul, domnule maior? Sau căutați ceea ce vreți dumneavoastră să fie adevărul? *Man sieht nur das, was man weiß*, îi cită, la rândul ei, din Goethe. Vezi doar ceea ce ți-e familiar.

Hannah merse acasă pe jos, singură, forțându-se să nu privească înapoi, și când, în cele din urmă, nu se mai putu abține, observă că Jack Delaney dispăruse în bezna care se lăsa.

Siluetele întunecate ale munților din jur erau conturate cu o linie de un galben electric, ultimele rămășițe ale apusului care își proiecta lumina de culoarea șofranului prin pânza persistentă de praf. În tabără era deja întuneric; cărările dintre barăci șerpuiau către inevitabila periferie a gardului din sârmă, luminat de reflectoare, care separa complexul militar de bezna care îl înconjura. Hannah se îndreptă către unitatea ei cu mâinile încrucișate la piept, era răcoare. Tabăra era scăldată în lumina lunii acum. Asta îndulcea fețele soldaților și ale savanților, care îi zâmbiră și o salutară din cap când ea trecu pe lângă ei. Hannah le zâmbi și ea, la rândul ei, dar fața îi era ca o mască rigidă. În loc să o ia pe cărarea cu scânduri care ducea la baraca ei, își continuă drumul în sus, pe stradă, simțindu-se mai singură decât atunci când stătuse, solitară, pe banca din parc.

Făcuse o prostie, renunțase la prudență. Preț de o clipă, a confundat compania lui Jack cu ceva ce părea personal. A interpretat greșit manevrele lui, le-a luat drept respect față de opinia ei. Era ușor să comiți greșeala asta, pentru că singurătatea lui era de-a dreptul palpabilă, așa cum era la majoritatea bărbaților care lucrau la Los Alamos, chiar și la cei care erau acolo cu familiile. Poate chiar mai mult în cazul bărbaților cu familie, pentru că ei erau nevoiți să ascundă ceea ce făceau de soțiile lor și să nu vorbească niciodată despre munca ce le absorbea zilnic toată energia. Lăsate în urmă de soții lor, nevestele s-au împrietenit între ele, sporovăiau tot timpul, dar comunitatea lor nu o includea pe Hannah, care se simțea undeva la mijloc. Era ca și cum ai sta în centrul unei mese lungi, la o cină festivă; ea nu era niciodată cu adevărat inclusă nici în conversațiile pe teme profesionale din dreapta, nici în dezbaterile pe teme politice din stânga.

Bărbații care o abordau pe Hannah, când nu era vorba despre muncă, o făceau întotdeauna din dorința de a obține o întâlnire rapidă și secretă - ceva de la care să poți pleca în grabă imediat după ce fermoarul de la pantaloni a fost tras, iar fusta aranjată - și existau momente când Hannah tânjea după o astfel de eliberare, dar nu și-o îngăduia niciodată. Unica ei țintă era de ordin profesional, iar lucrul acesta o ajuta noaptea, când, singură în întuneric, se chinuia să adoarmă, pentru a fi pregătită pentru o nouă zi de muncă. A recunoscut același fel de izolare la maiorul Jack Delaney. A simțit propria ei singurătate rezonând cu a lui, ca două corzi ale unei viori. Dar nu putea avea încredere în el, iar Hannah nu va mai repeta greșeala de a-și închipui că el avea încredere în ea.

Ferestrele laboratorului erau cufundate în beznă, dar veioza era încă aprinsă în biroul lui Jack. Locotenentul Epstein stătea aplecat asupra unui teanc de dosare la un birou de lângă fereastră. Hannah bătu cu putere în geam. Locotenentul, după ce trase o sperietură soră cu moartea, deschise ușa și îi făcu semn să intre.

- Vă pot ajuta cu ceva, doamnă doctor Weiss?

- Nu, voiam doar să vă informez că nu voi fi în baraca mea un timp, spuse Hannah, în cazul în care comandantul dumneavoastră dorește să răscolească printre desuurile mele.

- Noi doar ne facem meseria, spuse Epstein.

- Și o faceți cu mult zel.

- Tocmai făceam cafea, spuse el, iar Hannah îl observă cum se luptă cu propria-i educație, care-i dicta să-i ofere și ei o ceașcă. Doriți?

- Nu e cam târziu? întrebă ea.

- Ba da, dar știți cum e. Trebuie să ajung departe înainte să adorm.

- Poetul-fermier, din Noua Anglie.

– Îl știți pe Robert Frost?

– Veți vedea că sunt plină de surprize, spuse Hannah, observând felul atent în care el aranjează ceașca, farfurioara și două cuburi de zahăr, precum și modul precis în care toarnă laptele fără să se uite. Privirea îi era fixată asupra unei fotografii înrămate, cu o femeie pe un banc stâncos de pe o plajă, iarna. Părul ei tuns scurt la spate avea extra volum din cauza aerului sărat. Hannah știa bine cum e să ți se încâlcească părul din cauza umidității. Ea și Sabine s-au chinuit destul cu senzația asta. Nici un fel de chimicale de la coafor nu a reușit să-l facă să stea drept. Nici un instrument fierbinte de tortură nu a putut să-l netezească.

Femeia ținea în brațe un copil mic care, la fel ca tatăl lui, purta deja ochelari cu lentile groase, fixați cu o curelușă. Hannah zâmbi și îl întrebă:

– Câți ani are?

– Avea doi în poza aceea, răspunse Aaron. Acum are cinci.

– Ați stat mult timp departe de casă.

– Mi-au dat o permisie scurtă de Crăciun.

– Ce drăguț din partea lor.

– Doamnă doctor Weiss, dacă nu mai aveți nevoie de nimic...

– Cred că o să accept, totuși, o cafea. Foarte drăguț din partea dumneavoastră.

Hannah se așeză la un birou gol care, presupunea ea, era al lui Jack și încercă să nu-și trădeze plăcerea de a-l vedea pe Epstein încruntându-se.

– Doar un cub de zahăr, vă rog.

Epstein îi aduse o ceașcă de cafea neagră, cu un cubuleț de zahăr american pe farfurioară. Hannah nu mai fusese în Europa de ani de zile, dar tot nu se obișnuise încă cu gustul ușor acru pe care ți-l lăsau cuburile alea groaznice de zahăr sau cu cafeaua slabă, insipidă, pentru care își sacrificau măruntele lor vieți închistate, petrecute în cutiuțele acelea imposibile.

– Tot încerc să obțin niște cafea din Scandinavia de pe piața neagră, spuse ea. O să vă aduc, dacă reușesc.

– Eu rămân la Maxwell House, răspunse Epstein.

– Aha. Vreți să fie totul legal și în regulă? Chiar și aici?

Epstein își flutură mâinile și răspunse:

– Îmi dau toată silința.

– Nu e ușor, spuse ea, când cei din jurul tău... nu prea știu asta.

– Domnul maior Delaney e la curent, răspunse Epstein. Cu multe lucruri.

– Delaney, reflectă Hannah. Ce fel de nume crezi că e acesta?

– Un nume de familie, zise Epstein, ridicând din umeri.

Ea arătă către spațiul de lucru al lui Jack, care era gol, lipsit de orice lucruri personale – spre deosebire de setul de ceramică pentru cafea și pozele de familie ale lui Epstein.

– Se pare că nu are nici un fel de legături personale. Parcă nu mă surprinde.

– Nu e treaba mea.

Aaron sorbi din cafea, privind-o pe Hannah peste marginea ceștii.

– Are familie?

– De ce vă băgați nasul în treburile lui personale?

– Dar voi de ce ați făcut asta cu treburile mele personale?

– V-am spus, zise el răspicat, noi doar ne facem meseria.

– Ah, eterna scuză.

– Nu avem nevoie de scuze, doamnă doctor Weiss. Cunoșteați toate implicațiile când ați fost de acord să veniți aici.

– Dar dumneavoastră?

– Da!

– Deci ați venit să-i salvați pe evrei? întrebă Hannah. Ca să putem merge toți acasă de Crăciun?

Fâstâcit, Epstein se ridică brusc de pe scaun, deschise ușa și spuse:

– O seară frumoasă, doamnă doctor Weiss.

Hannah puse cu grijă ceașca și farfurioara pe tavă.

– Domnule locotenent Epstein, zise ea, poate dacă dumneavoastră și domnul maior Delaney ați putea vedea dincolo de ideile preconcepute pe care le aveți în legătură cu...

– Cu tot respectul cuvenit, o întrerupse Epstein, habar n-aveți ce lucruri am văzut eu și domnul maior Delaney.

– Asta așa e, răspunse ea, studiindu-i expresia ciudată de pe chip.

– Bună seara, doamnă doctor Weiss, zise el, din nou. Aveți grijă la trepte.

– Bună seara, domnule locotenent Epstein.

Când Hannah trecu pe lângă el pentru a ieși în strada cufundată în liniște, privirea lui rămase fixată pe fotografia înrămată a soției, dar, în ochii lui, Hannah distinse umbra a ceva ce nu va putea nicicând împărți cu femeia pe care, era evident, o iubea. Hannah recunoscu acea umbră familiară. Era povara din spatele unui secret teribil.

Capitolul 12

– Ai uitat să atingi mezuza, o certă Sabine. Avea doar zece ani, iar Hannah aproape douăzeci, dar mama lui Sabine o învățase să respecte tradiția, în timp ce Renate o obișnuise pe Hannah să păcălească radarul. Mezuza fixată pe partea dreaptă a ușii era lungă de vreo opt centimetri, lucrată cu meșteșug din cositor cu straturi de smalț albastru și ceea ce părea a fi o calã îndoită, din perle albe, minuscule.

– Chiar că seamănă cu o calã, acum observ și eu, spuse unchiul Joshua, dar e litera ebraică Shin. De la Shalom, Shadai, Shema.

– Mezuza noastră e cea mai drăguță din toată clădirea, spuse Sabine. A fost un dar de nuntă de la vărul mamei mele.

– Cred că vărul acela a iubit-o foarte mult, observă Hannah, trăgând ușor de panglica roz cu care era legat părul zburlit al lui Sabine.

Sabine nu mai văzuse niciodată klaf-ul – acel pergament minuscul aflat înăuntrul mezuzei –, dar știa cuvintele pe de rost. Când recita cu mândrie din Deuteronom 6, expresia „case pline numai cu lucruri bune" îi reținuse atenția lui Hannah și-i rămase în inimă; venise la o casă plină numai cu lucruri bune – credință, dragoste, ascultare. Liniște pentru studiu și muzică pentru dans. Era un tribut pentru mama lui Sabine ce depășea cu mult perdelele de dantelă, porțelanurile primite la nuntă și mobilele rafinate. Hannah înțelegea de ce îi era atât de greu unchiului ei să plece de acolo. Acolo și-a îmbrățișat dragostea vieții lui când au trecut pragul după căsătorie și apoi, la sfârșitul vieții, în mașina de la pompe funebre după ce a murit.

Când s-a mutat pe Leichhardtstraße, majoritatea intrărilor erau decorate cu mici mezuze din cositor, porțelan sau, la o casă deosebit de avangardistă, din bachelită. Partidul Național Socialist încerca tot timpul să stârnească diverse frici aparent periculoase - de evrei, de imigranți, de comuniști, de homosexuali și de „artiști dezaxați" -, dar, în acea perioadă, era ușor să respingi aceste idei și pe liderul lor ridicol ca pe niște simple lucruri iritante, ca pe o periferie dementă a societății moderne, în care toată lumea are dreptul să spună ce vrea și să creadă ce vrea și care trebuie tolerată. Dar, în primăvara anului 1933, cu câteva săptămâni după ce incendierea Reichstag-ului a distrus clădirile Parlamentului, naziștii au reușit să obțină incredibilul scor de 43,9 procente în alegerile din martie. La scurt timp după aceea, Adolf Hitler - acest porc sălbatic, cu minciunile și teoriile lui conspirative ridicole - a primit puteri dictatoriale absolute.

Una câte una, mezuzele au dispărut din holurile clădirii. Unele au fost luate de familiile de evrei care se temeau să fie identificate. Altele au fost îndepărtate de către noii chiriași, după ce vechii chiriași au dispărut în mod misterios. Până în 1935, tot ce a rămas la majoritatea intrărilor în locuințele din clădire au fost niște mici cicatrice, acolo unde cuiele subțiri fuseseră trase cu forța din tocurile de lemn ale ușilor. Vecini pe care-i consideraseră prieteni - părinții colegilor lui Sabine, doamna care dădea lecții de pian - acum își întorceau capul când treceau pe lângă ei.

- Nu ne urăsc pe noi, spunea unchiul Joshua. Le e teamă de cei care i-ar putea vedea.

- Ah, bine, atunci, răspundea Sabine cu asprime, să le dăm o medalie de aur. Nu era la fel de înțelegătoare ca tatăl ei și avea, ca mai toți adolescenții, o înclinație către sarcasm.

– Trebuie întotdeauna să căutăm să vedem partea bună din oameni, Sabine. Dacă permitem urii să ne mistuie, cum vom mai trăi unii cu alții când se va termina totul?

Să se termine? Cum o să se sfârșească vreodată situația asta? se întreba Hannah.

– „Cei care merg cu dânsul nu-l ajută / Din dragostea ce au, ci din poruncă. / El simte-acum că-n jur i-atârnă titlul, / Ca un vestmânt de uriaș pe trupul / Unui tâlhar pitic", spuse el. Din Macbeth, de Shakespeare.[1] Oamenii malefici inevitabil se întorc unul împotriva celuilalt. Un tiran e omorât întotdeauna de același pumnal care l-a ajutat să ajungă la putere. Așa va fi și cu Hitler.

Joshua refuza să renunțe la încrederea în vecinii pe care-i știa de douăzeci și cinci de ani; printre ei, erau câțiva care veneau la el pe ascuns și-i ofereau ce credeau ei că ar putea avea nevoie: flori proaspete în 1933, mănuși noi, cu un deget, în 1934, lapte în 1935, iar în 1936, un loc în care să se ascundă. Aceia erau vecinii cei buni. Alții l-au tratat cu mai puțină generozitate, oferindu-se să-i cumpere apartamentul, obiectele de artă sau mobilele la un preț ridicol.

Unchiul Joshua nu vorbea niciodată despre bani, dar Hannah observa cum dispăreau lucrurile valoroase. Banii au devenit o problemă după ce profesorii evrei au fost obligați să plece de la universitate. Unchiul Joshua zicea că e un „concediu sabatic" și insista că e fericit că are timp să se ocupe de traducerea unor opere din literatura germană în engleză, dar mândria lui suferea pentru că munca nepoatei lui de la Institutul Kaiser Wilhelm era singura sursă de venit a familiei. Puterea lui de a înțelege și ierta a fost pusă greu la încercare, a început să caute o cale de ieșire pentru el și Sabine, dar, începând cu 1937, chiar dacă aveai bani, era foarte greu să obții actele pentru care era o listă lungă de așteptare, ce se întindea pe câțiva ani, și care făcea viitorul

[1] William Shakespeare, *Macbeth* (ediție bilingvă). Traducere de Mihail Dragomirescu (Târgoviște: Editura Pandora, 2000), pp. 169-171

tot mai incert. Cu tactul și blândețea-i caracteristice, îi sugeră lui Hannah să trimită actele necesare pentru un post la Cambridge.

- Nu, îi spuse ea. N-o să vă părăsesc.

- O să ne descurcăm, zise el. O să obținem actele. Mai am bijuteriile soției. Ar fi fost de acord să le vând ca să pot găsi o soluție salvatoare pentru Sabine.

Joshua nu cunoscu niciodată senzația unui adevărat moment de răscruce, al unui moment decisiv, în care calea de urmat să fie clară. Nu, credința și speranța i-au fost frânte treptat, pe parcursul a câtorva ani.

Pentru Hannah însă, lucrurile erau mult mai puțin ambigue. Ochii ei erau larg deschiși. Cunoștea realitatea la fel de bine și de clar precum elementele din tabelul periodic.

Dar uitase ceva, sau poate asta nu știuse niciodată - cunoașterea și înțelepciunea sunt două lucruri diferite. Înțelepciunea se dezvoltă în cotloanele adânci ale sufletului și este guvernată nu de cap, ci de inimă.

Capitolul 13

Folia de metal de pe baraca Quonset absorbea căldura soarelui, astfel că stropi de apă cădeau regulat ca o picătură chinezească. Jack spera că disconfortul creat de umiditate o să-i ofere un avantaj, dar până acum Hannah rămăsese extraordinar de calmă, privindu-l nemișcată.

Jack împinse microfonul de pe masă spre ea.

– Vreau să te anunț, zise el, că acesta e un interogatoriu.

Hannah nu râse, dar păru mai puțin iritată decât atunci când el îi ceruse să iasă de la coada pentru micul dejun din sala de mese și să-l însoțească în biroul lui.

– Cât durează? întrebă ea. Oppie se va întreba unde sunt.

– Locotenent Epstein, informează-l, te rog, pe domnul doctor Oppenheimer că doamna doctor Weiss ia micul dejun cu mine.

– Da, să trăiți. Epstein verifică aparatul de înregistrare înainte să iasă și să-i lase singuri, față în față.

– Înainte de a începe cu întrebările, zise Jack, ați vrea să-mi spuneți ceva?

– Mai multe, răspunse Hannah, dar decența îmi dictează să le țin pentru mine.

Jack își drese glasul și răsfoi printre notițe, încercând să se decidă de unde e cel mai bine să înceapă.

– N-o să dureze mult.

- Ce vă face să credeți că cineva de aici, de pe Hill, spionează?

- Intuiția, răspunse Jack, ridicând din umeri, înainte să-și dea seama că el nu a dezvăluit niciodată, de fapt, motivul prezenței lui acolo. Sunteți spioană, doamnă doctor Weiss? Strecurați secrete în mesajele de pe cărțile poștale?

- Cum e vorba aceea? Când ești ciocan, orice lucru pare un cui?

- Da, așa se zice, răspunse Jack. Uneori e adevărat.

Ea strânse din buze și decise să ignore insinuarea.

- Eram ocupată cu studiul neutronilor când Oppie m-a angajat în Chicago. Dacă l-ați fi văzut atunci - atât de plin de speranță, așa eram toți, atât de convinși că facem ceea ce trebuie, atât de siguri că era datoria noastră față de știință, față de omenire, să găsim inima atomului.

- Ce s-a schimbat?

- Totul.

- Ați putea să-mi dați niște detalii mai clare?

- Oppie avea o amantă. O chema Jean Tatlock; era membră de partid cu acte în regulă - singura la care el n-a vrut să renunțe când a venit aici. A riscat enorm ca să fie cu ea - era urmărit, telefonul îi era ascultat, al ei la fel. Într-o zi, au mers la el și i-au spus că ea se sinucisese cu o seară înainte. Luase atât de multă codeină și fenobarbital, atât de multe barbiturice și somnifere, încât se înecase în cadă, la ea acasă - îi găsiseră apă în plămâni și stomac. Nici măcar nu l-au lăsat pe Oppie să-și ia o zi liberă, să poată merge la înmormântare. El a continuat să muncească - cu și mai mult zel decât înainte -, dar știa că munca nu ne mai aparține. Era a generalilor. Și ceea ce am înțeles atunci - ceva ce puțini par să vadă - este că, dacă adevărul ajunge pe mâinile cui nu trebuie, ne va distruge pe toți.

- Toți savanții sunt la fel de hotărâți ca tine și Oppie?

- Nu e vorba despre acea hotărâre hipnotică, de care sunt subjugați cei care vor cu tot dinadinsul, obsesiv, să rezolve probleme. E vorba despre doza dublă de afrodiziac, dată de pericol și descoperire.

Hannah își puse cotul pe masă și-și sprijini bărbia în palmă. Degetele ei lungi, subțiri, erau lipsite de orice bijuterie - nu se vedea nici cea mai mică particică de piele albă care să indice că acolo fusese, cândva, vreun inel.

- Nu ne place să recunoaștem că facem ceea ce facem din cauza emoției intense care parcurge un drum familiar, de la o idee vagă la căutare asiduă la repetare, repetare, repetare compulsivă, până la rezultatul final, un moment crucial care pune stăpânire pe toate gândurile conștiente și pe toată capacitatea lor spirituală - echivalentul mental al unui orgasm fizic.

În timp ce o asculta, Jack se trezi gândindu-se la cum arăta în umbrele serii care se lăsa peste Tsankawi, cum se străduia să-și mențină echilibrul, în mijlocul acelor stânci colțuroase.

- Reversul acestei situații, continuă ea, constă în forța și plăcerea de care ai parte când ești descoperit. Să fii punctul de interes al unui puzzle, până când e rezolvat - acest lucru necesită o stare terifiantă de goliciune interioară, sacrificarea cine știe căror secrete care se ascund sub radarul observației politicoase, renunțarea la acoperirea confortabilă pe care ți-o oferă întunericul. Și acolo se află pericolul.

Îi simți privirea pătrunzătoare ațintită asupra lui, de parcă focul din ea putea să mistuie straturile de secrete în care era învăluit, pentru a scoate la iveală goliciunea din interior. Banda aparatului de înregistrat scotea un sunet ritmic, ascuțit, iar apa de la condens picura întruna cu un ecou neplăcut. Crezu că Hannah se va fâstâci sau va cere apă, dar nu se întâmplă asta.

- Domnul doctor Reichl îmi spunea despre o conferință care s-a ținut la Kaiser Wilhelm, spuse el. Mi-ar plăcea să aud punctul tău de vedere despre ea.

Hannah ridică dintr-un umăr:

- Punctul de vedere al unei persoane care a stat pe margine.

- Nu cred că a fost așa, spuse Jack. Dar continuă, te rog.

În timp ce îi povesti despre o sală somptuoasă de bal, plină cu *crème de la crème* a lumii științifice și a elitelor aristocratice din Germania care aveau resursele de a finanța descoperirile cele mai avansate, Hannah nu-l slăbi din ochi. Jack ascultă, așteptând să detecteze vagi pierderi de memorie sau fermitatea dură a unei minciuni bine ticluite. În schimb, auzi altceva - ceva ce nu se poate interpreta - în timp ce ea continua istorisirea bine ticluită, ce putea fi, sau nu, pură ficțiune. Vocea ei avea aceeași grație calmă, melodică, plină de subînțelesuri ascunse. Detaliile păreau destul de adevărate, dar era ceva ce ea omitea cu bună știință. Jack simțea că există un secret care se ascunde ca un țipar pe fundul unui lac liniștit.

Capitolul 14

Somptuoasa sală de bal de la Institutul Kaiser Wilhelm era cufundată în lumina reflectată și în culorile de lavandă, caisă și chihlimbar ale rochiilor care se mișcau în iureșul amețitor al cuplurilor ce dansau pe valsul celor de la Henschel String Quartet. Hannah stătea stingheră pe margine. Acest aspect al locului ei de muncă o făcea întotdeauna să se simtă dezorientată, ca și cum comportamentul ei era total anacronic și inadecvat. Detesta profund manevrele politice frenetice, bărbații care dominau conversațiile, pe care le întrerupeau fără nici o reținere că ar putea ofensa pe cineva și insistând întotdeauna, dar întotdeauna, că ei sunt cei care au dreptate. Mai era, apoi, echivalentul feminin - haine scumpe și postură studiată, pentru a primi atenție. Mama ei fusese un exemplu bun în ceea ce privește stilul și ținuta, astfel că Hannah avea un simț înnăscut al diferenței dintre modă și fițe, dar restul lumii nu părea să împărtășească aceeași opinie despre frumos. Mai era câte o vânzătoare care o tot îmboldea să poarte haine care să-i scoată în evidență talia subțire sau care să fie mai decoltate, dar ea nu se simțea bine în așa ceva. Chiar și acum, aici, în acest mediu extrem de progresist din Berlin, Hannah se simțea cu musca pe căciulă pentru că i se cerea să fie tot timpul feminină, dar, în același timp, să funcționeze într-o lume profesională care o respingea automat pentru că nu era destul de masculină. Era epuizant să păstrezi această mască; Hannah ar fi preferat să petreacă orele acestea în laborator, unde știa cine e, ce are de făcut și avea încredere în stilul inalterabil al principiilor științifice.

Gregor Stern, un inginer elvețian aflat la Berlin cu o bursă de cercetare, ieși din ringul de dans și veni lângă ea, iar Hannah fu bucuroasă să-l vadă. O sărută pe obraji și-i spuse:

- Pari la fel de emoționată cum am fost eu la debut.

- E atât de evident? Hannah își îndreptă spatele, ușor rușinată.

- Nu-ți face griji, zise Gregor cu blândețe. Noi, străinii, rămânem uniți.

Era un bărbat chipeș, care zâmbea des și avea un păr des, creț, tuns scurt la ceafă, iar în față îi cădea neregulat peste frunte. În buzunarul de la piept avea o pungută cu bomboane elvețiene, în formă de fructe, unele dulci, altele ușor acrișoare. Luă una și îi oferi și ei o bucățică de dulceață secretă. În afară de Max Frei, directorul institutului, Gregor era singurul savant care s-a deranjat să poarte o conversație adevărată cu Hannah de când a sosit aici. Cu el, nu trebuia să se întrebe dacă ea sau ideile ei au fost cele care l-au îndemnat să se apropie de ea. Întotdeauna o privea în ochi când vorbeau, privirea nu-i aluneca spre ceas și nici nu cobora de la ochi spre gură sau spre decolteu.

- Ah, *voilà*! spuse Gregor. Cutia de aur a Institutului Kaiser Wilhelm.

Ușor tulburată, Hannah își îndreptă privirea către ringul de dans, unde Stefan Frei valsa cu partenera lui. Se mișca cu o nonșalanță uimitoare, fără pic de inhibiție, un petrecăreț binecuvântat cu amestecul magic de frumusețe fizică, statut social, resurse financiare nelimitate și abilitatea lipsită de orice scrupule de a se bucura din plin de toate acestea. Stefan Frei era adorat, știa să facă persoana cu care era - în sala de bal, de laborator sau în sala de curs - să simtă că strălucește în lumina reflectată de prezența lui.

- Vrei să-ți fac cunoștință? întrebă Gregor.

Hannah refuză, scuturând din cap:

– Se pare că e ocupat acum.

Tanzkart-ul lui Stefan era plin; acest cadril fusese rezervat de Ulrike, sora mai mică a renumitului câștigător al Premiului Nobel, Kurt Diebner. Având în vedere succesul rapid și răsunător al fratelui ei, în cadrul comunității academice și în interiorul Reichului, Ulrike era partenera ideală pentru Stefan – jumătatea cea bună, de alabastru, a unei perechi fundamental puternice. Iar ea își juca rolul cu o grație deosebită. Coroana de bucle a lui Ulrike forma un fel de halou blond, aranjat cu mult stil; fața ei strălucitoare, ca de porțelan, părea luminată din interior – un habitat natural pentru diamante și platină modelată cu finețe. Rochia ei de satin, de o simplitate și eleganță desăvârșite, croită pe corp, scoțându-i, astfel, în evidență liniile siluetei ei zvelte, făcea toaletele celorlalte femei, de culori țipătoare, încărcate cu tot felul de brizbizuri, să pară de-a dreptul demodate prin comparație; lângă strălucirea pe care o emana Ulrike, Hannah se simțea ca o umbră întunecată. Nu voia să pară că o studiază, așa că, atunci când Ulrike o privi în ochi, își coborî repede privirea. Când și-o ridică din nou, își dădu seama că Ulrike se uita insistent la Stefan, care zâmbea sincer amuzat de stânjeneala lui Hannah, ai cărei obraji se înroșiseră. Hannah simțea cum gulerul de dantelă se transforma încet-încet într-un ștreang din perle, sufocând-o. Își atinse obrazul care ardea cu dosul palmei, dorindu-și să se poată retrage și să dispară de acolo, așa că se simți recunoscătoare că Gregor rămăsese lângă ea, ținând-o de talie cu un braț protector, de stăpân.

– Îți place, nu-ți place, îi aminti el, adevărul e că alianțele care se formează în lumea socială conduc oportunitățile în știință.

– Știu, răspunse Hannah. Nimic nu se poate face fără bani, iar de bani nu poți face rost fără să dansezi, din când în când, cum ți se cântă.

– Ulrike e la fel de inteligentă ca fratele ei, plus că înțelege mult mai bine ce înseamnă grația socială. Sprijină progresul femeilor. Ți-ar face bine să o cunoști.

– Ulrike preferă să nu aibă de-a face cu femei „non-ariane" ca mine, spuse Hannah. Doar știi asta, Gregor.

– Prejudecățile astea învechite împotriva „științei evreiești" sunt o prostie. Mai mult decât atât, nu sunt deloc practice. Institutul a pierdut deja câțiva dintre cei mai buni savanți pe care-i avea și, odată cu ei, brevetele și finanțările. Hans Bethe a plecat în Anglia, Peierls în America. Atunci când prejudecățile nu o să mai aducă avantaje financiare institutului, vor dispărea. Trebuie să dispară. Între timp... Gregor făcu un gest către colțul în care Kurt Diebner, cu claia de păr argintiu pieptănat frumos și dat cu pomadă, se afla în mijlocul unui grup de savanți și lingușitori, care erau complet fascinați de personalitatea lui. Mergem și noi?

– N-am mai întâlnit niciodată un laureat al Premiului Nobel, mărturisi ea. Nici pe aproape.

– Și ei sunt tot oameni, spuse el, în ciuda impresiei pe care vor s-o creeze.

Gregor o luă pe Hannah de braț și o conduse către cercul privilegiaților. Diebner era în mijlocul unei argumentații, vorbind despre subiectul intens dezbătut al momentului: rezonanța magnetică nucleară.

– Când nucleii grei sunt bombardați de neutroni, spunea el, fragmentele ar trebui să fie elemente mai ușoare, din partea mai de jos a tabelului periodic, așa că rezultatele sunt absurde. Asta, dacă nu te încrezi în „știința evreiască", adăugă el.

Urmă o tăcere penibilă. Numele Einstein plutea palpabil în aer, dar nimeni nu îndrăzni să-l invoce. Atunci Hannah îl auzi, îngrozită, pe Gregor intervenind în discuție:

– Kurt, doamna doctor Weiss lucrează la excitația gama cu bor.

– Ce idee ambițioasă, spuse Diebner fără a se uita la ea.

Hannah simți disprețul lui Diebner și al acoliților săi, dar Gregor nu se lăsă bătut, o împinse ușor înainte și spuse:

– Doamna doctor Weiss, poate ne împărtășiți și nouă rezultatele experimentelor dumneavoastră cu beriliu?

Sprânceana lui Diebner tresări din cauza iritării.

- Un proces atât de complex și de nobil, spuse el.

Hannah simți cum respirația caldă a cuiva îi gâdila ceafa, apoi auzi o voce blândă rostindu-i în ureche:

- Nu-l lua în seamă pe Kurt. El încă susține că Einstein i-a furat ideile.

Luată prin surprindere, Hannah se întoarse.

- Domnule doctor Frei.

- Doamnă doctor Weiss. Mă bucur să vă cunosc, în sfârșit, spuse Stefan. Gregor v-a ridicat în slăvi de când am venit. Am auzit că sunteți de două ori mai inteligentă și provocați doar jumătate din probleme în comparație cu orice bărbat din facultatea noastră.

- Fără probleme, sper.

- Chiar deloc? Și-atunci unde mai e distracția? răspunse Stefan, tachinând-o cu încrederea celui care e perfect conștient de farmecul său. Hannah simți că i se înroșesc obrajii, dar fu hotărâtă să păstreze un dialog direct cu el, în care să nu ezite să-l privească în ochi.

- Nu prea sunt interesată de distracție, ci de fuziune, spuse ea.

- Atunci trebuie să găsim ocazia de a avea o întrevedere lungă, *tête-à-tête*, zise Stefan, aplecându-se spre ea și dându-i astfel ocazia să-i simtă parfumul scump de bergamotă. S-ar putea să apară ceva șanse.

De data aceasta tonul lui era mai puțin glumeț, iar Hannah nu reuși să distingă nimic disprețuitor sau arogant pe chipul lui.

- „*Mein Schatz*"[1], spuse Ulrike, trăgându-l de braț.

De-abia după ce se îndepărtară, în pași de dans, își dădu Hannah seama că-și ținuse respirația. Menținuse o poziție dreaptă, ca un răspuns natural la efortul de a auzi vocea catifelată, de tenor, a lui Stefan, în vacarmul sălii de bal, dar, de îndată ce el nu mai fu lângă ea, se simți parcă și mai mică. Deveni, astfel, conștientă de atitudinea protectoare pe care ea și mulți alți colegi evrei de-ai ei o adoptaseră de curând: umerii lăsați,

[1] Comoara mea (în limba germană în original)

sugerând parcă nevoia de a se apăra, capul aplecat respectuos, pe scurt, dorința de a-și vedea de treabă fără să fie observați. Era exact opusul ținutei impresionante, maiestuoase, a lui Ulrike Diebner, asupra căreia erau îndreptate multe priviri admirative din sala de bal. Hannah îi spuse lui Gregor ceea ce toată lumea părea să gândească:

– E foarte frumoasă, nu-i așa?

Gregor o luă de braț și merseră pe ringul de dans.

– Nu e nevoie să fii fizician pentru a-ți da seama care e adevărata frumusețe la această petrecere, spuse el, înclinându-se ușor în fața ei și invitând-o la dans.

– Îmi cer scuze. Nu am...

– Ba da, bineînțeles.

Înainte ca Hannah să aibă ocazia să protesteze, Gregor o și cuprinse de după talie și începură să danseze pe acordurile unui vals de Strauss. Hannah simți privirile ațintite asupra ei, dar nu admirative, precum acelea de care se bucura Ulrike. Se auzi, ca un val, un murmur de dezaprobare: un arian care dansează cu o evreică? Și tocmai cu evreica asta – femeia asta care se credea savantă? Când Gregor și Hannah trecură, în dansul lor, pe lângă grupul din colț, Hannah simți privirea insistentă a lui Kurt Diebner ațintită asupra ei.

– Toți se holbează la noi, îi șopti ea, neliniștită.

– Pentru că sunt invidioși, răspunse Gregor.

Hannah își coborî privirea când se întâlniră cu Stefan. Brațele încărcate cu bijuterii ale lui Ulrike îi cuprindeau gâtul, dar privirea lui calmă, apreciativă, rămase fixată asupra ei.

Capitolul 15

NOTĂ DE CONSTATARE

SUBIECT: PROBLEME DE SECURITATE LA SEDIUL Y
Către: Donovan
De la: Delaney

REZUMAT: O geantă neagră din locuința lui WEISS conține cărți poștale cu un caracter criptic.

RECOMANDARE: 1) Scoateți-o pe WEISS din Echipa de Asamblare; 2) Continuați STRÂNGEREA DE INFORMAȚII în cazul WEISS cu repeziciune și tact. 3) Unde NAIBA e GREGOR STERN?

Capitolul 16

Numele și apoi renumele Fuller Lodge au fost suficiente pentru a-l face un punct-cheie în Los Alamos: Ashley Pond și oficiul poștal la sud; toată zona tehnică spre sud-vest; spitalul spre vest. Pe timpul zilei, Fuller Lodge era o imensă sală de mese în care se adunau toți cei care aveau parte de condiții speciale, și anume Oppenheimer, împreună cu colegii săi de elită. În impresionanta sală erau mai multe șemineuri, deasupra cărora tronau capete de elani. Noaptea, după ce se trăgeau mesele și scaunele la o parte, devenea o grandioasă sală de bal.

Jack privea dârele de lumină care se prelungeau prin ușile deschise pe verandă și pe peluza din fața hotelului. Auzea râsetele ascuțite ale doamnelor din interior și ecourile muzicii irezistibile. Câteva femei dădeau lecții de dans, iar în aer se simțea miros de fum și de pin, de tutun și de parfum de damă. Iată că armata a reușit să adune la un loc aceste minți strălucitoare, le-a încercuit cu un gard de concertină, pentru a ține restul lumii la distanță, și cumva, până acum, a mers. În ciuda scrisorilor cenzurate, a drumurilor proaste, a condițiilor de trai incomode, a mâncării oribile și a cardurilor de securitate, acești savanți aiuriți păreau să trăiască într-o stare continuă de exaltare, dedicându-se muncii de laborator și dansului cu parfum de Harlem, Lindy Hop, cu același zel.

Jack străbătu sala plină de fum, în care toți cei prezenți făceau eforturi pentru ca vocile lor să acopere muzica. Se îndreptă spre bolul cu punci, gândindu-se că n-ar fi o problemă dacă ar bea un pahar înainte să meargă la culcare. Se simțea puțin amețit din cauza altitudinii la care se aflau și era conștient de faptul că ceasul lui marca Grove îi calcula fiecare mișcare. O căută pe Hannah cu privirea prin mulțime, poate era undeva în vreun colț, ascunsă de restul petrecăreților de un nor de fum.

Îl zări pe Peter Reichl pe ringul de dans. Hotărât să se comporte ca un om de lume, Reichl dansa și se tot împiedica printre pașii partenerei de dans. Unul dintre savanții mai tineri, cu cizme de cowboy și vestă turcoaz, executa niște pași cu precizia concentrată a unuia care stăpânea perfect un experiment, dar uneori mai făcea câte o mișcare ce ieșea din ritm. Ceea ce ar fi trebuit să arate suav fusese înlocuit cu spasmele parcă incontrolabile ale unei marionete. Cu cât pașii erau mai complicați, cu atât greșea mai mult, iar strigătele și aplauzele de încurajare de pe margine creșteau și ele exponențial.

Întreaga adunare arăta puțin ridicol – trupa de jazz de pe scenă poate că era formată dintr-un matematician, un metalurgist și un chimist analitic; tânărul cu cizme de cowboy, a cărui cămașă era acum udă leoarcă de transpirație, poate că era cel mai bun expert din lume în aliaje.

– Bună seara, domnule maior. Oare am putea vorbi puțin?

Jack se întoarse și-l văzu pe J. Robert Oppenheimer în spatele lui, cu un pahar de martini într-o mână și o țigară în cealaltă.

Oppenheimer era un bărbat foarte slab, scheletic chiar; craniul lui cu scobituri pronunțate și pielea extrem de subțire nu puneau în umbră privirea lui intensă, concentrată. Jack se așteptase la asta, dar nu și la oboseala aceea profundă care i se citea în ochi și care-i făcea să pară de-a dreptul febrili. Gălăgia din încăpere părea să îl înconjoare ca un cocon complice.

– Nu te lăsa afectat de bairamul ăsta, spuse Oppenheimer. Vom fi înapoi la muncă mâine-dimineață la ora șapte ca și cum nici nu s-ar fi întâmplat. Se rezolvă cu vreo două cești de cafea.

Vocea lui Oppenheimer era joasă și melodioasă, atât de blândă și șoptită, încât Jack trebuia să stea foarte aproape de el ca să-l poată auzi. Acest lucru crea un fel de intimitate conspirativă între ei, sentimentul că îi unea ceva. Privirea intensă îl făcea pe Jack să se simtă de parcă el ar fi fost singura persoană din încăpere, singurul care era cu adevărat important. Acum înțelegea Jack în ce măsură mult lăudatul farmec al lui Oppenheimer depindea de tactica excluziunii. Indiferent de câte persoane așteptau să vorbească cu el, să-i pună vreo întrebare, să profite de prețiosul lui timp, atenția cu care Oppenheimer asculta te făcea să te simți de parcă erai singurul care conta. Ce poate fi mai măgulitor decât acest interes amețitor din partea uneia dintre cele mai strălucitoare minți ale lumii?

Oppenheimer își înclină capul, ușor ironic, și se îndreptă spre ușă. Jack merse în urma lui până la un locșor care era, într-o oarecare măsură, mai liniștit, la capătul verandei, de unde puteau vedea cupluri din afara cercului prinse în îmbrățișări și mișcări senzuale.

– Ai creat un mediu de muncă mai puțin obișnuit, observă Jack.

– Ne distrăm la fel de serios și intens precum lucrăm. E ca mersul pe bicicletă – dacă vrei să-ți menții echilibrul, trebuie să fii în continuă mișcare. Muncim de parcă au intrat zilele în sac. Știi cât de mult au avansat nemții cu proiectul lor de cercetare nucleară?

– Nu, răspunse Jack, puțin surprins de întrebare.

– Ai făcut parte din echipa Alsos în Europa, nu?

– Da, zise Jack, dar i-am însoțit doar până la Paris, apoi am fost rănit și m-am întors în America.

– Acum un an, serviciul secret al Aliaților prevestea că Londra nu va mai fi bombardată. Apoi a venit von Braun și ne-a dat cu tifla când a lansat racheta V-2. N-ar trebui să-i subestimăm niciodată, niciodată.

– Domnule doctor Oppenheimer, dacă-mi permiteți.

– Sau dacă o fac, spuse Oppie. Dar, vă rog, spuneți.

– Toată treaba asta are legătură cu doamna doctor Weiss?

– Când apare cineva care ne îngreunează munca, mi se trezește instinctul matern, de cloșcă. Pe chipul lui apăru pe neașteptate un zâmbet larg, dezarmant, care apoi dispăru ca o cortină lăsată. Nu pot accepta să-i monopolizezi timpul, așa cum ai făcut azi-dimineață. Iar acum Collier îmi spune că încerci să-i anulezi autorizația de securitate. Așa ceva e inadmisibil, domnule maior. E un membru-cheie al echipei mele.

– Tocmai asta e problema, domnule doctor Oppenheimer.

– Ești hotărât să vezi în doamna doctor Weiss o *femme fatale* de tipul celor din romanele lui Raymond Chandler și, crede-mă, înțeleg de ce i-ar plăcea cuiva să se concentreze asupra ei, dar savanții nu lucrează cu intuiții. Noi lucrăm cu certitudini, cu fapte.

– Credeam că lucrați cu teorii.

– Nu lucrez la nimic când dumneata mă lași fără oamenii de bază ai echipei.

Preț de câteva minute bune, Oppenheimer se uită fix în ochii lui, de parcă privirea lui scrutătoare ar fi putut sparge suprafața șlefuită a armurii invizibile a lui Jack, de parcă ar fi putut găsi, astfel, sub costumul lui bine făcut, vreo urmă de înșelăciune, vreo neregulă.

– Domnule doctor, știți cumva ce pune la cale doamna doctor Weiss?

– Ce pune la cale...? Asta prea sună a intrigă polițistă, domnule maior, nu credeți? Nu mă așteptam la astfel de subtilități din partea unuia care a absolvit la Harvard.

– O considerați prietena dumneavoastră?

– Am nevoie de fizică mai mult decât de prieteni, răspunse Oppenheimer. O cunosc îndeajuns de bine pe doamna doctor Weiss ca să știu că avem acest lucru în comun.

– De ce e atât de importantă pentru proiect?

– De-abia când am reușit să menținem o reacție în lanț am putut fi siguri că teoriile lui Einstein sunt adevărate. Privirea lui Oppenheimer se mută de la dansatori către ferestrele întunecate ale laboratorului. Cercetările pe care doamna doctor Weiss le-a făcut la Berlin, cele pe care le-a obținut la Chicago - descoperirea aceasta a făcut ca dispozitivul să fie realizabil.

Chipul lui Oppenheimer nu trăda nici cea mai vagă urmă de îndoială sau disconfort, dar Jack observă cum îi pulsează o venă de la gât.

- Vezi dumneata, partea de știință e cea mai ușoară... Ceea ce mă preocupă pe mine este să rămână echipa concentrată. Groves a dat ordin ca savanții să poarte uniforme de armată. Bethe a refuzat. A construit bomba, a zis el, dar doar ca profesor, nicidecum colonel. Charlotte, soția lui Robert Serber, a folosit cuvântul „proletariat" într-una dintre scrisorile sale. Brusc, soții Serber sunt simpatizanți ai comunismului, iar eu am fost nevoit să fac schimb cu cinci dintre cei mai buni doctori ai mei pentru a-i putea păstra aici. Cât despre Edward Teller - cel care stă acolo, lângă ușă, așteptând să poată vorbi cu mine...

Jack se uită în direcția indicată și observă un bărbat scund, fioros, îmbrăcat într-un costum cu două rânduri de nasturi, cu sprâncene negre, groase, care-l făceau să pară tot timpul încruntat.

- Teller crede că munca pe care o face e sub nivelul lui. Se plânge că nu există frumusețe sau eleganță în calculele lui.

Oppenheimer își frecă vârful nasului cu mâna, închizând, pentru o clipă, ochii. Își întinse un picior, apoi pe celălalt.

- Dacă vrei neapărat, domnule maior, să găsești un spion aici, ia-l pe Teller. Dar las-o pe doamna doctor Weiss în pace. Acum scuză-mă, se presupune că eu sunt sufletul petrecerii. Sigur toți se întreabă unde am dispărut.

Oppenheimer se ridică în picioare și se pierdu în mulțime. La ușă, Edward Teller îl opri, după cum se așteptase, și, cu privirea lui veșnic încruntată, începu să-l bată la cap, gesticulând cu degetele lui ca niște cârnăciori în fața lui Oppenheimer.

Jack se simțea la fel de frustrat ca Teller, dar el își păstra frustrarea în interior, o ținea ascunsă undeva, în jurul durerii surde, necontenite, din șira spinării, acolo unde fusese împușcat. Era clar că doamna doctor Weiss nu-i spusese adevărul; bănuia că îl mințise de mai multe ori și totuși, mai întâi Groves, acum Oppenheimer, păreau hotărâți s-o protejeze. Poate că l-a fermecat și pe Oppie să-i ia apărarea.

„Dar și eu pot să joc așa“, se gândi el. Cu o mișcare bruscă, Jack se ridică de pe scaun, ignorând durerea care-i străfulgeră umărul. În șah, mai bine să pierzi o partidă decât să sfârșești în remiză. Salutându-l politicos pe Oppenheimer, se întoarse la Fuller Lodge să-și continue căutările.

Capitolul 17

În cei cinci ani de când Hitler fusese numit cancelarul Reichului, peste o sută dintre colegii lui Hannah dispăruseră din laboratoarele și de pe coridoarele imaculate ale Institutului Kaiser Wilhelm. „Legea privind restaurarea funcțiilor publice" stipula că toți savanții care nu aparțin rasei ariene trebuie dați afară, dar Hannah cunoștea câteva cazuri de persoane care scăpaseră datorită unui amendament făcut în grabă, care le scutea de efectele acestei legi dacă își pierduseră în Primul Război Mondial un tată sau un fiu. Unii dintre cei care fuseseră izgoniți de la locurile lor de muncă, temându-se de direcția pe care o luase țara, fugiseră în străinătate, unde își petrecuseră cei mai productivi ani ștergând pe jos sau aranjând marfă pe rafturi. Alții, prea bătrâni ca să emigreze, s-au dus acasă și au încercat să-și trăiască restul zilelor cât mai discret posibil. Cei care au protestat față de noile reglementări au fost rapid duși, împreună cu familiile lor, în ghetouri, apoi în lagăre sau au fost obligați să muncească precum sclavii în fabricile naziste. Când vestea morții vreunuia dintre ei ajungea prin ghetouri, unchiul Joshua își împreuna mâinile și zicea: „Iperita – a fost *beshert*. Așa a fost să fie. Tatăl tău a murit pentru ca tu să trăiești și să faci munca importantă care ți-e destinată."

– Tată! zise Sabine, lovindu-l uşor cu palma peste braţ. Cum poţi spune aşa ceva?

– Mi-aş da bucuros viaţa pentru tine, Sabine, iar fratele meu şi-ar fi dat bucuros viaţa pentru Hannah. Şi se pare că aşa a şi făcut. Mă consolează gândul ăsta.

– Ce să zic, mă bucur pentru tine, răspunse Sabine, luând-o cu un gest protector pe verişoara ei pe după umeri, dar nu ai nici un drept să pui aşa o povară pe umerii lui Hannah.

Dar Joshua rămânea neînduplecat.

– Nu înţelegi, Hannah? Aşa, moartea lui are un sens.

Hannah scutură din cap, scârbită de ironia situaţiei.

– Moartea oamenilor nevinovaţi nu are nici un sens, spuse Sabine. Refuz să accept că menirea noastră este să fim ucişi în numele nu ştiu cărui bine suprem – sau ca parte a unui plan măreţ şi misterios al lui Dumnezeu. Ai putea zice, la fel de bine, că e de dragul patriei.

– Nu e acelaşi lucru, obiectă Joshua cu o voce blândă, dar fermă. Şi dă-mi voie să-ţi atrag atenţia asupra tonului pe care-l foloseşti când vorbeşti cu mine.

– Ah, da, nu avem voie să ridicăm vocea, zise Sabine. Dacă ne-ar auzi cineva, ar crăpa lumea.

Hannah împături şerveţelul în două, îl puse lângă farfurie şi se ridică de la masă.

– Trebuie să mă întorc la laborator, spuse ea.

– Hannah, nu merge, o rugă Sabine. Îi pare rău. Tată, nu-i aşa că-ţi pare rău?

Nu era nevoie ca unchiul Joshua să-i spună pentru a mia oară că nu era de acord cu faptul că ea muncea într-o zi de Sabat.

– Măcar mai stai până aprindem lumânările.

– Nu pot. Hannah îşi luă lucrurile din cuierul în formă de copac de pe hol. Dacă mă grăbesc, ajung înainte de interdicţie.

– Şi apoi cu ce te întorci acasă?

– Cu grijă, răspunse Hannah, sărutându-l pe obraz. Apoi o sărută şi pe Sabine şi spuse: Sper că o să te găsesc în pat când mă întorc.

Hannah merse cu pași grăbiți spre laborator, strângându-și în jurul corpului șalul cu modele și numărând fiecare crăpătură din trotuar. Ciudata conversație din timpul cinei i se derula necontenit în minte. Munca ei, dacă era menită să dețină vreun sens, trebuia să aibă același scop ca aceea a tatălui ei – și anume, să salveze vieți; ceea ce făcea acum avea potențial. Poate că va avea șansa să fie martoră la sfârșitul tuturor războaielor. Poate că minerii cu plămânii lor negri nu vor mai fi nevoiți să lucreze în mine. Poate că se va instaura o nouă eră de pace și prosperitate. Poate că până și călătoriile în jurul lumii vor deveni la fel de banale precum cele cu automobilul – la început puțin derutant, nesigur, dar apoi un lucru la fel de obișnuit precum căruciorul care livrează lapte zilnic.

Curiozitatea și ambiția lui Hannah rezonau cu setea Germaniei de inovare. Simțea cum îi tresare inima de mândrie și recunoștință de fiecare dată când zărea turlele de cupru ale Institutului Kaiser Wilhelm. Cei mai mulți savanți plecau deja acasă, își încheiaseră ziua de lucru – bărbați în costume elegante, cu serviete de piele și ochelari cu rame metalice. Hannah salută dând din cap, fără să-și ridice privirea, având grijă ca părul lung să-i acopere steaua aurie cusută pe haină. Nu a desconsiderat nici măcar o zi din cei cinci ani petrecuți acolo, nici chiar după ce fusese repartizată într-un laborator minuscul, improvizat, la subsol. Era, mai degrabă, un spațiu de depozitare, în care cei de la întreținere mai efectuau și ceva lucrări de tâmplărie, dar Hannah îl păstra curat și bine organizat.

Ori de câte ori era acolo singură, noaptea, ținea storurile trase și lumina cât mai slabă, dar, înainte de a-și lua pe ea halatul de laborator, așeza două lumânări de Sabat în mijlocul mesei. Lua bricheta din sertarul de sub arzătorul Bunsen, apăsa pe buton și rostea în șoaptă: „*Baruch atah, Adonai Eloheinu, Melech haolam, asher kid'shanu b'mitzvotav, v'tzivanu l'hadlik ner shel Shabbat*“.

Când Hannah aprinse prima lumânare cu mica flacără a brichetei, aceasta aruncă o umbră pe bărbatul care stătea în ușă.

Luată prin surprindere, Hannah făcu un pas înapoi, lovind un scaun de metal care căzu apoi pe gresie.

– Cine-i acolo?

– Doamnă doctor Weiss, sunt eu, Stefan Frei, răspunse el, pășind în cercul cald format de lumina lumânării. Îmi cer scuze, n-am vrut să vă sperii.

– Nu e nevoie de scuze.

– Nu mă așteptam să fiți aici la ora aceasta atât de târzie.

Hannah ridică scaunul de metal, simțindu-se extrem de prost din cauza condițiilor umile în care era nevoită să muncească. Frei era îmbrăcat elegant, ca pentru o ieșire în oraș, într-un sacou în stilul lui Fred Astaire. Ceasul lui de aur, cu lanț, lucea în lumina lumânării. Sclipirea din ochii lui sugera, pe de o parte, amuzament, iar pe de alta, dorința de a cuceri.

– Lumina lumânărilor vi se potrivește, spuse el, dar știți că aveți voie să aprindeți o veioză, chiar două, și peste program.

– E vineri, răspunse Hannah. E timpul să ne oprim din muncă și să cinstim Sabatul împreună cu familia.

– Ah, spuse Stefan, dând din cap. Și-atunci de ce nu sunteți acasă?

– Munca e felul meu de a-l cinsti pe Dumnezeu.

Hannah aprinse a doua lumânare, așteptându-se la o replică din partea lui, dar el rămase tăcut. Cu mâinile în buzunare, se uita la podeaua din gresie.

– Nu vă faceți griji, spuse Hannah. Contrar celor susținute de Führer-ul dumneavoastră, nu e contagios.

Făcând un gest cu mâna, Stefan alungă ideea ca pe ceva absurd.

– Nu mă preocupă politica. Cât despre contagiuni, le las pe seama celor de la departamentul biomedical.

– Unde le e locul, de altfel.

– Aș vrea să știu, doamnă doctor Weiss, cum poate un savant – care și-a dedicat întreaga viață dovezilor empirice – să împace munca științifică cu credința în Dumnezeu?

– Nu încerc să dovedesc că există Dumnezeu. Vreau doar să știu cum lucrează El.

– În moduri misterioase, așa se spune.

– Nu sunt mai misterioase decât cele ale oamenilor.

Stefan scoase o tabacheră de argint din buzunarul interior. Căută bricheta, bătând cu palma celelalte buzunare, iar Hannah, văzând că nu o găsește, își înfipse unghiile în palme, neștiind cum ar reacționa dacă el s-ar apleca și și-ar aprinde țigara de la una dintre lumânările ei. Dar el nu făcu asta, pur și simplu puse țigara înapoi în tabacheră.

– Am auzit foarte multe despre munca dumitale, spuse el. Și iarăși, aceeași expresie în privire. Amuzament și... încă ceva. „Frumoasa și geniala Hannah Weiss, exilată la subsol de către tatăl meu."

– Pentru mine e un mare privilegiu să fiu aici, răspunse Hannah, dar cuvintele ei exersate răsunară fals.

– Mă bucur. Stefan afișă zâmbetul lui larg, de cuceritor. Și totuși, n-ar fi o idee prea bună să vă prindă vreo răceală în umezeala asta.

– Nu e cea mai mare grijă a mea.

– Bănuiesc că nu, răspunse el, iar zâmbetul îi pieri de pe chip.

– Dacă asta e tot, domnule doctor Frei...

– Ar trebui să-mi spuneți Stefan.

– Nu, nu cred că ar trebui.

– Îmi dați voie să vă zic Hannah?

– Aș prefera să nu faceți asta, dar nu stă în puterea mea să mă împotrivesc, spuse Hannah în timp ce bătea toba cu degetele pe masa de laborator. Pot să vă mai ajut cu ceva, domnule doctor Frei? Înainte de a pleca?

– De fapt, ar fi ceva. Luă un dosar din cartonul de manila din cutia de pe peretele din afara ușii biroului lui Hannah și-l deschise pe masă, răsfoind cu degetul câteva pagini. Am coborât să vă las astea. Sunt câteva calcule care ne-au dat bătăi de cap. Azi după-amiază stăteam și ne storceam creierii și la un moment dat m-am întrebat... Închise dosarul și-l împinse spre ea cu degetele lui lungi, elegante, cu manichiura perfectă. Ar fi o problemă dacă v-ați uita peste ele?

– Desigur! Adică nu, nu ar fi nici o problemă. Chiar deloc. O să o fac bucuroasă. Luă dosarul, sperând ca el să nu observe cât de mândră și de încântată era că i se cere așa ceva, că i se recunosc, astfel, valoarea și meritele.

– Până săptămâna viitoare, spuse el.

Tonul tăios al vocii contrasta cu zâmbetul triumfător. Hannah își aminti care-i e locul și se gândi, cu amărăciune, cât de ușor o manipulase, lăsând-o să creadă că o consideră colega sau chiar egala lui.

– Da, Herr Doctor, spuse ea. Săptămâna viitoare. Sigur.

– O seară bună, doamnă doctor Weiss.

Hannah ținea dosarul la piept, așteptând ca el să plece, dar el zăbovea, privind-o intens, până când zise și ea, la rândul ei:

– Bună seara, domnule doctor Frei.

Hannah se mișcă de-abia după ce-l văzu dispărând spre capătul coridorului. Apoi, cu dosarul la piept, traversă încăperea și închise ușa cât putu de repede. În urma lui, mai pluteau încă în aer parfumul scump, miresmele de bergamotă, coniac și lemn de santal.

Se așeză la birou, deschise dosarul în fața ei și se apucă de acele calcule complexe. Numerele păreau că se aliniază într-o simfonie. Nu exista nici o notă greșită. Hannah mai parcurse o dată paginile. Își duse mâinile la ceafă, să-și relaxeze puțin umerii. Trebuia să existe un motiv pentru care nu reușeau să obțină un nivel mai ridicat de radioactivitate. Printre rânduri și cifre – unele scrise și rescrise cu grijă, altele mâzgălite în febra inspirației –, Hannah simți esența subtilă, greu de definit, a ipotezei spre care se îndrepta munca lor. Era convinsă că, dacă i s-ar da voie să participe și ea la acea conștiință hiperactivă, care aduna și circula tot felul de idei, ca într-un vârtej, ar putea dibui ceva ce nu reușea să descopere acum. Dacă i s-ar da voie să fie în acea încăpere...

Dar n-avea rost să se gândească la astfel de scenarii imposibile, altfel risca să piardă această șansă de a dovedi de ce e în stare. Se așeză și începu să revizuiască cifrele și ecuațiile. Apoi încă o dată. Și încă o dată. Nu-și dădu seama că ațipise decât atunci când tresări la auzul unor bătăi puternice în ușă. Trăi momentul acela de tranziție de la inconștiență la realitate ca pe o cădere, ca pe lumina unei lumânări care aruncă umbre înfricoșătoare. *Au venit.* Hannah se ridică în picioare, cu spatele drept și inima bătându-i să-i iasă din piept.

Ușa se deschise și intră asistenta ei, Karin Hoenig. Karin era o doctorandă timidă și puțin neîndemânatică, cu o înfățișare comună, singurele ei trăsături distinctive fiind părul roșcat și pistruii de pe față.

– Karin, ce faci aici?

– Ați venit devreme, răspunse Karin.

– Cât e ceasul? o întrebă Hannah, masându-și ceafa.

– Ați rămas aici toată noaptea, zise Karin, mirată. Ce a putut fi atât de important?

– Stefan Frei mi-a adus aceste calcule.

– A fost aici, la subsol? întrebă Karin, făcând ochii mari cât cepele.

Hannah încercă să schițeze un zâmbet. Era evident că, la fel ca toate tinerele din Berlin, Karin era atrasă de Frei, doar reprezenta exact ceea ce și-ar dori o tânără nemțoaică – sânge pur, viță nobilă și educație aleasă.

– Domnul doctor Frei m-a rugat să mă uit peste calculele astea.

– O să mai vină aici?

– Nu știu, răspunse Hannah, dându-și seama de-abia acum că nu știa dacă se întoarce după rezultate sau așteaptă să-i fie trimise la birou. Cred că o să i le duc eu la birou.

– Aș putea să i le duc eu, spuse Karin. Adică – aș fi bucuroasă, dacă pot să vă ajut astfel.

Când i-a fost repartizată Karin, Hannah a încercat să-i fie mentor, dându-și toată silința să-i explice tot felul de lucruri și să-i arate căi mai scurte de rezolvare a problemelor. Dar n-a trecut mult timp și a întâmpinat din partea lui Karin o atitudine ce îmbina sfidarea agresivă, iritarea că trebuie să muncească și frustrarea că nu și-a găsit încă un soț. Hannah înțelegea aspirațiile lui Karin; văzuse și ea posterele de propagandă care înfățișau femei tinere alăptându-și copiii la sân în mijlocul familiilor lor perfecte, într-un mediu idilic. O înțelegea pe Karin care, tânără și influențabilă cum era, devenise repede convinsă că singurul scop nobil al unei femei era să aducă pe lume copii - cu cât mai mulți, cu atât mai bine. Totuși, ranchiuna prost mascată a lui Karin nu contribuia deloc la îmbunătățirea relației lor, care și așa era destul de dificilă.

- Mulțumesc, Karin, nu e nevoie. Hannah adună foile lui Stefan și le puse înapoi în dosar. Calculele erau corecte. Știa că nu mai avea ce face cu ele, pentru că el îi ceruse doar să verifice numerele, dar nu acolo era problema. Luă un pix roșu dintr-un pahar de pe birou și scrise pe coperta dosarului: TRATAȚI GREȘIT PROBLEMA. Nefiind sigură cum ar reacționa Frei la aceste cuvinte, îi spuse lui Karin: Poate ar fi mai bine să strecor dosarul sub ușa de la biroul lui și-apoi îl găsește el luni.

- A, da, poate că e o idee bună. Karin părea demoralizată.

- Plec acum, Karin. Încui tu după mine? Hannah voi să facă un gest mărunt care să-i arate că o înțelege, să o atingă ușor pe braț sau pe umăr, dar simți că ar fi fost greșit înțeleasă, așa că își îmbrăcă haina și-și trecu șalul peste umeri.

- Sigur. Vă doresc un sfârșit de săptămână plăcut, doamnă doctor Weiss.

Hannah urcă scările pustii până la etajul principal și observă, cu surprindere, că ușa de la laboratorul lui Frei era deschisă. Contrastul dintre locul în care lucra el și încăperea de la subsol pe care o folosea ea drept laborator era izbitor. Nici nu-și putea închipui cum ar fi să-și petreacă zilele în acel laborator spațios, în care intrau lumină și aer din belșug prin ferestrele înalte și în care se aflau mese lungi, de mahon, încărcate cu aparate de ultimă generație. Când Hannah se apropie de ușa deschisă, auzi acordurile Simfoniei nr. 4 a lui Bruckner de la un gramofon, amestecate cu râsete de femeie.

– Stefan! Ești incorigibil.

Era Ulrike Diebner. Hannah se retrase repede în umbra de după ușă, nu pentru că îi era teamă, ci pentru că era curioasă să audă ce vorbeau cei doi.

– O să ratezi prezentarea, spuse Ulrike. Doctorul Speer sigur va fi acolo.

– Îmi pare rău, draga mea. Tata mă tot bate la cap să termin asta și să fiu al naibii dacă...

Restul cuvintelor se pierdu din cauza muzicii și a scârțâitului cretei pe tablă. Tare și-ar fi dorit Hannah să poată vedea ce numere scriu degetele lui, calculele care se formau prin raționamentele minții lui și care făceau legătura dintre lumea fizică și universul nevăzut al ideilor și al posibilităților.

– ...înainte de luni, îl auzi pe Frei spunând. Trebuie să mai verific o dată calculele astea.

– Nu sclava ta evreică se ocupă de așa ceva? întrebă Ulrike.

Hannah tresări de parcă cineva o lovise peste față. Se lipi de perete, neștiind ce să facă; ar fi vrut să audă ce va răspunde el, dar și să-i arunce foile cu calculele în față.

– Poate fi utilă, spuse el. E o matematiciană de excepție.

– Ce să zic, ăsta-i rolul lor, bănuiesc.

Ulrike merse la gramofon, iar tocurile pantofilor ei scumpi răsunară în încăpere. Muzica lui Bruckner acoperea tot ce-și spuneau. Hannah strecură dosarul în cutia de corespondență de pe perete și se îndepărtă cu pași grăbiți. Tot ce-și dorea era să ajungă cât mai repede acasă și să doarmă.

În drum spre apartament, trecu pe lângă o brutărie de unde, cu câteva luni în urmă, își îngăduise să-i cumpere lui Sabine micul dejun preferat – prăjitură cu șarlotă și zmeură. Acum se opri pentru a se uita la vitrinele luminate. Totul arăta la fel; fata cu bonetă albă, pâinile și celelalte produse de patiserie, la fel de apetisante. Dar exista o diferență: în geam era un afiș - mic, dar clar vizibil - pe care scria că evreii nu sunt bine-veniți. Lui Hannah îi era dor de zilele simple în care se bucura de lunga plimbare până la stația de autobuz, când trecea pe lângă florăria în care admira gențianele albastre și galbene, albăstrelele și crinii imperiali, apoi pe lângă farmacie, unde se putea opri pentru a privi produsele expuse în vitrină sau pentru a primi sfaturi legate de remedii naturiste de la farmacist. Acum însă, trebuia să-și adune toate forțele pentru lungul drum spre casă, pe jos, pentru că nu mai era sigură în care autobuze avea voie să urce sau în care magazine avea voie să intre într-o dimineață de sâmbătă. Erau atât de multe reguli acum... aproape patru sute de decrete separate, emise de puterile naționale și regionale, toate vizând să consolideze *Verordnung zur Ausschaltung der Juden aus dem deutschen Wirtschaftsleben*: Decretul privind eliminarea evreilor din viața economică.

Exista o lege care le interzicea evreilor să cumpere pâine de la cei care nu erau evrei, înainte de ora 5:30 după-amiaza, o lege care le interzicea evreilor să vândă pâine celor care nu erau evrei la orice oră, o lege care le interziceau ne-evreilor să cumpere pâine pentru evrei și o lege care interzicea ne-evreilor să ofere cadou ingrediente pentru făcut pâine evreilor și evreilor să le ofere ne-evreilor pentru a face pâine pentru ei și de la evrei pentru alți evrei. Exista un număr maxim de țigări vândute evreilor, dar și o lege-anexă privind brichetele, existau interdicții privind zilele și orele pe care evreii le puteau petrece la cumpărături de aspirină, încălțăminte, timbre poștale, unt, vin, legi care interziceau achiziționarea obiectelor de lux de către evrei, legi care restricționau necesitățile zilnice și, bineînțeles, o lege care impunea ca steaua aurie să fie la vedere, pentru ca nici un comerciant să nu poată pretinde că nu știa cu cine are de-a face când cântărește două uncii de bucăți de lemn-dulce pentru un copil înainte de ora 18, într-o zi de joi.

Fără să încerce măcar să cumpere ceva, Hannah se îndreptă obosită spre plăcuta zonă în care locuia. Era o enclavă elegantă, aproape aristocratică, cu rânduri de case bine întreținute pe cele două părți ale străzii liniștite. Ferestrele mari, cu trei laturi, ieșite în afară, și sticla cu decorațiuni aminteau de un timp când orașul Berlin fusese un loc mai vioi, mai civilizat și mai omenos, preocupat de artă și de arhitectură. Din stejarii înalți căzuseră aproape toate frunzele, care acum acopereau trotuarul, adunate ici-colo în grămăjoare aurii. Când Hannah ajunse în fața ușii, aproape că nu mai simțea nimic neobișnuit, ca și cum ar fi trăit într-o lume normală, stabilă, rațională, în care putea să stea în localul ei preferat să savureze o înghețată.

Capitolul 18

Clătinându-se puțin din cauza pantofilor cu tocuri înalte, Alice Rivers strigă din celălalt capăt al ringului de dans:

– Jack! Domnule maior Delaney! Era evident că deja băuse câteva pahare de punci, iar acum sorbea dintr-o cană care îi atârna într-un echilibru precar de degetul arătător. În sfârșit ați venit și voi, băieții, credeam că nu vă mai lasă să ieșiți să vă distrați.

– Bună, domnișoară Rivers, spuse Jack, zâmbind amabil, dar clătină din cap când ea îi oferi ceașca ei cu punci. Sunt în timpul serviciului. Dar mulțumesc.

– Oo, hai, nu mă refuza, zise Alice, alintându-se și luându-l cu brațul de după cap. E stropit cu alcool de laborator.

– Poate mai târziu.

Alice chicoti, dar se opri brusc când își dădu seama că Jack se uita peste umărul ei la un fotoliu de piele din colț, unde stătea Hannah Weiss cu o ceașcă de ceai și cartea pe care o începuse mai devreme.

– Nu e disponibilă, îi șopti Alice cu un aer de atotcunoscătoare. Cred că are o aventură. Poate cu unul dintre cei însurați.

Jack se aplecă și-i spuse, imitând-o, pe un ton conspirativ:

– A vorbit despre cineva anume?

– O dată. Un nume ciudat. Începe cu G, cred.

– Gregor?

– Da, probabil. Zicea ceva bla-bla Gregor, apoi s-a oprit. Nu e foarte sociabilă.

– Nu e ca tine.

– Nu, deloc! Alice îi mângâie bărbia cu vârful unghiei. Nu-mi place bârfa. Vreau doar să contribui și eu la efortul colectiv.

– Apreciez devotamentul dumitale, domnişoară Rivers. Poate reuşesc să vă găsesc un loc în echipa mea.

– Şi poate – dacă eşti băiat cuminte – o să păstrez un dans pentru tine.

– Chiar vă rog, spuse Jack, desprinzându-se uşor, dar ferm, din îmbrățișarea ei. Altă dată.

Alice își țugui buza de jos, vrând să-i arate, în glumă, că e dezamăgită și bosumflată. Era o femeie frumoasă, în stilul acela simplu, sănătos, care reprezenta un avantaj într-o perioadă de război, dar Jack nu era adeptul atracțiilor trecătoare. Și-apoi, cu siguranță nu avea de gând să se lase atras într-o intrigă amoroasă taman în sediul militar de la Los Alamos. Locul era un soi de vas Petri pentru tipul acela de flirturi interzise și indiscreții superficiale care se petrec atunci când oamenii se află departe de normele societății civilizate. Lui Jack îi era foarte cunoscut spiritul liber și înfocat al femeilor singure, care munceau acolo. Unele dintre ele se comportau ca marinarii care rămâneau câteva zile pe țărm și, când se gândea la mediul în care fuseseră crescute – în convenționalitatea post-victoriană, cu o doză din Marea Criză Economică –, parcă înțelegea logica distorsionată care se ascundea în spatele emancipării lor.

Claritatea ambiției și a hotărârii care o caracteriza pe Hannah era ceva cu totul diferit. Stilul ei reținut trezea o curiozitate nedorită în el, o dorință de a sparge carapacea prin care se ținea la distanță de tot ce era în jurul ei pentru a descoperi vulnerabilitatea delicată din interior. Jack știa că existau, la ea, mult mai multe aspecte decât cele semnalate de Groves și Oppenheimer.

Nu avea nici un rost să fie viclean sau aparent indiferent. Erau angajaţi amândoi într-un meci de tenis în care combatanţii sunt aproape egali, fiecare sperând că celălalt va face o greşeală cât de mică, preţ de o fracţiune de secundă, ca să poată schimba, rapid, tactica.

– Sunt surprins să vă văd aici, spuse Jack, trăgând un scaun de lemn spre masa de lângă fotoliul pe care era aşezată ea. Nu credeam că vă plac petrecerile.

– E mai puţin aglomerat aici decât în locuinţa mea.

– Ei, nu-mi spuneţi că încă sunteţi supărată din cauza asta.

Hannah îşi împreună mâinile pe cartea deschisă din faţa ei. Jack se aplecă în faţă să vadă mai bine mâzgăliturile şi calculele care acopereau marginile paginilor.

– Nu vă opriţi niciodată din muncă? întrebă el

– Dar dumneata?

– Ba. Jack suspină adânc. Trebuie să vă pun câteva întrebări în legătură cu cărţile poştale.

– Sunt convinsă. Credeţi că înseamnă altceva decât ce sunt de fapt, aşa că o să mă tot întrebaţi de ele.

– Spuneţi-mi ce înseamnă. Poate atunci n-o să mai insist.

Hannah rămase tăcută, cu o expresie indescifrabilă pe chip. Jack aşteptă ca tăcerea să-şi facă efectul şi, după câteva momente, povestea ieşi la iveală.

Capitolul 19

Dis-de-dimineață, în lunea de după vizita lui Stefan Frei de Sabat, Hannah și Sabine își îmbrăcară paltoanele de lână, asigurându-se că stelele aurii rămân la vedere. Recent, o fată de la școala unde învăța Sabine fusese dusă cu forța pe o stradă lăturalnică și violată, iar atacatorii scăpaseră basma curată susținând că au vrut să-i dea o lecție pentru că nu purta steaua unde trebuie. În ochii lui Hannah, era o poveste cu tâlc, un avertisment pentru cei care încălcau regulile; pentru Sabine, era o poveste cu tâlc despre incredibila stupiditate a adulților și despre nedreptatea vieții în general. Joshua s-a chinuit foarte mult să medieze între cele două interpretări cât să se poată bucura toți de micul dejun. Realitatea indiscutabilă era că, pentru se putea urca în autobuz și pentru a intra în biblioteca în care voia să citească pentru a-și termina studiile, Sabine trebuia să poarte steaua, nu mai era nimic de zis pe această temă.

Când s-au oprit să atingă mezuza, Hannah i-a spus:

– Sabine, dacă te întorci într-o bună zi de la școală și găsești mezuza ruptă sau vandalizată în vreun fel...

– Știu, știu, mormăi Sabine. Fug acasă la Frau Wutke cât de repede pot. Ușa secretă din spatele dulapului. Mi-ai zis de o mie de ori.

Au continuat să pălăvrăgească în timp ce coborau scările, dar, când au ajuns în dreptul unei ferestre înguste care dădea spre stradă, Hannah o apucă pe Sabine de braț.

- Stai!

Pe cealaltă parte a trotuarului, vizavi de intrarea lor, era un Mercedes negru, lucru rar întâlnit în cartierul acela. Rezemat de el, aștepta un bărbat care fuma o țigară. Era îmbrăcat într-o haină lungă, neagră. Fața îi era ascunsă de o pălărie trasă dibaci într-o parte.

- Ce s-a-ntâmplat? întrebă Sabine. Cine-i omul acela?

Hannah o luă pe verișoara ei de mână.

- Când ajungem în hol, ies eu prima. Singură. Tu așteaptă lângă cutiile poștale și numără până la o sută, apoi ieși și ia autobuzul spre școală. Să nu te uiți la mine. Și, orice ar fi, să nu te uiți înapoi.

- Nu! Hannah, rămân cu tine.

- O să faci cum îți zic! Măcar de data asta - te rog. Nu avem timp să ne certăm acum. Hannah o trase spre ea și o îmbrățișă strâns. Sigur nu e nimic. Bine? Totul va fi bine.

- Nu mai zice așa! Sabine încercă să facă un pas înapoi, să se îndepărteze de Hannah.

- Sabine, cei mai inteligenți oameni pe care îi știu - toți îmi spun că o să treacă. Nebunia asta. O să treacă în scurt timp și vom avea din nou alegeri cum trebuie și totul va reveni la normal. N-au nici o îndoială că așa va fi. Dar până atunci - pentru a fi în siguranță -, te rog, fă cum îți spun.

Sabine privi pe fereastră, înghiți în sec și aprobă din cap. Ținându-se strâns de mână, cele două coborâră până la cutiile poștale de la intrare.

- Să nu-ți fie frică, spuse Sabine, dar era limpede ca lumina zilei că se forțase să rostească acele cuvinte.

- Ne vedem la cină. Bine?

- Da. Bine. Sabine aprobă din cap, înțelegătoare. La cină.

Hannah reuşi să schiţeze un zâmbet în timp ce se întorcea să traverseze holul. Împinse uşa de la intrare şi privi în stânga şi în dreapta să vadă dacă mai era cineva pe stradă, apoi aruncă o privire către ferestrele vecinilor, întrebându-se câţi dintre ei o urmăresc, ascunşi în spatele perdelelor de dantelă. Bărbatul de lângă Mercedes aruncă ţigara pe trotuar, o călcă cu talpa, ridică chiştocul şi-l vârî în buzunarul de la haină. Când se ridică, Hannah reuşi să-i vadă faţa şi răsuflă uşurată, apoi simţi o strângere de inimă, ca un avertisment, ca o senzaţie de teamă de ceea ce putea reprezenta prezenţa lui acolo.

– Domnule doctor Frei...

– Dacă abordarea e greşită, spuse el, de ce te-ai mai deranjat?

– Pentru că aţi pus întrebările corecte.

Hannah se întoarse spre uşă, bâjbâind lângă încuietoare, câştigând astfel un scurt răgaz pentru ca degetele să i se oprească din tremurat şi să i se liniştească pulsul. Era a doua oară în 48 de ore când el îi dădea ziua peste cap, zâmbind nepăsător de parcă venise s-o ducă la o petrecere. Fie nu-şi dădea seama în ce situaţie extremă se afla ea, fie nu-i păsa – pentru Hannah nu avea nici o importanţă practică să ştie precis care dintre cele două variante era cea corectă. Coborî scările şi se îndreptă spre staţia de autobuz. Stefan Frei o însoţi, rămânând cu un pas în spatele ei.

– Kurt a crezut că e vorba de actiniu, spuse el.

– Kurt caută doar aplicaţii, răspunse Hannah. Ar trebui să divideţi atomi care au mai mult de un neutron.

– Dar Von Laue a încercat deja asta, iar rezultatul...

– Cercetările lui sunt incomplete, îl întrerupse Hannah. Nu vă pot da un răspuns simplu, domnule doctor Frei, mai ales că nu am voie să particip la experimente. Dar asta i-aş pune pe sclavii mei evrei să facă, dacă aş fi în locul dumneavoastră.

– Hannah...

Se opri şi, când Hannah se întoarse să se uite la el, observă că el era sincer ruşinat. Atunci, în loc să încerce să formuleze cine ştie ce scuze, îi spuse:

– Dă-mi voie să te duc cu mașina.

– Nu, mulțumesc.

– Nu fi încăpățânată. Imediat începe să plouă.

– Nu cred că vrei să oprești în fața Institutului cu mine în mașină.

– Hannah.

De data aceasta, ea nu mai privi înapoi. Se concentră asupra propriilor pași, un picior în fața celuilalt, pe rând, iar când sosi autobuzul se urcă și arătă dispensa care-i dădea voie, în calitate de cetățean austriac, să călătorească cu autobuzul.

În următoarele zile, a mai primit, din când în când, dosare de la Frei în cutia poștală de pe peretele de lângă ușă. Le asemăna cu un fel de mezuze, iar gândul acesta o amuza pe Hannah. Verifica cifrele, făcea însemnări și, uneori, sugestii pe marginea paginilor, iar Karin era mereu foarte săritoare să ducă dosarele înapoi la biroul doctorului Frei. În cele din urmă, într-o după-amiază, când toamna era pe sfârșite, Hannah primi invitația să participe la o adunare care se ținea în auditoriul profesorilor. Ajunse acolo devreme, se așeză pe un scaun din spate și-i privi cu atenție pe ceilalți membri, pe măsură ce intrau.

Savanții erau grupați în diferite găști, în funcție de prietenii personale și afinități profesionale. Unii se străduiau să stea cât mai aproape de Diebner și de Frei, în grupul pe care Gregor Stern îl numea, în glumă, Ghetoul celor cu Nobel. Max Frei intră ultimul, însoțit de comandantul Gerhard Scholl, în uniformă nazistă. Un freamăt colectiv străbătu sala, nimeni nu scoase nici un sunet, dar reacția fu incontestabilă. Savanții adunați acolo munciseră cu convingerea separării dintre știință și stat. Existau, bineînțeles, tot felul de zvonuri, dar era prima dată când vedeau o banderolă cu svastică la cei care se așezaseră, cu îndrăzneală, în rândul întâi. Era prima dată când Hannah își vedea colegii salutând, crispați, la unison: „Heil Hitler“. Se obișnuise să audă acest salut la poștă sau la magazinul de delicatese. Și copiii îl rosteau, pe stradă. Șoferul autobuzului spunea „Heil Hitler“ înainte de a apăsa butonul care închidea ușile. Chelnerul spunea „Heil Hitler" când aducea chitanța. Și totuși, în locul acesta, în care muncea, în care știința era sfântă, salutul părea un simbol de rău augur.

– Bună dimineața, Hannah. Gregor se trânti pe scaunul de lângă ea și-i oferi ceva dulce. Apoi își duse degetul sub nas, de parcă ar fi avut mustață, și rosti cu voce caricaturală:

– Heil Hitler!

Hannah îi îndepărtă mâna de sub nas.

– Nu fi prost, Gregor.

– M-am născut în Zürich, spuse el. Pot să mă pupe-n fundul meu elvețian.

– Te rog, nu atrage atenția.

– Din câte aud, tu ești cea care atrage atenția zilele astea.

Hannah continua să privească înainte.

– Nu știu despre ce vorbești.

Vorbind încet, fără pic de amuzament în glas, Gregor îi spuse:

– Nu pierde ocazia asta, Hannah. Bătu ușor cu degetul tâmpla lui Hannah. Ce ai dumneata aici, Fräulein, e biletul tău.

– Spre ce?

– Spre orice destinație vrei, răspunse Gregor. Eu doar îți spun...

– Ce? Hannah își încrucișă brațele într-un gest defensiv. Doar îmi spui ce?

– Că tu ai ceva de care ei au nevoie și, atât timp cât nu devii prea îngâmfată, tu și ai tăi sunteți în siguranță.

– Gregor, spuse Hannah, dacă aș avea nevoie de ajutor într-o chestiune personală, dacă ar avea nevoie cineva de acte, de exemplu, crezi că aș obține ajutor sustrăgându-mă de la lista de așteptare?

– Probabil. Aruncă o privire peste umăr către un grup restrâns de colegi care stăteau cu un rând sau două în spatele lor. Uite. Ține capul plecat. Fă ce ți se cere. O să investighez puțin în legătură cu... Of! Începe. Gregor o strânse de mână. Pune-ți centura de siguranță, draga mea.

– Domnilor, bună dimineața. Stefan Frei păși pe podium. Vă rog să luați loc. Da, mulțumesc. Mulțumesc pentru prezența dumneavoastră.

Făcu un gest către Kurt Diebner, îndemnându-l să urce pe scenă, în timp ce în sală se lăsă tăcerea.

– Bună dimineața, domnilor, spuse Diebner. Am să vă transmit niște vești extraordinare. Eu și domnul doctor Frei am făcut o descoperire majoră. În momentul în care ne-am dat seama că ar trebui să divizăm atomi care au mai mult de un neutron, am dus cercetarea lui Von Laue la un nivel mult mai înalt.

Se auzi un ropot de aplauze, apoi Diebner începu să prezinte în detaliu cercetarea care-i era perfect familiară lui Hannah. Privirea ei era ațintită asupra lui Frei, care stătea deoparte, cu mâinile împreunate la spate. Se întrebă dacă o să-i arunce măcar o privire de apreciere, dar el nici nu se uită în direcția ei.

– Fotonul cu raze X s-a ciocnit cu o serie de electroni, concluzionă Diebner, lucru care explică nivelurile mai ridicate de radioactivitate.

Făcu o ușoară plecăciune, după care toți cei din sală izbucniră, din nou, în aplauze, care ținură până când comandantul Scholl se ridică în picioare și le făcu semn cu mâna să se oprească.

– Domnule doctor Diebner, spuse el, această descoperire poate fi aplicată și la nivel militar?

Stefan Frei făcu un pas înainte.

– Herr Commandant, încă nu am început să studiem...

– Dacă energia crescută poate fi ținută sub control, îl întrerupse Diebner, rezultatele ar transforma războiul modern. Planul nostru este să ne concentrăm asupra acestui lucru.

Pentru prima dată de când intrase în sală, Stefan Frei se uită spre Hannah, iar privirile li se întâlniră. Ea tocmai se ridica să plece.

Capitolul 20

Stând la o măsuță de lângă fereastră și privind caldarâmul umed al celebrei străzi Ku'damm, Hannah ar fi vrut ca verișoara ei să stea locului, să-și bea ciocolata caldă și măcar acum - măcar de data asta - să urmeze instrucțiunile fără obiecții.

- Nu sunt copil, protestă Sabine. Peste câteva luni împlinesc 18 ani. Tu vrei să rămân tot o copilă, Hannah, dar realitatea e că am crescut - în ciuda eforturilor tale de a mă vedea tot timpul cu o fundiță roz pe cap.

Hannah suspină adânc, așa cum știa că nu-i place lui Sabine, dar fuseseră nevoite să meargă pe jos, prin frig și burniță, multe străzi până au găsit o cafenea unde erau dispuși să le servească, iar Hannah era la capătul răbdării.

- Nu-i adevărat, eu vreau să crești și să te maturizezi. De aceea e atât de important să mergi să locuiești cu verișoara mamei, Miriam, în Chicago.

- Fără tine? Fără tata?

- Nu avem cum să obținem vize pentru toți trei. Pentru tatăl tău sunt alte căi. Ieri am auzit de un program creat pentru a duce profesori evrei la universitățile din sudul Statelor Unite. El e un candidat excelent.

- Dar tu, Hannah?

– Eu am un plan, îi răspunse Hannah. Să nu-ți faci griji pentru mine. Trebuie să rezolv ceva înainte de a pleca, dar o să vin la voi cât de curând pot. Sau te întorci tu în Berlin când se termină totul. Între timp, o să stai cu Miriam. Poți termina școala în Chicago. Sau în New York. Nu ți-ar plăcea să vezi Statuia Libertății? Marele Canion?

– Nu. Nu mă interesează lucrurile astea.

– O să poți merge la magazin să-ți cumperi rochii. Să mănânci în orice cafenea dorești. Să mergi iar la cinema, să vezi *Vrăjitorul din Oz*.

– E un film pentru copii. Sabine își dădu ochii peste cap, exasperată. Tocmai ai confirmat ce ziceam.

– *Pe aripile vântului*, atunci, sau *Victorie întunecată* sau *La răscruce de vânturi* sau orice alt film despre care am citit în reviste. Eu și tatăl tău vrem doar ce-i mai bine pentru...

Se auzi o bătaie ușoară în fereastră. Pe trotuar stătea un tânăr. Părea să fie cam de aceeași vârstă cu Sabine, poate puțin mai mare, cu ochi negri, păr creț și expresie de îndrăgostit. În jurul gâtului purta fularul pe care îl croșetase Sabine cu câteva săptămâni în urmă. Hannah de-abia se stăpâni să nu ridice o sprânceană. Sabine îi evită privirea.

– Mă întorc imediat.

Se îndreptă alergând spre ieșirea cafenelei, apoi reapăru pe trotuar, unde avu o conversație scurtă, agitată. Ea îl trase de mânecă, să nu mai stea în fereastra la care se afla Hannah. Au mai stat de vorbă un minut, două, lângă stâlpul de iluminat. El îi dădu o foaie de hârtie împăturită, apoi se aplecă să o sărute. Sabine aruncă o privire în direcția lui Hannah, apoi îi permise să o sărute pe obraz, evitându-i buzele. Îl trase ușor, în glumă, de fular, și-i făcu cu mâna în timp ce se îndepărta. Când reveni la locul ei din cafenea, Sabine avea obrajii îmbujorați și zâmbea fără să vrea.

– Despre ce e vorba? o tachină Hannah, presupunând că el i-a dat o scrisoare de dragoste. Te mai uiți peste notițe pentru examene?

– Nu începe, spuse Sabine.

– N-o să-mi spui nici măcar cum îl cheamă?

– Daniel, răspunse ea și, din felul în care îi rosti numele, Hannah înțelese totul.

– E drăguț. Ți-a scris o poezie? Să văd.

– E o chestie personală.

Hannah recunoscu expresia sfidătoare pe care ochii mari și buzele strânse o sugerau și pe care o mai văzuse pe chipul lui Sabine de o mie de ori. Încerca să ascundă ceva.

– Sabine?

Sabine nu mai spuse nimic, dar nu-și opri verișoara când aceasta luă foaia de hârtie și o desfăcu. Sub o caricatură grotescă a lui Adolf Hitler, era scris, cu litere îngroșate: *STUDENTEN! Du musst Dich entscheiden!*

Hannah strecură pamfletul în poșeta ei.

– Oare tu știi cât de periculoasă e treaba asta?

– E mai bine să te îngropi într-un laborator și să nu faci nimic?

– Da! Eu nu sunt o luptătoare ca tine.

– E greu să lupți cu ochii închiși.

Nervoasă, Hannah își îndreptă spatele și se uită în jur. Un domn de lângă o masă alăturată îi aruncă o privire peste ziarul pe care-l citea.

– Eu încerc să găsesc soluții la probleme, spuse Hannah. În loc să mă agit aiurea, din idealism naiv. În loc să-mi pun familia și pe mine însămi în pericol.

– Hai să nu mai vorbim.

Au rămas așa, tăcute, până când Hannah spuse:

– Ar trebui să mergem acasă.

Se ridicară și merseră pe jos fără să-și mai zică nimic. Hannah se opri în holul de la intrare, să verifice căsuța poștală, și observă un mic pachet, așezat peste cutii, cu numele ei. Era împachetat în hârtie maro și legat cu o panglică de culoare albastru-deschis.

– De la cine e? întrebă Sabine.

– De unde să știu? răspunse Hannah, iritată, îndepărtând panglica și deschizând cutia. Interiorul era căptușit cu catifea, iar în mijloc se afla o podoabă pentru păr neobișnuită, un pieptene cu pietre prețioase, având ca model doi fluturi de noapte, de o eleganță orbitoare. Erau foarte delicați, aripile erau aproape transparente, făcute din onix și aur și ornate cu diamante roz, foarte mici, și safire. Fluturii parcă își luau zborul. Frumusețea, senzualitatea și eleganța mișcării surprinse îți tăiau respirația, iar Hannah fu atât de mirată de ce văzu în cutie, încât o închise repede și o strecură în poșetă. Sabine nu trebuia s-o vadă atât de răvășită după ce tocmai primise un cadou interzis.

Capitolul 21

– Domnul doctor Frei știe că nu pot accepta asta.

Fără să șovăie, Hannah îi dădu cutia cu marginea de catifea lui Gregor.

– De ce nu?

– Nu-mi poate cumpăra munca, ideile, cu o bijuterie, oricât de sofisticată.

Gregor rămase cu cutia în mână.

– Când am cunoscut-o pe Annalise, am vrut să-i fac un cadou. Unul dintre profesorii mei a zis: „Dă-i o pălărie. Femeile iubesc pălăriile." Așa că i-am cumpărat cea mai elegantă pălărie pe care mi-o puteam permite, iar ea a purtat-o peste tot până în ziua în care ne-am căsătorit. Atunci mi-a mărturisit că nu-i plăcuse deloc, n-o suporta. I se părea că o face să arate ca un struț. Dar a purtat-o pentru că a înțeles că aceea a fost singura cale prin care puteam eu să-i transmit ce simt. Noi, bărbații, nu prea știm să ne exprimăm sentimentele în cuvinte.

Îi oferi cutia înapoi, dar Hannah, impasibilă, își afundă mâinile și mai adânc în buzunarele halatului.

– Trebuie să fim practici, Hannah. Doar suntem în timp de război.

– Refuz să fiu cumpărată.

Ridicând din umeri și oftând, Gregor băgă cutia în buzunar. O sărută pe Hannah pe obraji și-i spuse:

– Am plecat atunci. Vezi să fii acasă înainte de ora stingerii.

– Așa o să fac, promise Hannah, cu intenția de a se ține de cuvânt, dar, când se apropie seara, uită de promisiune. Când își dădu seama că ora stingerii trecuse, scotoci prin birou după o cutie cu nuci și merișoare uscate, apoi se duse într-un colț izolat, unde se retrăgea uneori să reflecteze în tihnă.

Laboratorul în care Einstein descoperise ecuațiile care acum îi poartă numele era ascuns în partea veche, uitată, a clădirii. Aprinse o lampă cu gaz, care proiecta linii spectrale pe tablă. Scrise ecuația care îi dăduse bătăi de cap toată după-masa. O contemplă un timp, până când auzi, slab, târșâitul unor pași pe hol. De data aceasta, Stefan a fost cel luat prin surprindere.

– Bună, spuse el. Nu credeam că mai știe cineva de locul ăsta.

– Ori de câte ori mă blochez, vin aici, în speranța că poate mai plutește puțin din geniul lui Einstein în aer, răspunse ea.

– Tata l-a invitat la noi acasă, la cină, după o prelegere, zise Stefan. Aveam opt ani. Era îmbrăcat în redingotă, papuci de casă și o pereche de pantaloni în dungi, cu un nasture lipsă. Mi s-a părut cea mai grandioasă ținută.

– Așa-i?

– După cină, mi-a citit din cartea lui preferată pentru copii. „Și iată o lege teribilă aici – a fost făcută din greșeală, dar asta e – anume că, dacă cineva își dorește foarte mult tehnologie..."

– „Vor insista să o aibă și o vor utiliza neîncetat", continuă Hannah. E un citat din romanul *Orașul magic*.

– Exact! L-ai citit?

– Tatăl meu – *aleha-ha-sholem* – obișnuia să-mi citească din el. Mă pune pe gânduri lucrul ăsta acum, când, în încercarea noastră de a găsi adevărul, construim tehnologii teribile pe care lumea le va avea și le va folosi.

Stefan se îndreptă spre tablă și o întrebă:

– Aici ai rămas blocată?

– E o nimica toată. Hannah luă buretele de șters de sub tablă, dar el o opri. Atingerea lui pe mâna ei era mai puternică decât se așteptase, poate mai puternică decât intenționase chiar el. Mâna îi zăbovi o clipă prea mult pe a ei, așa că ea îi simți pielea fină, netedă, caldă.

– Ți-e teamă că-ți fur ideea?

Hannah îl privi lung, fără să răspundă.

– Dacă mai are vreo importanță, să știi că îmi pare rău.

– Dar Kurt? Și lui îi pare rău?

– N-aș îndrăzni să vorbesc în numele lui.

– Un savant adevărat nu-i exploatează pe ceilalți, ci colaborează cu ei, spuse Hannah, trăgându-și mâna.

– Atunci permite-mi să fiu un savant adevărat. Stefan făcu un pas înapoi, pentru a avea o imagine de ansamblu a ecuației. Luă o bucată tocită de cretă și începu s-o rostogolească în palmă, de parcă s-ar fi jucat cu o pereche de zaruri. Să încercăm cu x la a cincea, să vedem ce se întâmplă.

Avea un fel aparte, foarte impetuos, de a scrie cu creta pe tablă – parcă lovea o piatră pentru a obține o scânteie. Când văzu ecuația modificată, Hannah răsuflă adânc.

– Da! zise ea, bătând din palme. Asta e!

– Poate că este ceva din Einstein în aer, totuși, glumi el, zâmbind ca un școlar mândru de fapta lui, dar deveni iar serios când observă expresia descumpănită de pe chipul lui Hannah. Ce este? Nu ajută asta la rezolvarea problemei tale?

– Să o lăsăm baltă, spuse ea.

– Uite, îmi cer scuze. Altceva nu pot...

– Nu e vorba despre asta.

– Atunci despre ce?

– Mă chinuiesc de trei zile cu o problemă pe care tu ai rezolvat-o în mai puțin de trei minute, între cină și teatru. Copie ecuația în caietul ei de laborator, bucurându-se de eleganța acestuia. Ce s-a întâmplat cu băiețelul care-l iubea pe Einstein? îl întrebă ea.

– Este exact aceeaşi persoană, răspunse Stefan. Fiul lui Max Frei, care nu-şi atinge niciodată adevăratul potenţial.

– Poate că e timpul să se maturizeze. Hannah închise brusc caietul şi-şi înfipse creionul în coc.

– Aşa ceva ar fi extrem de periculos, spuse Stefan, cu privirea la ecuaţia de pe tablă.

– Adică? Ce vrei să spui?

– Nimic. Îşi frecă uşor mâinile, să scape de praful de cretă. Hai să vedem dacă funcţionează.

Capitolul 22

După zece zile lungi, petrecute în laborator, lucrând și iar lucrând la niște teoreme, testând și retestând ipoteze, Stefan stătea în spatele lui Hannah și-i ținea coatele în mâini cu o duioșie care părea la fel de firească precum numerele care se alăturau unul lângă altul într-o formulă inevitabilă.

- E timpul, spuse el, iar Hannah porni acceleratorul de particule. Îl priviră amândoi cu atenție în timp ce fluorescența de cristal strălucea într-o culoare verde intens. Atunci ea aruncă o privire către secundarul ceasului și-și notă fiecare ticăit pe măsură ce culoarea devenea tot mai slabă, tot mai slabă, până dispăru. Stefan verifică datele și notă ecuația modificată în caietul lui scump, cu coperte de piele.

- Ce zici de un amplificator proporțional? întrebă el.

- E bun în teorie, spuse Hannah. Trebuie doar să-l facem să funcționeze.

- Mai precis, tu trebuie să-l faci să funcționeze. Eu doar îmi asum meritele.

- Foarte haios. Hannah îl lovi ușor peste braț cu dosul palmei. Oricum, poți să accepți, pe bună dreptate, orice merite ți se acordă. Nu aș fi reușit singură.

– Nici eu, răspunse Stefan. Nici nu mai țin minte de când n-am mai avut mintea atât de limpede când am muncit sus, în laboratorul meu.

– O fi altitudinea mai joasă de vină.

– Voiam să te întreb ceva – începu Stefan, dar Hannah tuși și făcu un gest cu capul către ușă. Din hol se auzea un țăcănit ascuțit de tocuri scumpe: *clec, cloc, clec, cloc.*

– Stefan? Era Ulrike. Stefan Frei, ești acolo?

Hannah se retrase în spatele mesei de laborator. Stefan își redobândi prezența de spirit și răspunse:

– Da, sunt aici.

Ulrike apăru în ușă, îmbrăcată într-un costum de seară făcut la comandă, din mătase, cu mărgele din cupru. Părul îi era pieptănat lins pe cap, lucru care îi scotea în evidență pomeții ascuțiți și trăsăturile severe, frumoase.

– Ce faci aici, în temnița asta subterană? Aruncă o privire fugară, plină de dispreț, în direcția lui Hannah. Ciudat, nu ai fost niciodată atât de dedicat muncii tale până acum.

– Nu am fost dedicat față de nimic până acum, răspunse Stefan. Credeam că asta iubești la mine.

Hannah observă cum Ulrike strâmbă ușor, din colțul gurii, la auzul cuvântului „iubești".

– Ai uitat? În seara asta era vorba că mergem să vedem *Die Walküre*. E debutul lui Lotte. Am întârziat deja, plus că trebuie să ne oprim să te schimbi într-o ținută corespunzătoare.

– N-am uitat. Doar că nu sunt convins că îmi permite timpul să merg la Operă, aș putea face lucruri mai utile.

– I-am promis Lottei că o să mergem.

Stefan își trecu degetul mare de-a lungul marginii mesei de lucru, pipăind lemnul de parcă ar fi căutat rune sau vreun text antic în Braille. Evita intenționat să se uite la Hannah, iar aceasta din urmă simți cum îi iau foc obrajii de indignare; se comporta ca un băiețel răsfățat care refuza să ia o decizie pentru că nu voia să-și asume responsabilitatea alegerii.

Ulrike se apropie de el, îi îndepărtă o scamă imaginară de pe rever și-i zise aproape în șoaptă:

– Henry Ford și soția lui vor fi acolo. El și cu ceilalți reprezentanți ai firmei sunt nerăbdători să te cunoască, Stefan; are propuneri pentru a transforma linia de producție Ford din Germania – vor să introducă una pentru uz militar. Ne așteaptă la cocktail în douăzeci de minute. Kurt a aranjat un apartament privat la Das Französische.

– Da. Așa-i. Tonul vocii lui Stefan era ciudat de placid. Ford.

– Stefan. Dragul meu. Sunt mulți bani la mijloc. Poate că asta nu are nici o importanță pentru familia ta, dar pentru a mea are. Kurt se bazează pe tine, trebuie să fii acolo. Ai cinci minute, ne întâlnim la mașină. Dacă decizi să rămâi aici cu *ea*, nu pot garanta care vor fi consecințele. Se întoarse pe călcâie și ieși.

Stefan înjură oarecum indiferent și-i spuse lui Hannah:

– Putem relua mâine.

– Sigur, răspunse Hannah. Nu ne putem permite să uităm ce e important cu adevărat. Doar suntem într-o perioadă de război.

Nu făcu nici un efort să disimuleze aciditatea din ton când exprimă aceasta, dar deja îl cunoștea îndeajuns ca să știe că, oricât de mult l-ar provoca, el ar rămâne impasibil. Asta ar fi însemnat să aibă anumite principii foarte puternice, diferite de atitudinea lui obișnuită de a nu opune rezistență, iar Hannah bănuia că nu era capabil de așa ceva.

– De ce nu mergi acasă să dormi puțin? o întrebă el în timp ce-și dădea jos halatul și-și lua paltonul. Ne ocupăm de asta de zile întregi. Merităm o pauză.

– Poți vedea diferența? Toată viața ta e o pauză.

– Și toată viața ta e în acest laborator subteran.

– Așa vorbești, de parcă aș avea de ales!

– Hannah. Îi puse mâinile pe umeri și o întoarse cu fața spre el. În ochii lui se citea un amestec curios de impetuozitate și nehotărâre. Ai încredere în mine?

– Poftim?

– E o întrebare simplă: ai încredere în mine? Am muncit în laboratorul ăsta câte șaisprezece ore pe zi în ultimele zece zile. Am trăit împreună micile succese și frustrări, am vorbit despre știință și ambiții și despre copilăriile noastre. Chiar nu ți-am câștigat deloc încrederea?

Hannah se simți bulversată, nu înțelegea de ce o întreabă așa ceva și nu știu ce să răspundă, nici măcar în minte.

– La revedere, domnule doctor Frei. O seară plăcută la Operă.

O lăsă stând acolo în picioare, în liniștea și singurătatea laboratorului care fusese cândva refugiul ei. El a schimbat asta, vedea clar acum. Tablele erau acoperite cu hieroglifele lui, iar parfumul lui caracteristic, de coniac, bergamotă și lemn de santal, încă plutea în aer. Își simțea umerii calzi și moi, deși mâinile lui fuseseră reci când o atinseseră. Pe Hannah o tulbura faptul că trebuia să admită că nu mai era imună la farmecele lui. Pățise și ea precum Karin, cea care, în ultimele zile, se cam făcuse de râs, sosea devreme și pleca târziu, agățându-se de fiecare cuvânt rostit de Stefan. I-a adus ștrudel făcut de mama ei, a fost foarte atentă cu cafeaua lui, să fie exact cât trebuie de caldă și de dulce. La sfârșitul fiecărei zile, când Stefan o lăuda pentru dedicare și insista că trebuie să plece acasă, Karin strălucea ca un bec cu halogen. Hannah simți cum întreaga atitudine i se înăsprește la gândul că el o juca și pe ea pe degete, în aceeași manieră, făcând-o să se simtă indispensabilă și sclipitor de inteligentă, suscitându-i respectul profesional după care tânjea ea și folosindu-se de conversații personale și atingeri fizice atât cât să-i dea impresia că deveneau tot mai apropiați.

Deci, iată răspunsul la întrebarea lui – nu, nu avea încredere în el, dar îl plăcea. Nu putea nega asta. Era bucuroasă când îl vedea sosind dimineața, conștientă că munca lor îi va declanșa o furtună electrică în creier. După ce se lăsa liniștea, încăperea aceea întunecată, sumbră, răsuna de idei, râsete și momente de geniu. Se mișcau, sincronizat, în pași de dans în jurul laboratorului, cu naturalețe, aproape cu exaltare, iar între ei exista acea chimie rară între doi oameni care se potrivesc și colaborează bine. Dar lucrul cel mai amețitor nu era genialitatea pe care o emana prezența lui în încăpere, ci genialitatea pe care o scotea la iveală în ea. Hannah nu mai fusese niciodată atât de perspicace ca acum. Când el vorbea despre posibilitățile de fisiune, era conștientă de fiecare moleculă de praf de cretă de pe degete. Încă de când era doar o copilă știuse că exista ceva în interiorul ei - ceva latent și nesigur și captivant -, iar acum acel ceva își găsise contextul propice pentru a se manifesta. Când închidea ochii și asculta sunetul vocii lui, întreruptă de zgomotul frenetic, sacadat, al cretei pe tablă, se simțea la marginea unui univers a cărui ordine a fost restabilită. Teoreticul devenea realitate fizică. În sfârșit, toate acele posibilități de mult imaginate care existau în exploatarea puterii atomice, punerea în aplicare a celor mai fantastice visuri ale ei, tot ceea ce i-a insuflat tatăl ei - totul era acum realizabil. Claritatea perspectivei era terifiantă - părea atât de aproape, dar mult mai puternică, lucru care o emoționa până în adâncul ființei sale.

Capitolul 23

Petrecerea era pe încheiate, rămăseseră doar câțiva rătăciți. Tipul cu cizme de cowboy dansa acum cu o sticlă de Jim Beam în brațe. Jack își aprinse a treia țigară Camel și-i oferi una lui Hannah.

– Să vedem dacă am înțeles bine, doamnă doctor Weiss. Vrei să cred că erai pe punctul de a face descoperirea științifică supremă a timpurilor noastre și că, atunci când Stefan Frei a mers la Operă, ai renunțat la tot? „Meh, cred că o să stau acasă în seara asta, să vedem ce se mai aude la vechiul Volksempfänger." Fii serioasă.

– Domnule maior Delaney, zise Hannah cu admirație sinceră, continui să mă impresionezi cu cunoștințele dumitale din domeniul culturii germane. Sau doar îți place cuvântul... Chiar știi ce înseamnă?

– E un radio mic, cu frecvențe AM, care, inițial, a fost vândut nemților pentru divertisment ieftin. S-a dovedit a fi cel mai puternic instrument de răspândire a propagandei creat vreodată.

– Impresionant.

– Noi la birou îi spunem „botul lui Goebbels".

– Da! Pentru că seamănă cu un nas mare și rotund, spuse ea cu o notă de tristețe în glas. Ideea ca fiecare cămin să aibă un radio era o noutate, iar modelul era inteligent: compact, trainic și prezentat într-o carcasă foarte atrăgătoare de bachelită. Puteai să-ți cumperi în orice culoare. Sau cel cu model de carapace de broască. Preferatul meu. Sabine m-a tot implorat să o duc la - oh, cum i se spune aici unui magazin pentru tot felul de mărunțișuri?

- „Magazin de chilipiruri"?

-„*Magazin de chilipiruri*", repetă ea, fără a înțelege pe deplin termenul, pe care îl luă, totuși, ca atare și-l reținu. I-am cumpărat unul de culoare albastru intens. A împrumutat lac de unghii de la mine și a pictat pe el niște floricele roșii.

- Mai povestește-mi despre Sabine, spuse Jack.

- Ți-am povestit deja. Hannah scoase din poșetă o trusă compactă de machiaj și-și refăcu stratul de ruj, de un roșu-închis. Ea e cea care a trimis cărțile poștale.

- Cred asta, așa cum cred și că ai renunțat la munca ta cu domnul doctor Frei. Noi ne asemănăm mult mai mult decât îți închipui, Hannah, tu și cu mine. Amândoi suntem extrem de ambițioși - periculos de ambițioși. N-aș putea niciodată să renunț la ceva pentru care am muncit întreaga viață. Și nici dumneata.

- N-am renunțat, spuse Hannah. Mi s-a interzis.

- Cu siguranță ți-ai dat seama care era scopul acelor descoperiri uimitoare. În mâinile cui vor ajunge. Știai de lagăre.

- Credeam că sunt în siguranță, spuse Hannah. Angajatorul meu m-a asigurat că eram în siguranță pentru că munca mea era necesară în cadrul unor proiecte critice. Eram cetățean austriac și fiica unui erou de război german, lucru care mă scutea de...

- Dar unchiul și verișoara ta?

- Am crezut că o să-i pot proteja.

- Cum? Jack se aplecă înainte. Cooperând cu naziștii?

- Pentru noi nu era „cooperare cu naziștii" să ne cumpărăm pâine după ora patru. Respectam legea și făceam ceea ce trebuia pentru a ne continua viețile.

- Ce fel de viață e aceea - să-ți duci cu greu zilele, cu un bocanc apăsat pe ceafă?

– Pari la fel de naiv ca Sabine, spuse Hannah, cu o urmă abia perceptibilă de zâmbet în colțul gurii.

– N-aș putea niciodată să trăiesc așa. Aș simți că trebuie să ripostez.

– Voi, americanii, zise Hannah pe un ton sfidător. Sunteți ai naibii de încrezuți. „Dați-mi libertate sau moartea!“ Spuneți asta cu atâta ușurință pentru că nu ați fost niciodată puși în situația de a alege între demnitate și moarte. Între iubire și pâine. Îi învinuiți pe evrei pentru propria lor exterminare pentru că nu aveți puterea să spuneți „Mulțumesc lui Dumnezeu, aș fi putut fi eu în situația aceea“.

– Am înțeles ce vrei să spui, așa e. Dar poporul american nu ar permite niciodată să se întâmple așa ceva. Noi credem, în esență, că toți oamenii sunt creați egali – se opri când văzu că ea râde de el.

– Oh, a trecut amendamentul Alice Paul, cel care le dă femeilor drepturi egale? Nu știu cum se face, dar eu n-am auzit, spuse ea. Nu înțeleg. Nu sunt intrări și robinete destinate exclusiv celor de rasă ariană? Lagăre cu familii de japonezi la câteva sute de kilometri distanță de aici? Cluburi și universități unde evreii sunt *verboten*?

Chipul lui Jack încremeni. Își sprijini coatele pe genunchi, reflectând la următoarea întrebare:

– Atunci ce cauți aici, doamnă doctor Weiss? De ce ai vrea ca această țară teribilă, despotică, să câștige un război care, după toate probabilitățile, va pune Statele Unite ale Americii pe poziția de superputere ce va controla întregul glob pe o perioadă foarte lungă de acum încolo?

– Și ce-aș putea face, domnule maior Delaney, să mă prefac că mă alătur țării mele adoptive? Să mă prefac că am întors spatele patriei mele, pe care am iubit-o? Știm amândoi că ți-ai fi dat seama de asta imediat și m-ai fi bănuit de spionaj, așa că ne-am scutit unul pe altul de alte bătăi de cap. Dar acum presupui că sunt spioană tocmai pentru că nu m-am prefăcut.

– Eu nu mă ocup cu presupuneri, doamnă doctor Weiss. Caut în profunzime, scot la iveală fapte și apoi trag concluzii. La fel ca dumneata. Sunt loial adevărului.

– Adevăr! Libertate! Ce idealuri mărețe! Și totuși, disting o anumită...

– Ce? o întrebă Jack, provocând-o în momentul în care văzu că se oprește.

– Nu sunt sigură, răspunse ea. Tristețe, poate. Singurătate, fără îndoială. Și poate și un strop de dezamăgire.

– Să revenim la fapte.

– Da, bineînțeles.

– Prin orice mijloace se impun, spuse Jack.

Hannah observă că rostise aceste vorbe cu grijă, pentru ca tonul să nu pară amenințător, doar ferm, ca și cum ajunsese la o trecere de cale ferată, iar el o avertiza în legătură cu un tren de marfă care se apropia.

– Continuă relatarea despre ecuații, îi spuse el.

– Au greșit abordarea, răspunse Hannah. Erau ca niște orbi în fața unui elefant și aproape toți refuzau până și ideea de a cere ajutor unei evreice.

Jack se aplecă iar spre ea:

– Aproape toți?

– Au fost câteva excepții.

– Cum ar fi...

– Gregor Stern, spuse Hannah, după cum ai afirmat deja.

– Și Stefan Frei.

– Băiatul de aur? Își aranjă o șuviță rebelă, împingând-o ușor înapoi în pieptenele cu pietre prețioase. Era pe locul doi în lista celor favoriți pentru conducerea Institutului – ca să nu mai vorbim de înțelegerea cu Henry Ford și de câștigarea Premiului Nobel.

Jack se aplecă înainte, vorbind încet, dar cu o notă imperativă în vocea care nu trăda nimic altceva:

– Doamnă doctor Weiss, dumneata înțelegi care e miza aici? Ai lucrat cu arhitectul lui Hitler care se ocupa de bomba atomică.

– Stefan Frei nu a lucrat cu nimeni. El doar a găsit oameni pe care să-i folosească.

– Dacă dumneata ai fost atât de utilă, de ce te-a lăsat să pleci?

– Va trebui să-l întrebați pe el asta.

– Dar te întreb pe dumneata, răspunse el. Vreau să știu de ce dumneata, o evreică, ai cooperat cu naziștii.

– Toată lumea a făcut ce-a putut ca să supraviețuiască.

– Nu chiar toată lumea. Dumneata de ce ai făcut asta?

– Guvernele sunt trecătoare, spuse ea. Un pic de tiranie părea doar o altă mișcare de pendulă.

– La început.

Hannah încuviință din cap.

– Naziștii îi urăsc pe evrei. Nu sunt primii din istorie. Doar că se pricep excepțional de bine la asta.

– Trebuie să alegi de partea cui ești, Hannah.

– Chiar trebuie? Pe timp de război, legăturile și separările se amplifică. Devotamentul nostru față de tot ce iubim devine prioritar, în timp ce frica noastră de tot ce urâm se ascunde în spatele unei aparente nevoi de dreptate.

– Iar dumneata nu crezi că dragostea va învinge în fața urii?

– Cine poate crede că ăsta e un lucru bun? întrebă Hannah, râzând. De-a lungul istoriei s-au comis mai multe atrocități în numele iubirii decât în numele urii. *Pe timp de război*, domnule maior Delaney, dragostea e periculoasă. Pe timp de război, atracția devine nestatornică. E în natura omului să sexualizeze atracția și e în natura naturii să creeze atracții. Într-un fel, e vorba pur și simplu despre fizică nucleară.

– Hannah, suspină Jack, dacă aș avea destul timp la dispoziție să stau aici toată noaptea și să ascult astfel de lucruri, aș face-o. Dar nu am timp. Nici tu. Ai ocazia acum să-mi spui adevărul, adică întregul adevăr, sau te vei trezi într-o situație extrem de dificilă.

Văzând că Hannah nici nu clipește la vorbele lui amenințătoare, intensifică ofensiva.

– Știi ce pățesc spionii la Leavenworth, Fräulein? Spionii nu sunt prizonieri de război, să se bucure de protecția Convenției de la Geneva, sau cetățeni obișnuiți, ocrotiți de Constituție. Pe timp de război, spionii sunt considerați inamici ai statului. Ei sunt *interogați*... Pronunță cuvântul rar, apăsat, permițându-i, astfel, răgazul de a-l asocia cu conotații neplăcute... apoi judecați de un tribunal militar. Fără juriu. Fără protocol de drept de apel. Din experiența mea, sentințele sunt rapide și nemiloase. Singura dumitale speranță acum...

– Am înțeles, ai fost cât se poate de clar, îl întrerupse Hannah, cercetând cu privirea rămășițele unei petreceri la care ea nu s-ar putea niciodată simți în largul ei – printre bețivi care continuau să danseze și cupluri îmbrățișate în colțuri întunecate. *Pe timp de război.* Expresia asta mă scoate din minți. De când mă știu e tot timp de război și această expresie a fost invocată mult prea des pentru a justifica tot felul de orori care s-au comis.

Se lăsă pe spate, părea și mai mică din cauza fotoliului, și, preț de o secundă, Jack se gândi că poate o speriase, dar ea continua să-l privească în ochi fără teamă, hotărâtă să ducă jocul până la capăt. Apoi, tot fără să zică nimic, Hannah mâzgăli ceva pe un șervețel și-l împinse pe masă către Jack, înainte de a se ridica să plece.

Restaurantul lui White
Santa Fe
Mâine la 5.

Capitolul 24

NOTĂ DE CONSTATARE

SUBIECT: PERSONAL COMPROMIS LA SEDIUL Y
Către: Donovan
De la: Delaney

REZUMAT: 1) După ce am concediat peste 30 de angajați esențiali și neesențiali de la Sediul Y care au semnat petiția REICHL, putem trage, cu destulă certitudine, următoarele concluzii: Aici loialitatea e ca și inexistentă, mâncarea e o porcărie și ar fi imprudent să încredințăm savanților europeni informații confidențiale în afară de cele absolut necesare muncii lor. 2) WEISS s-a dovedit cam reticentă când a trebuit să vorbească despre relația ei cu STERN, care e un agent de legătură pentru oricine o fi la celălalt capăt al acestui fir. Bănuieli puternice că ar fi vorba despre FREI S.

RECOMANDĂRI: 1) WEISS să fie interogată din nou într-un alt loc.

Capitolul 25

Jack se plimba încoace și-ncolo prin fața ferestrei din biroul barăcii Quonset, plimbând o minge de cauciuc dintr-o mână într-alta și strângând-o cu putere. Soarele, în nuanțe intense de portocaliu și roșu, se scufunda dincolo de stâncile neregulate din Los Alamos, aruncând reflexe de culoarea chihlimbarului peste munții din jur. Jack era conștient de frumusețea incredibilă a peisajului, dar seninătatea sacră a locului îi rămânea străină. Cerul, de un turcoaz amețitor, se întindea pe kilometri întregi în orice direcție priveai. Jack prefera claustrofobia agitată a bazei militare, cu încrengăturile ei de linii telefonice, sfori cu haine la uscat care fâlfâiau în vânt și cabluri electrice improvizate. Era obișnuit cu construcții alcătuite din linii orizontale și verticale: zgârie-nori din oțel, blocuri de apartamente, metrou și linii de autobuze. Rar vedeai linia orizontului în New York; aici, în schimb, nu întâlneai cu privirea nimic altceva, doar orizont la nesfârșit. Asta îl făcea pe Jack să se simtă inconfortabil, la vedere, expus privirilor scrutătoare.

– Nu trebuia să fii la restaurantul din Santa Fe, să te întâlnești cu știi-tu-cine? întrebă Epstein.

– M-am gândit că ar fi mai bine să o las să se streseze puțin. Vreau să-și dea seama cât de tare își dorește să vorbească cu mine.

– Eşti sigur că nu-i invers?

Jack scăpă mingea, iar Epstein se apleca să o caute.

– Îmi cer scuze, domnule, spuse Epstein. Nu e treaba mea.

– Spune ce te frământă, locotenente.

– Domnule, cu tot respectul cuvenit, din câte am observat eu, doamna doctor Weiss are un anumit efect asupra unor persoane – şi nu zic că dumneavoastră vă numărați printre ele – dar gândiți-vă la Peter Reichl, de exemplu. E departe de soția lui de ceva vreme şi poate că se simte un pic...

– Singur, completă Jack.

– Se poate spune şi aşa.

– Vrei să spui că nu o observ pe doamna doctor Weiss cu destulă atenție?

– Dimpotrivă, spuse Epstein. Sunteți atât de concentrat asupra ei, ca suspectă, încât mă întreb dacă nu cumva pierdeți din vedere imaginea de ansamblu.

Epstein verifică teleimprimatorul. Era după-amiaza târziu, astfel că ştirile acopereau doar lista zilnică de decese, un şir aparent nesfârşit care le reamintea cu fiecare bătaie importanța sarcinii pe care o aveau de îndeplinit.

– Interesant, spuse Epstein. Doamna doctor Weiss a numit-o pe verişoara ei, Sabine, drept cea mai apropiată rudă în Chicago, dar nu şi aici, în Los Alamos.

– E greu să trimiți cărți poştale unui cadavru, răspunse Jack.

Detesta să fie mințit; detesta şi mai mult felul în care Oppenheimer şi Groves – iar acum chiar şi Epstein – îl tot sâcâiau cu aluzii mai mult sau mai puțin subtile că el s-ar simți atras de Hannah Weiss, lucru care influența investigația. Era o reacție naturală, fizică, dar Jack se mândrea cu faptul că era greu de descifrat, ca persoană, iar Groves era omul care ar pune deoparte orice informație, cât de măruntă, pe care să o poată folosi, la nevoie, în viitor. Cine nu s-ar simți atras de o femeie frumoasă, în această lume care colcăie de halate de laborator şi uniforme măslinii? Poate că Groves se gândise la acelaşi lucru ca şi el: că era fermecătoare, că prezența ei în locul acesta arid semăna puțin prea mult cu bobocul intangibil de cactus senita, protejat de țepi gri, periculoși. Fapt ce o făcea și mai ademenitoare.

Sună telefonul, iar Epstein se întinse după el și răspunse:

– Biroul domnului maior Delaney.

Ascultă, notându-și ceva pe caietul de copii pe care-l folosea totdeauna. De parcă ar fi fost un școlar în clasele primare. Era una dintre excentricitățile care-i plăceau lui Jack. Locotenentul acoperi receptorul cu mâna și spuse:

– L-au găsit pe Gregor Stern.

– Excelent, spuse Jack, dar simți o undă de gelozie străbătându-l. Ar fi trebuit să fi rămas acolo, în Europa, nu să vină aici, în deșert, scotocind după scorpioni pe sub stânci. Și totuși, era o veste bună. Epstein era în extaz. Trânti receptorul înapoi în furcă și zise, aproape chiuind de bucurie:

– Le-am făcut-o nemților!

– Bine, bine, Gladys, dă-mi informațiile.

– Colonelul Pash și operatorii de la Alsos au fost supravegheați toată noaptea la poșta din Zürich. Cu câteva ore în urmă – ce să vezi? –, apare Stern. Merge direct la cutia poștală. Nici măcar nu aruncă o privire în spatele lui. Îl văd cum îndeasă ceva în buzunarul de la piept – pac! –, intră peste el. Frumos. Din cauza dovezilor concrete, elvețienii n-au mai putut face nimic. Și doar știți cum e Pash.

– Da, știu.

Colonelul Boris Pash, inițial un opozant al bolșevicilor, era un bărbat scund, îndesat și un denunțător înfocat al comuniștilor. Încă aștepta ziua în care cei din dinastia Romanov vor fi reinstaurați pe tron, ca să se poată întoarce în țară. Nu permitea nimănui să-i pună bețe în roate și nu-i păsa cine avea de suferit. Jack știa asta din experiență. Strânse în mâna dreaptă mingea de cauciuc și simți nervul afectat care îi străbătea brațul, de la încheietură până în ceafă.

– A fost nevoie de ceva muncă de convingere cu Stern, spuse Epstein.

- Şi?

- Cărţile poştale erau destinate prietenului nostru, Stefan Frei. Deci, iată dovada. Hannah Weiss a lucrat direct cu fizicianul care conducea acum echipa germană de laureaţi ai Premiului Nobel care construiau bomba. În ciuda obiecţiilor şi negărilor ei, au continuat să comunice, poate chiar să şi lucreze, după ce ea a părăsit Germania. Jack simţi ticăitul ceasului.

- Cartea poştală a lui Stern - ce scria în ea?

Epstein îi întinse traducerea notată cu un scris mâzgălit, grăbit.

Maimuţele şi copiii să-ţi laude arta
Dacă admiraţia lor îţi e pe plac,
Dar nu vei reuşi nicicând să te adresezi inimii
Dacă ceea ce spui nu izvorăşte din propria-ţi inimă.

Jack împături foaia pe care era scrisă poezia, dornic şi el de puţină relaţionare de la inimă la inimă.

- Scuză-mă, domnule locotenent. Am o întâlnire.

Capitolul 26

– Îmi amintește de forturile pe care le construiam cu Ulrike în pădure, spuse Stefan, uitându-se la prototipul primitiv al reactorului nuclear pe care îl încropiseră împreună, pe podeaua din laboratorul de la subsol al lui Hannah. Petreceam ore întregi asamblându-l, plănuiam să ne facem o tabără acolo, dar totdeauna venea Kurt și îl dărâma.

– Interesant, spuse Hannah, absentă. Era concentrată asupra jurnalului în care nota distanța exactă dintre rezervorul de apă de pe podea și sfera de aluminiu pe care Stefan o atârnase deasupra.

– Interesant? râse Stefan. Se pare că nu prea.

– Am ascultat, insistă Hannah. Ulrike, pădure, tabără în aer liber, Kurt. Să sperăm că n-o să facă la fel aici.

Stefan reglă lanțul, iar Hannah îi întinse jurnalul, ca să-și noteze și el observațiile lângă ale ei. „Cu cât mă vede mai rar, cu atât devine mai suspicios. În ultimele săptămâni – știe că lucrez la ceva."

– Ești gata?

Stefan încuviință din cap, iar Hannah roti o manivelă grea, coborând sfera în apă.

– Dacă scutul de protecție funcționează cum am prevăzut, apa ar trebui să înceapă să se încălzească și să clocotească în câteva zile. Dacă nu...

Ticăitul dispozitivului de măsurare a neutronilor se transformă într-un țăcănit turbulent și apoi într-un vâjâit puternic. Din apa care fierbea se ridicau aburi.

– Dispozitivul de măsurare nu poate înregistra intensitatea, spuse Stefan.

– Trecem la dispozitivul cu înregistrare pe diagrame. Hannah făcu schimbarea, iar tocul începu să se miște frenetic, în zigzag, pe brațul lui de sârmă. Scoate-l! Acum!

Stefan trase manivela în sus, iar sfera se ridică din nou în aer. Preț de o clipă au stat nemișcați, uitându-se la ea, de parcă și ei erau suspendați de același lanț de oțel, la fel de nepregătiți de explozia neașteptată a flăcării albastre. Hannah scoase un țipăt și își acoperi ochii, în timp ce Stefan o trase deoparte, acoperindu-i trupul cu al lui, pentru a o proteja. Se auzi un huruit sinistru, apoi o cupă de sticlă se sparse cu un zgomot ascuțit, strident. Parcă era totul cufundat în flăcări, aerul era impregnat de trosnetele și de strălucirea unor descărcări electrice de forma unei coroane. Reactorul nuclear era în flăcări, totul era o simfonie ce escalada pe măsură ce se elibera gazul. Hannah aruncă o găleată cu apă peste el, dar flăcările se întețiră. Stefan se întinse peste masa de laborator după moderatorul chimic.

– Hannah, ieși afară! O să explodeze!

– Nu! Jurnalul...

Hannah îl căută pe bâjbâite în nebuloasa din jur, în timp ce Stefan aruncă pulberea peste flăcările șuierânde. Focul se stinse încet, într-un cerc negru, lucios. Cei doi rămaseră nemișcați o clipă, apoi izbucniră amândoi, la unison, într-un râs nervos.

– Drace, zise Stefan, tușind. Ești bine?

Hannah încuviință din cap, chinuindu-se să respire în fumul înțepător. Deschiseră ferestrele, iar aerul proaspăt de iarnă invadă laboratorul.

– Ce zici de-o plimbare? o întrebă Stefan, pe un ton răgușit.

Hannah încuviință din nou din cap.

Își luară paltoanele pe ei și ieșiră pe ușa laterală care dădea în alee. Hannah se grăbi să țină pasul cu Stefan până ajunseră la colțul clădirii, unde ea se opri și așteptă ca el să observe că nu mai era lângă el. Îl privi, zâmbind sarcastic, în timp ce el își continua, însuflețit, drumul și povestea; respirația lui se ridica în norișori pufoși deasupra gesturilor sale pline de vervă. Se opri, se uită în jurul lui, apoi se întoarse spre ea.

– E vreo problemă?

– Depinde de cum privești lucrurile, bănuiesc.

– Îmi cer scuze. Din cauza interdicțiilor. Nu m-am gândit.

– Trebuie să fie plăcut, spuse Hannah. Să poți să te plimbi oricând și oriunde, fără să-ți faci griji. Când se vor termina toate astea, nu o să mai subestimez niciodată importanța unui lucru atât de firesc, dar care acum e imposibil.

– Așa zice și tatăl meu. Stefan îi oferi lui Hannah o țigară și i-o aprinse. Nu știu cum e posibil ca niște oameni inteligenți și extrem de educați să creadă că, într-o bună dimineață, ne vom trezi și vom descoperi că ceasul s-a dat înapoi cu zece ani. Bună dimineața! Hitler e încă un pictor din Bavaria. Vor avea loc alegeri libere. Iar noi avem din nou optsprezece ani.

– Dar toți cei cu o inteligență remarcabilă - Max, Gregor, unchiul meu –, toți zic că lucrurile se vor schimba. Până și Sabine e convinsă că, dacă se găsesc destui oameni care să facă eforturi pentru o schimbare...

– Ei nu știu tot ce ar trebui.

– Dar tu știi?

El nu răspunse, evită să o privească în ochi.

– Stefan? Ce știi tu și nu știu alții?

– Dacă e atât de al naibii de ușor să schimbi lumea, întrebă el, de ce nu se întâmplă asta mai des?

– Pentru că oamenii sunt tot timpul pe fugă, au propriile lor treburi de rezolvat sau pur și simplu nu le pasă îndeajuns... dar ei... vai de mine! Hannah își apăsă tâmplele cu vârfurile degetelor. Bineînțeles! Nu știu cum nu am văzut asta până acum, Stefan. Era chiar în fața noastră!

– Ce nu am văzut?

– Asta! Asta! Hannah îl apucă de cot și îl trase spre un colț care era luminat de lampa cu gaz. Se lăsă în genunchi și, cuprinsă de înverșunare, mâzgăli ceva pe pietricelele acoperite cu un strat subțire de zăpadă. Una atinge două, două ating patru... Și? Și? Își ridică privirea spre el, desenând, cu nerăbdare, un cerc în aer. Of, nu vezi?

– E o reacție în lanț.

– Deci, în legătură cu întrebarea ta – iată răspunsul. De ce nu se întâmplă mai des? Sau, și mai important: *Când* se întâmplă? Există două căi. Se ridică în picioare și-l luă de braț. Să zicem că, într-o zi însorită, ne plimbăm pe o stradă din Berlin. Toată lumea e grăbită să ajungă la destinație. Abia dacă bagă în seamă persoana de lângă ei – acum ne plimbăm pe stradă și ninge – înaintăm încet, cu pași greoi.

– Hannah, nu înțeleg unde vrei să ajungi.

– Străinii se salută între ei, poate chiar se opresc să mai pălăvrăgească una-alta. Gândește-te, zise ea, privindu-l și așteptând ca el să înțeleagă unde bate.

– Zăpada încetinește reacția; zăpada e un moderator, spuse Stefan. Așa cum e apa grea pentru neutroni.

– Exact! Acum, ia în considerare un alt fel de grup de oameni – nu străini, ci vecini. Într-un oraș mic, Rothenberg, de exemplu, și nu într-unul aglomerat, cum e Berlin. Dacă cineva suferă o tragedie în acel orășel, cât durează până află toată lumea?

– Doar cât să dai câteva telefoane.

– Câteva telefoane, de la unul la altul, spuse Hannah. Încă o reacție în lanț.

– Dar unul are nevoie de moderator, iar celălalt nu.

– Unul e încet, poate îi ia întreaga zi până ce trece toată lumea prin zăpadă. Hannah îngenunche din nou, trasând o linie ascendentă în zăpadă, iar Stefan se ghemui lângă ea. Celălalt e rapid – ceilalți se cunosc, așa că mesajul circulă încoace și încolo, întorcându-se mereu la grupul central. Unul este reactor...

– Iar celălalt este bombă. Stefan trase o linie dreaptă de la arcul trasat de ea.

– Noi am încercat să transformăm un reactor de încălzire într-o bombă...

– ... iar asta nu se poate, spuse Stefan, pentru că sunt diferite, sunt două... ce? De ce te uiți așa la mine?

– Pentru că îl văd, în sfârșit, spuse Hannah. Pe băiatul care l-a iubit pe Einstein.

– Tu ai fost aceea. Tu ai făcut asta. Stefan o privi lung, iar ea nu distinse în privirea lui nici o nuanță de amuzament calculat sau de intenții cuceritoare, cum se așteptase. În ea se citeau doar limpezime și o admirație nedisimulată. De data aceasta nu mai căzu pradă instinctului ei dobândit, cultivat de atâta timp, care-i trezea nesiguranța și îndoiala în legătură cu propriile-i capacități intelectuale și care-i spunea să plece capul și să evite contactul vizual. Simțea că el o vede cu adevărat, în întregimea ființei, fără filtru și fără critici.

Hannah începu să tremure, dinții îi clănțăneau, iar Stefan o luă, protector, pe după umeri și o trase mai aproape de el. Ea se lipi de corpul lui, simțindu-se în siguranță, protejată de lumea exterioară, în timp ce lâna aspră și cașmirul fin ale hainelor lui îi atingeau obrazul. Doar promisiunea rezolvării ecuațiilor lor, pe care le mâzgăliseră pe pietricele și care erau deja pe jumătate șterse de zăpada care cădea, o împiedică să se lase în voie și să uite de ea în căldura îmbrățișării lui.

– Haide.

Ea sări în picioare, îl ajută și pe el să se ridice, apoi alergară pe alee până la ușa de la subsol. În laborator, Hannah porni acceleratorul de particule. Fluorescența de cristal se făcu verde, apoi un verde mai intens și, în cele din urmă, căpătă culoarea intensă a smaraldului. Hannah verifică datele de pe dispozitivul de măsurare a neutronilor, în timp ce acesta păcănea tot mai rapid, până când se opri de tot.

– Care a fost cel mai mare nivel de energie eliberată până acum?

– Trei.

– Tocmai am obținut nouăzeci.

– Ha! Stefan chiui de bucurie și se repezi să o ia în brațe, făcând-o să se simtă brusc îndrăgostită, dar el se întoarse și reglă spectograful. Bun. Acum. Dacă reușim să găsim o cale prin care să reflectăm nucleii înapoi în sfera centrală...

– Stefan, zise ea. Am reușit.

Rămaseră așa, preț de o clipă, în strălucirea fluorescentă. Hannah simți cum o străbate un fior electric prin tot corpul.

Stefan o înghionti ușor și-i spuse încet:

– Vine cineva.

Strecură jurnalul în buzunar, în timp ce Hannah se grăbi să șteargă ecuațiile de pe tablă. O clipă mai târziu, când se deschise ușa, ea stătea pe scăunelul asistentei de laborator, iar Stefan se sprijinea de masă, aprinzându-și o țigară.

– Bună seara, domnule doctor Diebner, spuse el, făcând un gest larg către pila nucleară, care mocnea. Tocmai voiam să dăm o petrecere cu grătare.

– Ce naiba!

Kurt Diebner încercă să înlăture cu mâna aerul greu și adulmecă fumul ca un câine de vânătoare. În spatele lui, în hol, era Scholl.

– Domnule comandant Scholl, ce plăcere să vă văd, spuse Stefan.

Scholl își bătu călcâiele și salută:

– Heil Hitler.

– Așa e, zâmbi Stefan, cu maxilarul încordat.

– Ce se întâmplă aici? întrebă Scholl.

– Trebuie doar să iau pe mine un halat și devin un pericol de incendiu.

Diebner studie sfera centrală și întrebă:

– Ați folosit uraniu slab îmbogățit?

– Da. Păi, am folosit ce-am mai găsit pe-aici. Un pic de piper, de cimbru...

– Și ați reușit să produceți nivelul ăsta de combustie? întrebă Diebner. Dumnezeule mare!

– Combustie, repetă Scholl, bucuros să audă cuvinte pe care le înțelegea. Excelent, domnilor. Exact asta spera Consiliul de Cercetare al Reichului să obțină.

– Nu putem..., începu Hannah, dar Stefan o întrerupse.

– Bineînțeles, spuse el. Acesta a fost dintotdeauna și obiectivul meu. Totuși, se înțelege, totul e în stadiu pur teoretic încă – nu e gata pentru o prezentare oficială.

Diebner răsfoi printre hârtiile de pe biroul lui Hannah.

– Aș putea să văd jurnalul laboratorului?

Stefan arătă spre grămada mocnindă:

– Dacă reușiți să-l găsiți, să mă anunțați și pe mine.

– Noi doi ar trebui să colaborăm la asta. Diebner părea jignit. Sus. Cu echipament corespunzător.

– Și cu un asistent de laborator adecvat. Scholl o privi de sus, cu oarecare dispreț, pe Hannah.

– Sigur, Kurt, aș fi onorat, spuse Stefan. Ca întotdeauna.

Kurt Diebner frunzări dosarele lui Hannah, alese câteva pagini, le împături și le băgă în buzunarul halatului.

– Bun. Mâine la prima oră sunt în laborator.

Scholl ieși după el, spunând scurt:

– O seară plăcută.

– Asemenea, domnule.

Stefan închise ușa după ei și-i zise lui Hannah în șoaptă:

– Cât uraniu era acolo?

– Optzeci de micrometri.

– Și câți ar intra într-un bombardier Gotha?

– Nu există nicăieri în lume atâta uraniu îmbogățit.

– Dar s-ar putea, răspunse Stefan, dacă s-ar găsi cineva care ar fi îndeajuns de motivat să-l facă.

Hannah rămase tăcută o clipă, îngrozită de posibilele consecințe.

– „N-o să cred niciodată că Dumnezeu dă cu zarul când e vorba de soarta lumii.“

– *Faust*? întrebă Stefan.

Hannah scutură din cap:

- Einstein.

- Poate Dumnezeu are uneori nevoie de puțin ajutor din partea oamenilor.

- Ce vrei să spui?

- Încă nu sunt sigur, răspunse Stefan. Dar nu mai putem fi văzuți împreună. E prea periculos. Indiferent de ce facem de acum încolo, e obligatoriu să nu afle Kurt. Șterse o urmă de funingine de pe bărbia lui Hannah. Nu putem risca să ne doboare mica fortăreață.

Capitolul 27

Stăteau așezați la o masă, într-un colț al restaurantului White, un fel de cantină, greu de zugrăvit în cuvinte, cu un meniu scris de mână și desert de casă. Jack se uita cu o privire iscoditoare la Hannah Weiss. I se părea interesant că ea alesese acest loc, pentru că era tipic american, cu mese Formica mânjite de ulei și scaune Naugahyde lipicioase. Și totuși, această mostră de cultură americană clasică era ascunsă într-o colonadă cu arcade din vechea Plaza, vizavi de Piața de la La Fonda, unde culorile roz și coral ale chirpiciului se pierdeau în pământ. Hannah nu dădea deloc impresia că ar fi o persoană căreia îi place puiul prăjit sau omleta. Se uită rapid peste meniu și alese o felie de prăjitură cu mere. Mâncă aproape o treime din ea - partea din centru - cu puțină frișcă, pe care o adusese chelnerița pentru cafea. Mai fusese aici, cu siguranță. Jack se întreba cu cine. Auzise tot felul de zvonuri despre o casă secretă, a rușilor, care opera în Santa Fe - poate că aici se întâlnise cu omul de legătură.

– De ce ar vrea Frei să-l țină pe Diebner deoparte? o întrebă.

– Diebner câștigase deja un Premiu Nobel, răspunse Hannah. Bănuiesc că pe domnul doctor Frei nu-l încânta ideea de a împărți un altul cu el.

– Dar oricum nu putea primi Nobelul fără tine, nu?

– N-aş zice că sunt eu atât de importantă.

Jack se foi, stingherit, în partea lui de separeu. I se întâmpla uneori, când stătea mult timp jos, să aibă o senzaţie neplăcută între omoplaţi, de parcă avea muşcături de furnici roşii în jos, pe şira spinării.

– S-a întâmplat ceva, domnule maior?

– Ce poate să se întâmple? Jack îşi desfăcu palmele pe masă. Iată-mă mâncând desert cu o femeie frumoasă, într-o încântătoare zi de toamnă. Cafea şi plăcintă cu mere. Păsările cântă. Soarele apune spectaculos. Ceea ce vreau să spun e că, dacă lumea într-adevăr se apropie de sfârşit... ei bine, ăsta e un mod fabulos de a încheia socotelile cu viaţa.

– Bănuiesc că se poate şi mai rău.

– Şi mai rău decât poţi bănui dumneata.

Hannah suspină, sătulă de jocul în care erau prinşi amândoi de două ore. Trecuseră mai bine de douăzeci de minute de când chelneriţa le adusese nota de plată pe care scria „Aveţi grijă, oameni buni, cum conduceţi."

– Aş vrea să te întreb ceva, domnule maior.

– Dă-i drumul.

– Ai fost vreodată căsătorit?

– N-am fost niciodată îndrăgostit.

– Nu-i acelaşi lucru, nu?

– În cazul meu, da.

– Şi de ce crezi că n-ai fost niciodată îndrăgostit?

– Oamenii au obiceiul să mă dezamăgească, răspunse Jack. E rândul meu acum?

Hannah încuviinţă din cap.

– De ce te-ai străduit atât de tare să mă faci să cred că dumneata şi Gregor Stern aţi avut o aventură? o întrebă el.

– Ce te face să crezi că n-am avut? îl întrebă ea, pe un ton care părea să sugereze că flirtează cu el.

– Îţi place să răspunzi la o întrebare cu o altă întrebare, nu-i aşa?

– Așa fac evreii, nu? Tradiție talmudică.

Jack se apleca înainte și-i spuse încet:

– Este un tip la bar, ai grijă când te uiți, să nu atragi atenția.

Fără a se clinti, Hannah aruncă o privire în tot restaurantul.

– Stă acolo de când ai sosit. Pare un vânzător. Sau contabil.

– Ce caută aici?

Hannah ridică din umeri:

– Bea cafea. Citește ziarul.

– Avea întâlnire cu cineva care n-a mai apărut, spuse Jack. De când suntem noi aici, chelnerița s-a oferit să-i mai toarne cafea de câteva ori. Plus că a terminat rebusul, lucru pe care majoritatea oamenilor îl fac la sfârșit.

Hannah mai aruncă o privire discretă în încăpere.

– Există anumite tipare în comportamentul oamenilor când vor să ascundă ceva, spuse Jack. Dacă ghicești tiparul, în scurt timp afli și adevărul.

– Și ce-i cu asta?

– Nu ești o mincinoasă atât de pricepută precum crezi. Jack așteptă ca ea să obiecteze – să obiecteze vehement –, dar ea nu-l slăbi din ochi, nici măcar nu clipi. O să-ți demonstrez. O să-ți pun trei întrebări și te rog să minți când răspunzi la una dintre ele. Ești gata?

Hannah încuviință din cap și zâmbi veselă.

– Dă-i bătaie.

– Ce ai mâncat azi-dimineață la micul dejun?

– Fulgi de ovăz.

– De unde ai pieptenele acela de păr, cu pietre prețioase, pe care-l porți întotdeauna?

– A fost un cadou de la verișoara mea.

– Care e ultimul lucru la care te gândești seara, înainte să adormi?

– Pianul care cântă în camera alăturată. Hannah luă o gură de cafea, dar se răcise deja. Deci? La care am mințit?

– Micul dejun.

– Corect, admise ea. Cum ți-ai dat seama? Am clipit, așa-i?

– Nu, dar la cantină se servește doar praf de ouă.

Râseră amândoi.

– Apoi ai mințit despre pieptene, continuă Jack, iar zâmbetul dispăru de pe chipul lui Hannah. Acesta e tiparul dumitale. Ai mințit în legătură cu micul dejun, pentru că știai c-o să te prind cu asta și ai vrut ca eu să presupun că aceea a fost singura dumitale minciună. Fără îndoială, ai mințit și în legătură cu pianul, pentru că ai vrut ca eu să mi te închipui în pat, într-o noapte fierbinte, ascultând vreun preludiu languros de-al lui Chopin, imagine care mi-ar distrage serios atenția. Și ai mințit în legătură cu pieptenele de păr pentru că...

În loc să continue ea propoziția, Hannah spuse:

– Dar dumneata? Care e tiparul dumitale?

– Eu nu am. Nu mint.

– Ah, bineînțeles, spuse ea. Dar să presupunem că accept această afirmație ca fiind adevărată – că dumneata nu minți niciodată, lucru extrem de improbabil, statistic vorbind –, trebuie precizat că, dacă nu minți, asta nu înseamnă că spui adevărul, nu? Așa că mă întreb... Mângâie cu degetul marginea farfurioarei din fața ei. Oare ce ascunzi dumneata, domnule maior Delaney? Ce eviți să ne spui?

Jack simți cum durerea din zona lombară i se intensifică.

– Te distrezi, nu-i așa?

– Dumneata nu?

– Poate nu așa de tare cum crezi dumneata.

– De unde să știu? spuse Hannah. Misteriosul maior Delaney nu oferă nici un indiciu, nu are nici o scăpare, e perfect stăpân pe sine.

– Acum faci glume pe seama mea.

– Nu asta mi-e intenția, răspunse Hannah. De fapt, simt o oarecare compasiune față de dumneata. Am senzația că, deși oi fi având și eu secretele mele, ale dumitale sunt mai mari. Mai dureroase. Temerea dumitale cea mai acută este să nu fii descoperit.

– Scutește-mă de psihanaliză.

– Acesta e tiparul dumitale, zise ea, cu ochii licărind ușor, încântată că i-a dibuit obiceiul. Dumneata nu minți, ci ascunzi adevărul. De aceea nu ai fost niciodată îndrăgostit. Când iubești pe cineva, nu te poți ascunde. Când iubești pe cineva...

– Am terminat, spuse Jack, ridicându-se brusc. Pe curând, doamnă doctor Weiss.

Chelnerița îl întâmpină la casă:

– Totul în regulă, scumpule?

– Da, mersi, răspunse Jack. Lăsă o bancnotă de zece dolari pe tejghea și ieși în piață, fără să-i acorde atenție lui Hannah, care pășea în grabă, poticnit, alături de el, în pantofii ei total nepotriviți pentru șoseaua aceea murdară, pietruită.

– Domnule maior Delaney? Domnule maior Delaney. Jack!

El se întoarse brusc spre ea și-i spuse cu asprime în glas:

– Asta a fost tot deocamdată, doamnă Weiss. Dacă o să mai avem întrebări, domnul locotenent Epstein va lua legătura cu dumneavoastră.

– Îmi pare rău că-ți stric ieșirea asta teatrală, dar ultimul autobuz spre Los Alamos a plecat de mai bine de o oră. Trebuie să mă duci și pe mine cu mașina.

– Nu trebuie să fac absolut nimic, ce mama naibii.

– Asta așa e, răspunse ea. Domnule maior, sunteți amabil să mă duceți, vă rog, înapoi la Hill?

Jack stătu câteva clipe pe gânduri. Era oricând dispus să se joace de-a șoarecele și pisica, atât timp cât era încredințat că el e pisica. În cazul de față, nu mai era atât de sigur. Îi răsună în minte avertismentul lui Epstein. Atinsese un punct sensibil și era conștientă de asta.

– V-aș fi foarte recunoscătoare, spuse ea, încercând să-l împace cu un zâmbet. Nu cred că pot merge pe jos cincizeci de kilometri în pantofii ăștia.

El se uită la încălțările ei, făcând un efort să să nu se gândească la firul acela de ciorap care-i contura piciorul, făcând un efort să ignore această admirație crescândă, care-i stârnea și ciudă, față de felul în care îi mergea mintea.

– Îmi cer scuze dacă te-am făcut să te simți prost, spuse Hannah. Nu e nevoie să vorbim de-acum încolo.

– Ai câștigat runda asta, Hannah, dar crede-mă, o să urmeze altele. Jack deschise portiera din dreapta, apoi ocoli mașina și se urcă, dar, înainte de a porni motorul, își odihni mâinile pe volan și spuse: O să-ți spun un lucru, doamnă doctor Weiss. Încă nu m-ai dezamăgit.

– Hai să vorbim despre ceva plăcut, suspină ea. Nu te-ai săturat de jocurile astea de-a spionii?

– Până adineauri, nu mă săturasem, zise el cu sinceritate. Încă o surpriză. Pentru amândoi.

– Bănuiesc că devine extenuant de la o vreme, spuse Hannah, să tot mergi în cerc, precum Iosua care aștepta să se năruie zidurile din Ierihon.

Jack porni mașina, ieși din piață și conduse un timp fără să zică nimic, lăsând în urmă luminile din Santa Fe. Hannah dădu jos geamul din dreapta ei și-și sprijini cotul de portieră, lăsând aerul rece, uscat, să-i treacă prin păr. Când cocul ei franțuzesc, strâns tare la spate, începu să se desfacă, și-l rearanjă cu mișcări pline de grație. Jack o urmări cu colțul ochiului cum își ajustează câteva șuvițe rebele și eternul pieptene cu pietre prețioase. Observase că-l atinge chiar și când vorbesc. Nu avea nevoie de oglindă, într-atât de înrădăcinat îi era obiceiul acesta. Într-o conversație obișnuită, când făcea gestul acesta, dădea impresia că vrea să-și aranjeze părul, dar Jack își dădu seama acum că își atingea pieptenele pentru a se asigura că nu-l pierduse.

Foșnetul slab al vântului îi înconjura ca un cocon. Ce ușor ar fi, se gândi el, ce tentant, să-și pună mâna protectoare pe coapsa ei. Să simtă cum mușchii ei se relaxează sub atingerea lui, iar capul să i se lase, grațios, pe umăr. N-ar afla nimeni; erau complet singuri. Nu se vedea țipenie de om pe drum, doar luminile farurilor de la mașina lor. Stelele străluceau și dispăreau cu repeziciune în bezna orizontului. Ea se apleca mai tare pe geamul deschis și-i spuse:

– Hmmm, inspiră mirosul de salvie.

Vocea ei tulbură vanitatea fanteziei în care fusese cufundat; era deconcertant să vadă cât de aproape era de a trece granița care ar anula ani întregi de muncă asiduă într-o clipă de slăbiciune. Jack începu să manevreze radioul, dar până și undele sunetului fuseseră înghițite de noapte, blocate de cealaltă parte a vreunui platou stâncos nevăzut.

– Am putea să ne oprim puțin? îl întrebă ea. Iubesc deșertul noaptea; se trezește la viață.

Jack trase pe dreapta și, când stinse farurile, cerul de deasupra lor reveni la imaginea unui univers infinit. Calea Lactee era o fâșie de un alb ca de cretă, ce brăzda întinderea întunecată. Stelele erau, colectiv și individual, incredibil de frumoase, îți tăiau respirația prin felul în care parcă formau un ansamblu de lumini intense, puternice, persistente.

– New Mexico devine impresionant când nu e lună pe cer, spuse Jack.

Hannah coborî capul și și-l sprijini pe plafonul mașinii, poziție care-i scotea în evidență linia lungă, grațioasă, a gâtului. Respirația ei caldă se aduna într-un norișor în fața buzelor.

– O să vezi tu, după ce se termină războiul ăsta. Toate aceste cercetări științifice, toate aceste ipoteze și logaritmi și calcule și ecuații ne vor duce în spațiu. Vom călători pe lună. Vom vizita alte planete. Alte galaxii.

– Noi vom face asta? Care „noi"?

– Noi, oamenii. Omenirea. Rasa umană.

– Dar cine va reuși asta pentru prima data? Noi sau rușii?

Hannah ridică din umeri:

– Cât de departe e America de Rusia când te afli pe lună?

– Nu mă aflu pe lună, răspunse Jack, e un lux de care nu pot avea parte. Așa că, din punctul meu de vedere, cele două țări sunt destul de departe una de cealaltă, iar eu n-am nici un dubiu de partea căreia sunt.

– Un lux de care nu pot avea parte.

– Ah, da, uitasem. Jack își dădu jos geaca și o așeză în jurul umerilor ei. Problema e toată treaba asta cu „femeie-fără-țară", „loialitatea mea e față de știință" – nu cred în chestiile astea. Știu ce faci. Mai trebuie doar să înțeleg și de ce.

– Și crezi că e absolut imposibil ca eu să fac toate astea pentru simplul motiv că așa e corect, că așa trebuie să procedez?

– Sunt convins că în mintea ta e posibil, răspunse el, dar ce spui tu nu prea o să conteze într-un tribunal militar. Lor nu le pasă de ce ai făcut, Hannah. Și nici de ce ți se va întâmpla în închisoare.

– Ție o să-ți pese?

– Nu știu încă.

Jack se întoarse și observă că ea îl privea cu atenție. În lumina stelelor, rujul ei roșu căpătase o nuanță închisă, semăna cu cerneala de sepie. Ea își ridică mâna la tâmplă, apoi și-o trecu pe după ceafă și-și desfăcu, încet, cocul. Părul îi căzu pe umeri, iar ea se aplecă puțin către el, privindu-l cu blândețe în ochii care exprimau o admirație sinceră. Jack era convins că, dacă ar săruta-o acum, ea i-ar răspunde cu aceeași intensitate imediată cu care, din câte a observat el, făcea orice alt lucru. Ca un cârlig de sârmă, gândul acesta îl trase spre ea, dar terminațiile nervoase care îi străpungeau umerii îl împiedicară să facă vreo altă mișcare.

– Hai să ne jucăm jocul tău, spuse ea. Trei întrebări, o minciună.

– Doamnele mai întâi.

– Unde ai crescut?

– West Egg, răspunse Jack. Ca Jay Gatsby.

– De ce ai mereu dureri? Îi atinse ușor umărul. Te miști tot timpul, încerci să găsești o poziție confortabilă.

– M-a nimerit un lunetist în ziua în care am eliberat Parisul.

Ea îi masă delicat mușchii romboizi cu degetele. Glonțul a rămas acolo, în mușchi.

- Delany e numele tău adevărat?

- E numele meu legal, răspunse el. Și cu asta sunt trei. E rândul meu. Ce ai mâncat la micul dejun?

- Pudră de ouă.

- Ai avut o relație secretă cu cineva la Institutul Kaiser Wilhelm?

- Da.

- Unde e adevărata Sabine?

- Nu știu. Și eu îmi doresc cu disperare să aflu. Ochii lui Hannah se umplură de lacrimi, dar ea clipi, pentru a le alunga, și-l întrebă: Unde ai crescut?

- Deasupra unei măcelării de pe strada Rivington.

- Te gândeai acum câteva clipe că ți-ar plăcea să mă săruți?

- Bineînțeles că nu, răspunse el. Am avut doar o senzație neplăcută, de la indigestie.

Hannah râse. Spațiul dintre ei, de doar câțiva centimetri, se răsucea, se învolbura, atrăgându-i tot mai aproape unul de celălalt. Atunci ea se aplecă înainte și-l sărută. Nu era dată cu parfum; în afară de salvia care creștea pe marginea drumului, singurul miros care-i invadă nările fu cel de pudră de talc. Simți cât era de delicată, cu talia ei îngustă și încheieturile mâinilor atât de subțiri. Jack se sprijini cu cealaltă mână de marginea portierei, să prelungească momentul. Intensitatea trăirii dintre ei făcea trupurile să li se apropie tot mai mult, până când ea se depărtă, se trase puțin înapoi și-l privi cercetător în ochi. Simțind încă atingerea caldă a buzelor ei pe ale lui, el spuse:

- Mai ai o întrebare.

- Domnule maior Delaney, spuse ea, ești evreu?

Tăcerea care se lăsă vibra din cauza tensiunii. Se auzi doar cântecul greierilor, drept răspuns. Hannah făcu un pas înapoi, îl scrută cu privirea, în timp ce Jack știa că ea înțelesese adevărul.

- Ești evreu, spuse ea, iar ei nu știu asta. În toți acești ani ai fost profund singur.

În vocea ei nu se distingea nici o urmă de satisfacție; doar neliniște, suferință. Pentru prima dată în viața lui, Jack avea parte de empatie din partea cuiva. Cu frică și un sentiment profund de ușurare, el simți cum se prăbușesc zidurile pe care le ridicase în jurul lui cu atâta grijă. Ea era Iosua lui. Dar, în același timp, spiritul lui de vânător de spioni se trezi, adulmecă ocazia. Știa din experiență că peste un zid dărâmat se poate trece în orice direcție.

– Să lăsăm jocurile, Hannah. Să lăsăm minciunile. Ridică ornamentul ei de păr cu pietre prețioase în lumina stelelor. De unde-l ai?

Nu voia să o preseze să-i dea un răspuns rapid, o va face ea când se va simți pregătită. Au continuat să stea așa, în beznă, uniți prin liniștea care-i împresura. El zări coada unui iepure care dispăru aproape instantaneu într-un tufiș – o pată albă, parcă ireală. Apoi singurătatea îi înconjură din nou. Nu existau semne, stâlpi de telefon sau indicatoare rutiere. Era ca și cum ajunseseră într-un ținut din afara hărților, iar acum stăteau, clătinându-se, la marginea destrămată a lumii cunoscute până atunci.

– Aș bea ceva, zise ea, un whisky.

El încuviință din cap și urcară în mașină.

Mai merseră o jumătate de oră până zăriră o luminiță care, pe măsură ce se apropiau, devenea tot mai clar un felinar cu un bec ce răspândea lumină galbenă în jur. Brusc, radioul prinse semnal: „WGGN din Albuquerque", anunță DJ-ul, iar cascada de sunete care urmă anulă liniștea în care fuseseră cufundați, înlocuind-o cu realitatea exterioară. Luminile de la o clădire de pe marginea drumului pătrundeau în mașină. În fața ei erau parcate câteva camionete prăfuite, iar pe grilajul lor se reflecta lumina roz a unei reclame la bere.

În timp ce intra cu Buick-ul în parcarea cu pietriș, Jack observă că locul acela era nefinisat, improvizat, precum cele de pe Hill. Părea un oraș-fantomă, o fațadă bidimensională care păruse reală doar preț de o clipă din cauza peisajului pustiu din jur.

– E chiar la frontiera cu ținutul indienilor, spuse ea, citindu-i gândurile. Întotdeauna există un local care vinde băuturi la aproximativ un kilometru peste graniță. Oppie îi aduce pe cei din echipă aici când simțim că nu mai putem sta în spații închise. La capătul îndepărtat al barului, câțiva amerindieni, îmbrăcați în cămăși occidentale și blugi uzați, beau în tăcere. Lângă ușă, doi fermieri foarte în vârstă stăteau într-un separeu; unul dintre ei începu să tușească zgomotos. Toți își ridicară privirea când cei doi intrară, amerindienii se întoarseră la băuturile lor, în timp ce Jack o ajută pe Hannah să se strecoare în separeul din spate, unde erau mai protejați de privirile indiscrete datorită fumului care-i învăluia. El așeză cu atenție pieptenele cu cei doi fluturi din pietre prețioase pe masă, în fața ei, și-l înclină puțin, astfel că lumina de neon din spatele barului se reflecta în diamantele de pe el. Liniștea era acompaniată de un zumzăit vag, electric.

– O să-ți spun, zise ea, în cele din urmă. De data asta o să-ți spun adevărul.

Capitolul 28

La sosirea acelui Mercedes lung, negru, perdelele din dantelă de pe cele două părți ale străzii se mișcară ca animate de o briză tăcută. Lui Stefan nu-i scăpă acest lucru, după cum se așteptase Hannah. Nu, el știa perfect la ce se gândeau oamenii când oprise în fața clădirii. Dar pur și simplu nu-i păsa.

Hannah îl văzu de la fereastra din salon și-și înghiți un zâmbet. N-ar fi vrut să se bucure că-l vede, dar asta simțea. Rânjind ca un școlar care se joacă seara în zăpadă, Stefan își aranjă paltonul de cașmir și-și luă servieta de pe bancheta din spate a mașinii.

Ea ascultă dansul pașilor lui pe scări și în hol. Joshua deschise ușa și spuse:

– Bună seara.

– Domnule doctor Weiss, eu sunt Stefan Frei. Mă bucur să vă cunosc. Hannah vorbește în termeni foarte laudativi despre...

– S-a întâmplat ceva? întrebă Hannah.

– Bună seara și dumneavoastră, Fräulein, zise Stefan, tachinând-o, în timp ce-i înmâna un plic gros, din carton manila: O să ni se publice articolul, doamnă doctor Weiss.

– Hannah! Asta-i nemaipomenit! Joshua o luă în brațe. Sunt foarte mândru de tine, fata mea!

– Nu-mi vine să cred! Îmbujorată de emoție, Hannah încercă să desfacă plicul, dar era atât de agitată, încât nu mai avu răbdare și-l rupse. N-aș fi crezut niciodată că vor accepta ca... oh.

Rezumatul subliniat în roșu avea deasupra titlul: „Neutroni termici și elemente transuraniene, de dr. Stefan Frei și dr Anthas Winik Sanheiser".

– Hannah, lasă-mă să-ți explic...

– Nu e nevoie de nici o explicație. Înțeleg. Hannah strecură jurnalul înapoi în plic. Sunt extrem de bucuroasă că cercetarea va fi recunoscută.

– Am programată o prezentare mâine, spuse Stefan. Mi-aș dori foarte mult să vii și tu.

Hannah încuviință din cap și zâmbi. Îi era teamă să zică ceva, avea un nod în gât.

– Luați loc, domnule doctor Frei, spuse Joshua. Aduc cafea. Nu, mai bine coniac. Se cuvine să sărbătorim.

– N-aș vrea să vă stric seara, spuse Stefan.

– Vă rog, insistă Joshua. Ar fi o onoare pentru mine, am auzit atât de multe despre dumneavoastră.

– Ah, da? Stefan ridică, jucăuș, din sprâncene, tachinând-o, flirtând oarecum, într-un mod glumeț, cu ea, apoi aruncă o privire în jurul camerei, oprindu-se puțin asupra feței de masă de dantelă și asupra fotografiilor de familie de pe pian. Aveți o casă foarte frumoasă. E o plăcere pentru mine să închin un pahar în cinstea nepoatei dumneavoastră și a succesului ei. Lucrând cu ea în ultimele luni, am ajuns să-i admir gândirea atât de elegantă.

– Aduc paharele, spuse Hannah.

Joshua o urmă în sufragerie și cotrobăi în spatele sticlei cu vin de Porto și cu băuturi răcoritoare de fructe.

– Ah! Aici sunt bunătățile, zise el, făcându-i cu ochiul lui Hannah. Se pare că există și un pic de chimie în laboratorul ăla de fizică al vostru.

– Fii serios, spuse ea cu asprime. E colegul meu și nimic...

Amândoi fură luați prin surprindere când auziră pianul din salon. Nu mai fusese atins de când murise mama lui Sabine. Era ușor dezacordat, dar Stefan cânta superb la el.

– Preludiul lui Bach în Si bemol minor, spuse Joshua. Aproape uitasem cum sună.

Când el și Hannah se întoarseră în salon, Stefan se opri, jenat.

– Nu, nu, continuă, te rog, spuse Joshua, turnând coniac în pahare.

Stefan zâmbi și reluă Preludiul, iar Hannah rămase în picioare, fascinată. Când Joshua îi puse un pahar în mână, își dădu seama că tremura. Ar fi vrut să închidă ochii și să asculte muzica, să simtă siguranța cu care mâinile lui atingeau clapele.

– Ce drăguț. Sabine era în ușă, scrutându-i cu privirea pe cei trei, care păreau un grup de prieteni buni.

– Domnule doctor Frei, ea este fiica mea, spuse Joshua. Sabine, haide și fă cunoștință cu musafirul lui Hannah, domnul doctor Frei.

– Știu cine e.

–Bună seara, Fräulein. Stefan se ridică de pe scăunelul de la pian și se îndreptă spre ea cu mâna întinsă. Îmi pare bine de cunoștință.

Sabine rămase cu mâinile în buzunarele de la haină, uitându-se la Stefan cu o privire rece, necruțătoare.

– Poate că ar trebui să plec, spuse Stefan.

Joshua o luă pe Sabine de după umeri, dar ea se smuci.

– Se pare că fiica mea a uitat cum a învățat-o soția mea – *aleha-hashalom* – să se comporte frumos.

– Și poate că tatăl meu a uitat al cui e pianul...

– Ajunge, spuse Hannah.

– Și ce-o să faci? O să mă trimiți în camera mea? Oare eu sunt singura care vede ce se întâmplă cu adevărat?

– Nu se întâmplă nimic. Hannah îi arătă lui Sabine jurnalul. Uite. Domnul doctor Frei mi-a adus articolul nostru.

Sabine nici nu încercă să-și ascundă disprețul.

– Felicitări. E bine de știut de partea cui ești.

– Noi nu suntem de partea nimănui, spuse Hannah. Suntem oameni de știință.

– Și cine plătește pentru cercetările voastre? Nu faceți altceva decât să le alimentați mașinăria de război.

– Sabine. Încetează.

Joshua o trase pe fiica lui de braț, aruncându-i o privire jenată lui Stefan.

– Nu e nici un război, spuse el.

– Încă nu. Dar va fi. Curând. Nu-i așa? Sabine rămase neclintită în fața lui Stefan, pe covorașul din salon, cu obrajii îmbujorați din cauza aerului rece de seară și a furiei crescânde care o cuprindea. Știți ce urmează, nu-i așa, domnule doctor Frei? Vă pasă câtuși de puțin? Faceți ceva ca să-i opriți? Ceva, orice? Văzând că Stefan nu răspunde nimic, se întoarse spre Hannah și-i zise: Atunci el e responsabil. La fel și tu.

Sabine plecă, lăsându-i cufundați într-o liniște stingheră. Auzind ușa de la dormitorul ei trântindu-se cu putere, Joshua își ceru din nou scuze.

– Nu, vă rog, spuse Stefan, nu vă faceți griji. Dădu coniacul peste cap și apoi așeză paharul pe bufet. Vă mulțumesc pentru ospitalitate, domnule doctor Weiss. Noapte bună, Hannah. Să te odihnești. Mâine e o zi importantă.

Imediat după ce ușa se închise în urma lui, Hannah țâșni pe hol și intră în camera lui Sabine fără să mai bată.

– Ce-i în capul tău? Ți-ai pierdut...

Hannah se opri când văzu că Sabine era ghemuită pe podea, în colțul dintre dulap și perete. Lacrimile îi curgeau șiroaie pe obraz. Plângea în hohote atât de puternice, încât sticluțele de parfum de pe măsuță se ciocneau una de cealaltă. Hannah se lăsă în genunchi și o luă în brațe pe verișoara ei, așa cum făcuse când Sabine era mică. O mângâie pe cap, apoi îi îndepărtă firele de păr de pe fața udă, întrebând-o neîncetat:

– Ce e? Ce s-a-ntâmplat?

– L-au luat, reuşi Sabine, în cele din urmă, să îngaime. L-au luat pe Daniel.

– O să se întoarcă.

– Nimeni nu se întoarce. Nimeni. Şi eu sunt de vină.

– Nici vorbă. Hannah simţi cum o cuprinde groaza, începea să înţeleagă ce se întâmplă.

– Slavă Domnului că nu erai cu el.

– Cum poţi să spui aşa ceva? o întrebă Sabine, împingând-o de lângă ea.

– Tu eşti responsabilitatea mea, nu el. Atât timp cât tu eşti bine, în siguranţă, nu-mi pasă de nimeni.

– Ieşi din camera mea, se răsti Sabine la ea, cu o voce de gheaţă din cauza furiei care o devora. Te urăsc... nu, urăsc naivitatea ta.

– Urăşte-mă, dacă aşa vrei, dar trebuie să ajungi în America. Hannah îşi împreună mâinile, parcă implora răbdare, calm. Nu e a ta bătălia asta.

– Atunci a cui e? E vorba de viitorul meu.

– Da, exact. Eşti o copilă; meriţi să creşti şi să trăieşti.

– Am şaptesprezece ani. Sunt femeie. Iar Daniel... el... Sabine scutură din cap, vocea începu să-i tremure din nou din cauza lacrimilor. El ştia asta. Şi m-a iubit. Şi dacă nu lupt pentru el, dacă tu nu lupţi, dacă tati nu luptă, ei vor continua să spargă geamuri şi să ia oameni – şi atunci cine rămâne?

Sabine mai plânse o vreme, iar Hannah plânse cu ea.

– Întreaga lume e un haos; şi îmi pare rău pentru Daniel, dar nimic din ce s-a întâmplat nu e din vina ta.

Sabine îşi ridică privirea, clipi de mai multe ori, chinuindu-se să respire.

– El doar executa ordine.

– De la cine? întrebă Hannah. De la *tine*?

Sabine încuviinţă din cap, incapabilă să mai rostească vreun cuvânt.

– Toată treaba asta cu broşurile – Sabine, spune-mi adevărul. Cât de implicată eşti?

– Tatăl lui Daniel are o imprimerie. A luat-o când s-au închis ziarele. Așa că am venit eu cu o idee pentru că soldații, unii dintre ei, sunt de aceeași vârstă cu mine, Hannah. Ei nu știu – sau le e teamă –, iar noi am vrut doar să le spunem că nu trebuie să facă toate astea, pentru că, dacă soldații refuză, nu vor mai exista deportări. Așa că eu am scris poezii, Daniel le-a tipărit, iar eu și fetele mergeam prin barurile frecventate de soldați și, când nu ne vedea nimeni, le strecuram poeziile în buzunare.

– De când durează astea?

– De la începutul semestrului, răspunse Sabine. Am crezut că știu ce fac, am crezut că știu ce e bine. Iar ei m-au ascultat.

– Bine, bine. Lasă-mă să mă gândesc. Hannah își masă tâmplele cu degetele. Cine mai știe?

– Daniel, gemenii, Rudy și Rolf. Iubita lui Rolf, Gerte. Și câteva fete din orchestră.

Hannah își aminti de băiatul care aștepta zâmbind pe trotuar în fața cafenelei, cu fularul croșetat de Sabine în jurul gâtului, și se cutremură gândindu-se la ce chinuri ar putea fi supus.

– N-a fost intenția mea să aibă cineva de suferit.

– Știu, scumpa mea. Totul va fi bine, dar tu nu poți rămâne aici.

– Nu mai suportam să stau la școală în fiecare zi și să mă comport de parcă totul era normal. Sunt o idioată! Nu m-am gândit deloc la consecințe.

– Nu-i adevărat, tu întotdeauna te gândești la consecințe, spuse Hannah. Doar că nu le lași să-ți stea în cale. Hannah o sărută pe frunte și se ridică în picioare. Pune-ți câteva lucruri în gentuța aceea de brocart, atât. Am o idee. Bine? Să fii gata.

Hannah merse în bucătărie, luă telefonul și formă un număr. Mâinile îi tremurau. Îi răspunse politicos o menajeră.

– Familia Stern.

– Cu domnul doctor Stern, vă rog. Eu sunt doctor Weiss, de la Institutul Kaiser Wilhelm.

– Domnul doctor a plecat cu doamna Stern la o nuntă, în Berna. Doriți să lăsați un mesaj?

– Nu, nu e nevoie, răspunse Hannah, dar, în intervalul dintre întrebarea menajerei și refuzul politicos al lui Hannah, se auzi un zgomot ciudat în receptor.

– La revedere, atunci, o seară plăcută, spuse menajera. Heil Hitler!

Hannah răspunse și ea printre dinții încleștați:

– Heil Hitler!

Puse receptorul înapoi în furcă și rămase acolo, în întunericul din bucătărie, cu inima bătându-i cu putere în piept. Încercă să se gândească la cineva – oricine – care ar putea s-o ajute, dar, chiar dacă i-ar fi venit în minte vreun nume, nu știa: oare ascultau telefonul lui Gregor sau pe al ei?

Capitolul 29

Lumina de la lampa cu gaz intra prin fereastra de la laboratorul din subsol al lui Einstein. Ceasul de pe perete bătea înspre ora patru dimineața. În lumina slabă, Sabine arăta ca o fetiță, dormea liniștită ca întotdeauna. Hannah invidia această trăsătură a ei, această capacitate de a opri zarva gândurilor și de a lăsa grijile deoparte, pentru a dormi. Pe Hannah o ardeau ochii de oboseală. O durea tot corpul după o noapte lungă, petrecută pe podeaua rece din debara, dar nu voia să se ridice. Nu putea ști când va mai avea ocazia să fie atât de aproape de Sabine, să-și poată pune brațul pe umerii ei, să o protejeze. Îi simțea coastele mișcându-se în ritmul blând, liniștit al respirației – încă respira. Era vie.

Când Sabine era mică, se strecura noaptea în camera lui Hannah și se băga lângă ea în pat, adunându-se ca un ghemotoc în brațele ei. Hannah se gândea că probabil așa se simte o mamă care poartă un copil în pântece – inimile bătându-le la unison – și savura valul de căldură și iubire pe care i-l stârnea această copilă. Iubirea aceasta puternică și necondiționată reprezenta tot ce avea ea mai bun, singurul lucru din interiorul ei care era de nezdruncinat.

Cheia se roti și cineva deschise ușa.

– Hannah? zise Stefan încet. Hannah, ești aici?

Acoperind cu o mână gura lui Sabine, Hannah o scutură de umăr. Sabine deschise larg ochii. Hannah își duse un deget la buze, iar Sabine îi făcu semn din cap că înțelesese. Atunci Hannah se ridică în picioare, luă un halat și ieși, închizând ușa în urma ei.

– Bună dimineața, domnule doctor Frei. Ați venit devreme. Eu tocmai...

– Nu trebuia să încerci să-l suni pe Gregor, zise Stefan în șoaptă. În glasul lui se simțea o urmă de dezamăgire.

– De unde...

– Ascultă. Nu prea avem timp.

– Pentru ce?

– Hannah, mă crezi când îți spun că sunt prietenul tău?

Văzând că nu răspunde, Stefan o luă de mână și o duse la tablă. Cu mișcări iuți, scrise cu litere mari ANTHAS WINIK SANHEISER, apoi șterse, una câte una, literele: H...A...N...N...A...H

Ea îi luă buretele din mână și șterse dovada faptului că el știa de originile ei evreiești.

– Hannah, îți jur, într-o bună zi lumea va reveni la normal, la fel și asta. Bătu cu degetele în tabla pe care mai zăbovea fantoma numelui ei. Dar meritele, brevetele – nimic nu va conta dacă nu vom ieși vii din acest cuib de vipere în care ne aflăm.

– Și-atunci de ce să-ți asumi un risc atât de mare?

– Pentru că vreau să-ți dovedesc cât de mult însemni pentru mine. Știm foarte bine amândoi că am nevoie de tine pentru a duce la capăt sarcina actuală. Poți să-mi pui în cârcă ce motive vrei, dar, Hannah, tu ești importantă pentru mine. Spune-mi că știi asta, că mă crezi.

– Da, știu, răspunse Hannah, deși până în acel moment nu recunoscuse asta pe deplin nici față de ea însăși.

– Trebuie să rămânem calmi, spuse Stefan. Trebuie să fim raționali. Te-am mai întrebat, te întreb din nou: Ai încredere în mine?

Opțiunile ei erau limitate, așa că încuviință din cap.

– Fata, spuse el. E aici?

Ea nu avu puterea să spună „da", însă el își dădu seama după expresia chipului ei.

– Ieși cu ea prin spate. Mașina mea e parcată la capătul ieșirii de urgență, după clădire. Grăbește-te.

– Stefan, ea n-a vrut să facă nimic rău.

– Hannah, te implor, nu avem timp de explicații acum. Îi luă mâinile într-ale sale, îi sărută pumnii încleștați și îi duse la inimă. Îți jur pe viața mea, n-aș face niciodată nimic care să te rănească. O să fac tot ce-mi stă în putere ca să te protejez, dar trebuie să faci cum îți zic. Du-te. Repede. Și adu fata.

Câteva minute mai târziu, Hannah și Sabine alergau pe holul lung, întunecat, fiecare ținând în mână câte o geantă grea. Când ajunseră la ușa de acces, din fier, Hannah ieși prima și urcă tiptil scările care duceau spre alee. Aruncă o privire peste bordură și-l văzu pe Stefan mișcându-se de colo colo în fumul pe care-l scotea Mercedesul. Observă că nu era nimeni pe alee, nu era aprinsă lumina de la nici un birou sau laborator. Îi făcu semn lui Sabine s-o urmeze. Stefan le îndemnă, zorit, spre bancheta din spate, se urcă lângă Hannah și închise cu grijă portiera.

Mercedesul înaintă încet, aproape fără zgomot și doar cu faza scurtă, până la capătul aleii, apoi întoarse și o luă prin labirintul de străzi lăturalnice din zonele rezidențiale. În spate, mașina era dotată cu două scaune din piele neagră, așezate față în față. Hannah stătea în fața lui Stefan, iar picioarele lui deșirate le cuprindeau pe ale ei. Chiar în spatele ei se afla Sabine, care stătea față în față cu o femeie ce mirosea a coniac și a mosc. Femeia își aprinse o țigară, iar Sabine, luată pe nepregătite, trase adânc aer în piept.

Femeia o întrebă:

– Ce s-a-ntâmplat, ți-a mâncat pisica limba?

– Dumneavoastră sunteți Lotte Scheer, spuse Sabine. V-am văzut în revistele de cinema.

Intrând într-un sens giratoriu, mașina trecu în viteză peste o bordură, ieși pe o stradă laterală și acceleră din nou, ocolind la limită celelalte mașini din trafic. Hannah o strânse pe Sabine de mână.

– Draga mea, i se adresă Lotte șoferiței, conduci ca un afurisit de italian. Dacă nu te-aș iubi, aș coborî și mi-aș dezveli un picior, cum a făcut Claudette Colbert. Sigur s-ar găsi cineva care să mă ia.

De pe locul șoferului, Ulrike râse scurt, gutural:

– Dar mă iubești, draga mea. Îți place sau nu, ți-ai încredințat viața în mâinile astea care iubesc cursele de mașini.

– Când aveam zece ani, spuse Stefan, a furat camioneta grădinarului și m-a convins să fugim de acasă. Am mers vreo trei kilometri, am intrat într-un pom și ne-am întors cu greu acasă, unde am primit o bătaie zdravănă.

– Întotdeauna mi-am păstrat cele mai strașnice impulsuri pentru prietenii apropiați, zise Ulrike.

Hannah observă că Ulrike se uita la Lotte în oglinda retrovizoare – nu era privirea neutră, binevoitoare, a unei prietene, ci, mai presus de orice îndoială, zâmbetul intim, complice, al unei iubite. Ulrike nu mai era fata din înalta societate, lipsită de inhibiții, pe care o văzuse Hannah la brațul lui Stefan; acum avea părul strâns într-o beretă de piele și era îmbrăcată într-o haină de stofă și cravată. Arăta – nu, chiar era – ca iubita Lottei. Ulrike era, fără îndoială, protejată de statutul ei de soră a lui Kurt și „prietenă“ a lui Stefan, dar Lotte era o femeie fără copii, care juca în spectacole pe scenele din Berlin – poate chiar și la Damenklub Violetta. Va fi etichetată cât de curând drept „amorală“, dacă nu cumva fusese deja.

Pe măsură ce lumea din jurul ei se schimba treptat, Hannah s-a adaptat și ea. Felul în care vedea lucrurile, era convinsă, rămăsese bine ancorat în principii morale sănătoase, care o ghidau. Acum, brusc, nu mai exista nimic care s-o ghideze. Câmpurile magnetice care o înconjurau erau în continuă mișcare, toate, la fel și busola ei, care se învârtea precum astrele în jurul Stelei

Polare pe cerul nopții. Picioarele îi tremurau incontrolabil. Hannah, care se mândrea cu faptul că înțelege structurile riguroase care guvernează mersul lumii, își dădu seama că ipotezele ei, adică punctul de plecare al oricărei înțelegeri adevărate, fuseseră greșite sau, mai rău, fuseseră construite pe premise false.

A pus viața persoanei pe care o iubea cel mai mult pe lume în mâinile unor oameni în care nu avea încredere, pe care nici măcar nu-i cunoștea.

– Unde mergem? întrebă ea, cu vocea sacadată și respirația accelerată.

Stefan se aplecă înainte și-și împinse picioarele într-ale ei, să oprească tremuratul. I se adresă cu o voce joasă, calmă, liniștitoare:

– Noi doi vom coborî în Stendhal. Întoarce-te la Institut cu trenul, du-te la prezentare și comportă-te ca și cum nimic nu s-a întâmplat. Poți face asta, Hannah?

– Și Sabine?

Sabine și Lotte vor lua vaporul din Hamburg diseară.

Scoase o mapă din buzunarul de la piept și i-o dădu lui Hannah.

– Buletinul, biletul de vapor și actele pentru a debarca în Cuba. E tot ce-am putut face într-un timp atât de scurt.

Hannah încuviință din cap, întrebându-se dacă ar trebui să-i mulțumească sau s-o apuce pe Sabine și să sară amândouă din mașină cât mai repede. Deschise mapa și se uită lung la actele de identitate. În fotografia ușor neclară se vedea o fată simplă, obișnuită, cu părul negru tuns bob și ochelari: Gisella Proust, 20 de ani, născută în Strasbourg.

– Știi franceză? întrebă Lotte.

Sabine încuviință din cap.

– „Eu sunt secretara lui Mademoiselle Scheer." Repetă.

– Eu sunt secre...

– În franceză! se răsti Ulrike la ea. Prostuțo!

– *Mademoiselle Scheer – Je suis sa secrétaire.*

– Mademoiselle Scheer nu vrea să fie deranjată, spuse Lotte.

– *Mademoiselle Scheer ne veut pas être interrompue.*

– Cum te cheamă?

– Mă cheamă... *j'*... Gisella?

Lotte îi dădu o palmă zdravănă peste obraz:

– Cum te cheamă?

– Gisella. Proust.

Lotte o apucă pe Sabine de păr și o trase spre ea:

– Cum. Te. Cheamă.

Hannah observă ceva în privirea lui Sabine. Răspunsul ei fu calm și trăda ani întregi de maturitate și dezamăgire:

– *Je m'appelle* Gisella Proust. *Je suis né à* Strasbourg.

– O să-ți ții privirea în pământ și gura închisă, Mademoiselle Proust, spuse Lotte. Nu vei ieși din cabină fără mine și, oriunde am fi, în cabină sau altundeva, o să vorbim doar în franceză, o să vorbim încet, iar tu nu o să rostești nici un cuvânt dacă nu ți se adresează cineva. Se aplecă înainte și o apucă cu putere pe Sabine de ureche. Ăsta nu-i un joc, fetițo. Viața mea atârnă de același fir de păr ca a ta și, dacă o dai naibii în bară, te arunc peste bord fără să stau pe gânduri. Ai înțeles?

– *Oui*, Mademoiselle Scheer.

– Uită-te la ea, ce speriată e! Pot băga în sperieți pe oricine, când am chef. Lotte cotrobăi în geanta lui Sabine. Dă-ți jos haina. Ia-o pe-a lui Ulrike. Poate, nu-i așa, draga mea?

Ulrike răsuflă teatral, dar ridică din umeri, își dădu jos geaca de stofă gri și le-o întinse.

– Părul e o problemă, spuse Lotte. Are vreo pălărie decentă?

Sabine își scoase bereta din buzunar, iar Lotte, ținând-o între degetul mare și arătător, o inspectă cu dispreț nedisimulat.

– Parcă am spus o pălărie „decentă", nu? întrebă Ulrike.

– Poate s-o ia pe-a mea, zise Hannah, întinzându-i repede pălăria ei albastră, cu boruri largi.

Lotte deschise complicata ei trusă de machiaj. Scoase foarfeca, îi făcu semn lui Sabine să se pună în genunchi în fața ei și începu să taie din buclele bogate.

– Nu te mai smiorcăi. Înfățișarea aia androgină din poză ți se potrivește.

Ulrike le aruncă o privire în oglinda retrovizoare.

– Chiar că i se potrivește! Uite ce față drăguță are acuma, fără claia de păr în cap.

Lotte își puse mănușile lui Sabine, apoi își afundă degetele într-o cutiuță cu cremă neagră de pantofi și începu să acopere cu ea părul lui Sabine.

– O să-l facem uniform și o să-l vopsim cum trebuie pe vapor. Deocamdată e bine și așa, îl pieptănăm lins de pielea capului, ca Josephine Baker. Foarte rafinat. Dar pantofii ăștia sunt de elev.

– Ea chiar e elevă, spuse Hannah.

– Acum nu mai e. Lotte rosti aceste cuvinte fără nici o urmă de asprime în voce. Era un fapt, o realitate. O bătu pe Hannah pe genunchi. Ăștia-s buni.

Hannah își dădu jos pantofii spanioli cu baretă și îi luă pe cei oxford ai lui Sabine. Lotte scoase rimelul din trusa de machiaj și-i făcu lui Sabine sprâncenele negre. Apoi luă o pereche de ochelari cu rame de bronz și-i puse pe nas.

– I-am purtat în *Văduva veselă*, spuse ea. Să nu cumva să-i pierzi.

Lotte puse haina lui Sabine, buclele tăiate și mănușile murdare în sacoșă și o închise. Sabine o apucă pe Hannah de mână, cu ochii mari, imploratori.

– O să te găsesc, spuse Hannah. O să te găsesc.

Mașina opri brusc pe marginea drumului.

– Gara Stendhal, zise Ulrike, pe un ton melodios.

Lotte îi dădu sacoșa lui Stefan și-i spuse:

– Fii drăguț și arunc-o undeva.

– Nu! strigă Sabine, dar el era deja la ușă. Hannah!

Hannah îi luă capul în mâini, o sărută pe frunte și-i spuse:

– O să te găsesc. O să te găsesc.

– Hannah, haide. Te rog.

Stefan o apucă de braț și o trase afară din mașină.

– O să te găsesc!

Hannah mai reuși să o vadă o ultimă dată pe Sabine în oglindă, apoi dispărură.

Stefan o luă spre un colț întunecat, departe de privirile iscoditoare ale controlorului. O strânse cu putere în brațe, lăsând-o să se sprijine de el când simți că nu mai are putere să stea în picioare. Hannah își îngropă fața la pieptul lui, recunoscătoare trenului care tocmai trecea și-i acoperea suspinele. Trenul trecu și nu se mai auziră decât plânsul înfundat al lui Hannah și ciripitul păsărilor care-și aveau cuibul în streșini și ciuguleau firimiturile de pe peroane. Stefan îi rosti numele în șoaptă și încercă s-o liniștească, sărutând-o ușor pe tâmplă.

– Îmi pare tare rău, Hannah. Îmi pare tare rău.

– Of, Doamne, ce-am făcut?

– Singurul lucru pe care l-ai putut face. Nu ai avut de ales, spuse el.

Încă în brațele lui, Hannah îi căută privirea.

– Promite-mi că nu va păți nimic. Promite-mi că...

– Știi că nu pot. Dac-aș putea schimba ceva...

– Lasă-mă să plec cu ea. Aș putea lua trenul și aș ajunge în Hamburg înainte să...

– Nu fi naivă. Suntem toți pe muchie de cuțit. Știi la ce riscuri se supune Ulrike ca să te ajute?

– De ce? Hannah voia să știe. De ce ai făcut asta?

– A fost oarecum umilitor să descopăr că o școlăriță are mai mult curaj decât mine, spuse Stefan, cu un zâmbet ce se voia ștrengăresc, dacă n-ar fi fost atât de obosit. În afară de asta, ți-am mai spus, Hannah, ești foarte importantă pentru mine. Așa cum Lotte e importantă pentru Ulrike. Amândouă sunt conștiente de riscurile care pot apărea – ce s-ar întâmpla dacă ar afla ceilalți –, dar ceea ce simțim – ceea ce inima simte –, nu e întotdeauna ușor sau convenabil să iubești pe cineva.

Această declarație poticnită avu, într-un fel, un efect mai puternic decât farmecul lui obișnuit, studiat, pe care-l adopta mereu când era nevoie. Hannah îl lăsă s-o îmbrățișeze iar strâns, bucurându-se de mâinile lui mari pe spatele ei și de respirația lui caldă deasupra capului. Era obișnuită cu pantofii ei cu tocuri, care o înălțau puțin, astfel că privirea ei aproape că i-o întâlnea pe a lui. Dar acum, în pantofii cu talpă joasă ai lui Sabine, umărul lui Hannah se cuibărea perfect sub brațul lui. Ea încercă să se miște cât mai puțin, gândindu-se cu groază la sosirea următorului tren. Când nu mai putură ignora șuieratul care se apropia tot mai mult, ea se desprinse din îmbrățișarea lui și-și aranjă geaca.

– Mă urc în ultimul vagon. Tu ar trebui să mergi în primul.

– O să te descurci, zise el, ștergându-i o lacrimă fierbinte de pe obraz.

Ea încuviință din cap.

– Dacă mă grăbesc, ajung în laborator înaintea lui Karin.

– Să fii atentă.

Călătoria cu trenul înapoi la Berlin fu scurtă, dar chinuitoare. Hannah avea impresia că toți o priveau iscoditor – soldați în cămăși maro, apretate, copii fredonând cântece ale tineretului nazist.

– *Vorwärts*! *Vorwärts*! Să răsune fanfarele...

Capitolul 30

Hannah continuă să bea din paharul cu whisky privindu-l pe Jack în ochi. Separeul în care se așezaseră – o banchetă în semicerc, îngustă, lipită de un colț – era slab luminat de niște mici candelabre prăfuite, fixate pe perete, și totuși, în acel semiîntuneric, chipul ei era mai expresiv, mai ușor de citit decât la lumina amiezii. Părea mai puțin vigilentă. Sau poate era pur și simplu extenuată. Trecuse de miezul nopții, iar Jack o văzuse pășind în lumina soarelui care răsărise în acea dimineață. În orice caz, el simțea că reușește, în sfârșit, să facă ceva progrese cu ea.

– Mi-ar plăcea să știu cu ce te alegi, spuse Jack. Înțeleg de ce-i avantajos pentru el. Ai o minte sclipitoare. Ești frumoasă. Te pricepi la atomi. E clar, îi convine să te țină ascunsă în subsol ca pe o...

Jack se opri, dar Hannah îi spuse:

– Nu, te rog, continuă. Ca pe o sclavă evreică.

Jack aprobă din cap.

– Dar situația în care te afli tu e total diferită, nu-i așa, Jack? Ai jurat să aperi o societate în care simți nevoia să te ascunzi, pentru ca nu cumva să-ți descopere cineva cetățenia de mâna a doua – dar eu sunt cea care-i sclavă evreică. Asta-i bună.

– N-ai decât să mă judeci. Aliații nu ne trimit cine știe unde în vagoane de marfă.

– Toată lumea știe unde! Americanii erau perfect conștienți de ce se întâmplă cu mult înainte de a intra în război. Toți știu. Nimeni nu se mai întoarce.

Hannah închise ochii și rosti, oftând, cuvântul *Oswiecim*.

– Auschwitz, spuse Jack. Ai auzit de el?

– Bineînțeles c-am auzit de el. Și tu ai auzit. Recunoaște, nu te sfii.

– Am prelucrat hărțile, datele de recunoaștere aeriană...

– Și ce-ai aflat? Atitudinea lui Hannah îi trăda nerăbdarea. Ce-ai văzut?

– E mare cam cât sudul Manhattan-ului. Crematorii, în mare parte.

– L-au bombardat Aliații?

– Din câte știu eu, nu.

– Au bombardat drumurile care duc într-acolo?

– Mă îndoiesc, spuse Jack. Nu e o țintă strategică.

– Nu, zise ea cu amărăciune. Bineînțeles că nu e. Pentru că sclavii evrei sunt insignifianți – chiar și pentru Aliați.

– Nu-i adevărat.

– De ce? Pentru că ar fi prea dureros pentru tine să accepți așa ceva? Pentru că s-ar putea să fii nevoit să-ți amintești că ești evreu? Bău ultima gură de whisky și, aruncând o privire spre bar, îi făcu semn barmanului să-i mai aducă unul. Oare mai ții minte care e numele tău adevărat, Jack? Părinții tăi știu...

Întrebarea rămase suspendată. Când se întoarse spre el, Jack observă în ochii ei sfidare, privirea îi deveni întunecată, ca o perdea care se lasă peste o fereastră.

– Hannah? Ce e?

Brusc, ea se trase mai aproape de el pe banchetă. Îl luă de bărbie și-l sărută pe gură, un sărut cu gura deschisă, străbătut de disperare insistentă.

– Hannah... Jack îi simțea respirația fierbinte pe gât.

– Bărbatul acela..., șopti ea, bărbatul acela de la restaurant.

Jack își coborî privirea și se uită, pe furiș, în jur.

Vânzătorul pe care-l zăriseră în localul anterior stătea cocoțat pe un scaun la bar, lângă niște amerindieni, nu prea aproape cât să fie ostentativ, dar îndeajuns de aproape cât să vadă, fără probleme, separeul lor. Își dăduse jos haina și pălăria înainte de a intra în motel, dar era, fără îndoială, același individ; observând sticlele de bere din fața lui, Jack își dădu seama că era acolo de ceva vreme. Faptul că Hannah îl observase înaintea lui îl enervă.

– Îl văd. Jack luă mâna lui Hannah, o duse la buze și-i șopti din dreptul încheieturii: Cine ar putea să te urmărească, Hannah, și de ce?

Ea îi șterse cu vârful degetului mic o urmă de ruj din colțul gurii, scoase trusa de machiaj din geantă și deschise oglinda:

– Trebuie să plecăm de aici.

– Sunt deschis oricăror sugestii.

– Nu e de glumit. Nu ai fost instruit pentru situații de felul acesta?

– Ce fel de situații? Rezolvarea de integrame în public? Faptul că e aici ar putea fi o simplă coincidență.

– Chiar crezi că e?

– Nu.

Jack se ridică brusc de pe bancheta separeului, se îndreptă cu pași mari spre bar, își trase cotul în spate și-i trase individului cu integramele un pumn direct în față. Scaunul pe care stătea căzu și, odată cu el, se prăbuși pe podea și el, ca un sac cu ciment. O durere acută îl străfulgeră pe Jack din umăr, pe toată lungimea brațului.

– Hei!Hei! Hei! răcni barmanul. Ce naiba faci, omule?

– Nu-mi place cum se uită la soția mea. Hai, Alice, zise el către Hannah din celălalt capăt al încăperii. Să mergem.

– Așa, așa, strigă barmanul după ei. Pleacă, turbatu' naibii. Și să nu mai calci pe aici!

În drum spre ușă, Hannah aruncă o privire peste umăr către bărbatul care zăcea pe podea. Nu era inconștient, dar îi curgea sânge din nas și îi era greu să se ridice în picioare, chiar și cu ajutorul barmanului. În timp ce traversa parcarea alături de Hannah, Jack își încordă umărul și scoase un geamăt de durere, mormăind printre dinții încleștați:

– Fir-ar să fie! Fir-ar al naibii!

– Conduc eu, spuse Hannah.

El aprobă din cap și-i dădu cheile, gândindu-se, frustrat, că ea e cea care-i deschide portiera și-l ajută să se urce în mașină – de parcă ar fi fost o bătrânică, de parcă ar fi fost infirm.

– Mă descurc, zise el, pe un ton răstit. Lasă-mă pe mine, urcă și pornește.

Hannah se grăbi spre partea șoferului, își aruncă pantofii pe bancheta din spate și ieși din parcare, stârnind praful și pietricelele de pe drum.

– Nu mergi în direcția bună, spuse Jack.

– Nu, dacă mergem spre Hill, o să vină după noi. Mașina noastră ar fi singura de pe drum. Dacă mergem însă spre Albuquerque, ne pierdem în trafic.

– La ora două dimineața?

– Bine, Jack. Unde ai vrea să merg?

– Nu știu. Lasă-mă o clipă să mă gândesc. Jack încercă să-și maseze ușor articulația umărului. Durerea era aproape insuportabilă, ca niște curenți electrici care străbăteau până pe șira spinării. Fir-ar să fie. Doare.

– Îți trebuie gheață.

– Trebuie să ne continuăm conversația, spuse Jack, și oricine ar fi admiratorul tău secret, trebuie să știu de unde știe că ești aici.

În timp ce Hannah conducea prin străzile întunecate de la periferia orașului Albuquerque, Jack nu-și dezlipi privirea de pe oglinda retrovizoare. Când se convinse că nu-i urmărește nimeni, arătă cu degetul mare către firma cu neon albastru a Motelului Blue Swallow.

- Un automat cu gheață, spuse el. Și un loc liniștit în care putem să ne continuăm discuția fără să ne deranjeze nimeni.

Hannah opri pe Route 66, pustie la acea oră, dar nu întoarse pentru a intra în parcarea de acces.

- Îți dau cuvântul meu..., începu Jack, dar ea făcu un gest cu mâna, respingând asigurarea lui.

- Nu e vorba de asta.

- Atunci...

- Dacă accept să continuăm, spuse Hannah, o să-mi spui numele tău adevărat?

- Ce legătură are numele meu?

- Te aștepți să am încredere în tine. Trebuie să știu că și tu, la rândul tău, ai încredere în mine.

- Nu am.

- Ah. Bine atunci. Mulțumesc pentru sinceritate.

Hannah opri mașina în capătul întunecat al parcării motelului, cât mai departe de luminile albastre ale neonului. Așteptă în mașină până când Jack luă o cameră, apoi așteptă el în cameră până când ea aduse, într-o față de pernă, gheață de la automat.

- Când Stefan a zis că e periculos, spuse Jack, tu ce ai înțeles?

- În momentul respectiv, am presupus că vrea să spună că lucrează cu mult sub potențialul lui, că i se va cere mai mult. Că va pierde stilul lui de viață, de... Hannah se gândi puțin, încercând să găsească cuvântul potrivit în engleză. Nu știu cum se zice. *Bon vivant*?

- Playboy.

- Playboy, repetă ea, pentru a reține cuvântul în memoria ei ordonată. Totuși, mai târziu, am înțeles că dacă munca noastră ar fi ajuns în mâinile cui nu trebuie... Scutură din cap. E inimaginabil.

Jack începea să înțeleagă că mulți oameni și-au lăsat amprentele unsuroase pe Dispozitiv și că oricine care avusese legătură cu el avea o părere diferită în legătură cu identitatea persoanelor în mâinile cărora nu trebuia să ajungă.

Dacă tot e să-l aibă cineva, își zise el, mă bucur că noi suntem aceia.

Capitolul 31

Picioarele lui Sabine erau cu o jumătate de număr mai mici decât ale lui Hannah, așa că pantofii ei cu talpă joasă, cumpărați recent pentru începerea noului semestru, o jenau în spate, îi făceau bășici care îi provocau o senzație de arsură în timp ce mergea cu pași iuți de la gară la Institutul Kaiser Wilhelm. Coborând în grabă scările spre laboratorul ei, simți amestecul de puroi și sânge de la călcâiul drept. Se opri să-și dea jos pantoful și observă cu surprindere că lumina din laborator era aprinsă.

– Karin?

Neprimind nici un răspuns, Hannah își dădu jos și celălalt pantof și merse în șosete până la ușă. Karin era acolo – Hannah se simți oarecum ușurată –, dar, în loc să fie ocupată cu munca ei de dimineață, care consta în a face cafea și transcrieri, Karin aduna într-o cutie lucruri personale de pe biroul ei. Hannah tuși puțin și spuse:

– Bună dimineața, Karin.

– Doamnă doctor Weiss! M-ați speriat. Ați venit devreme.

– Și tu. Hannah făcu un gest către cutie. Ce-i cu asta?

Karin scutură din cap și continuă să golească sertarul lat al biroului.

– Pleci undeva?

– Îmi pare rău, doamnă doctor Weiss. Trebuie să știți – nu toată lumea gândește ce vor ei să ne facă să gândim. În legătură cu evreii, vreau să spun. Nu toată lumea face ce fac ei.

– Nu, răspunse Hannah. Doar toți cei care permit asta.

– Ce pot face eu? Karin își puse mâinile în șold. Să-i ascund pe toți țiganii și dezaxații în dulapul din bucătărie? Să-mi las surorile să moară de foame în timp ce oameni care n-au ce căuta aici ne iau toate locurile de muncă? Ar trebui să fiți recunoscătoare, știți. Recunoscătoare că domnul doctor Frei vă permite să lucrați în acest laborator. Recunoscătoare că am stat până acum. Multe fete mi-au spus că pot găsi un post mult mai bun – mi-au spus că s-ar putea să mă trezesc într-o situație nu tocmai plăcută.

– Cum ar fi? întrebă Hannah. M-ai văzut tu pe mine zicând sau făcând ceva care ar compromite integritatea Institutului?

– Nu, doamnă doctor Weiss, asta le-am spus și lor. Le-am spus: „Doamna doctor Weiss nu are timp pentru treburi politice sau personale, știința e viața ei".

– Cui i-ai spus astea?

Karin puse cu grijă un ghiveci cu cactus peste celelalte lucruri și ridică cutia de mânerele tăiate lateral în carton. În drum spre ușă se opri și, fără să se întoarcă, spuse:

– Vă doresc numai bine, doamnă doctor Weiss. Sper să nu-mi purtați pică.

Hannah ascultă sunetul pașilor lui Karin îndepărtându-se pe coridor, apoi merse la dulapul în care ținea trusa de prim ajutor. Puse ochii pe o pereche de cizme de blană pe care le ținea sub birou pentru zile cu zăpadă și apoi încercă să calce cutele fustei cu un cilindru de fier încălzit pe plita încinsă.

Laboratorul era o catacombă cufundată în liniște. Hannah se concentră pe organizarea și reorganizarea hârtiilor și a echipamentului în spațiul liber rămas după plecarea lui Karin. Când ceasul bătu miezul zilei, își sună unchiul, după cum se înțeleseseră, și-i spuse:

– Ophelia îți transmite salutări. Învață să înoate.

Răspunsul lui Joshua fu ininteligibil, un sughiț, mai degrabă decât un cuvânt, dar Hannah simți că e profund ușurat.

– S-ar putea să ajung târziu acasă diseară, spuse ea. Nu mă aștepta, te rog.

Munca pe care o avea acum de făcut era un fel de exercițiu mut în teoria reparațiilor, în comparație cu misiunea plină de energie în care fusese implicată cu Stefan. N-avea nici un rost. Acesta era felul în care Max o ținea ocupată, în timp ce de proiectele cu adevărat importante se ocupau bărbații arieni care erau, bineînțeles, predestinați lucrurilor mărețe sau cel puțin bogăției și premiilor ce derivă din acestea. După-amiaza trecu încet, fiecare oră fiind marcată de un alt fel de invidie care o măcina ca o foame devoratoare. Acest sentiment o făcea să se simtă rușinată. Era după o noapte de nesomn și i se părea că timpul trece foarte încet, simțea oboseala ca o apăsare grea pe umeri și pe pleoape. La trei și jumătate se hotărî că nu va ajunge târziu acasă. Tocmai își aduna notițele și-și pregătea rucsacul pentru lungul drum spre casă, când Gregor apăru în ușă:

– Te întrerup? întrebă el.

– Intră, te rog, răspunse Hannah. Ești singura persoană care mai trece pe aici.

– Îmi pare rău că n-am venit mai des.

Hannah ridică din umeri și zâmbi:

– Ai venit acum.

– Cu o misiune, spuse Gregor. Stefan m-a rugat să te însoțesc la prezentare și să te așez în primul rând, alături de colegii tăi de breaslă.

– Nu-i o idee bună, Gregor.

– Ce-o să facă? O să mă trimită acasă să stau în fața șemineului cu Annalise și Carl? Aș fi nevoit să mănânc sendvișuri cu miel și să scarpin câinii după urechi. Și cântatul la vioară – cum aș putea suporta așa ceva?

– Pot să te întreb ceva, Gregor? După ce el îi făcu semn să continue, ea îi spuse: De ce mai stai aici?

– De ce nu? răspunse Gregor. Mă plătesc bine. Îmi place ce fac. Urăsc situația din Germania – o urăsc profund –, dar nu-mi revine mie rolul de a judeca, așa că mă țin deoparte. Mă ocup de ceea ce mă preocupă și te sfătuiesc și pe tine să faci la fel. Își încrucișă brațele. Ce? Ce-i cu expresia asta?

– Bănuiesc că nu mai sunt atât de sigură în ceea ce privește limitele între ceea ce justifică preocupările oamenilor.

– N-o să mă iei acuma cu politica, nu?

Hannah scutură din cap:

– Am avut o zi ciudată, Gregor. Nu prea știu ce să fac de-acum încolo.

– Începe cu asta, spuse el, înmânându-i valiza. Vezi încotro te duce. Știința nu se petrece în întregime în laborator. Nici viața.

Urcară scările spre sala de conferințe, observând că mai toți ceilalți savanți, asistenți și studenți se îndreptau în direcția opusă.

– Ce naiba..., zise Gregor, mirat, și-l opri pe un asistent tânăr: Nu mergeți la prezentare?

– A fost anulată, spuse el.

– Ce ghinion, oftă Gregor, în timp ce asistentul se îndepărta. Ești bine, Hannah?

– Ușurată, de fapt. Nu contează. Rezultatele cercetării sunt publice acum. Ăsta-i cel mai important lucru.

– Mă îndoiesc că Frei cel Tânăr e la fel de generos.

– Mulțumește-i, te rog, pentru că s-a străduit, spuse Hannah. Acum vreau doar să merg acasă.

Gregor o strânse de mână și se despărțiră în capul scărilor. Hannah se întoarse pe coridor să o ia spre laboratorul lui Einstein, dorind să se asigure că nu rămăsese nici o urmă care să indice faptul că Sabine fusese acolo, dar când ajunse jos, la capătul scărilor, auzi vocile nervoase ale lui Stefan și Max. Luminile se stingeau rapid, ca un lanț de umbre care se rostogolea pe podea. Hannah se ghemui pe trepte să asculte discuția aprinsă dintre tată și fiu.

– Chiar credeai că nu va observa Kurt jocul pe care-l faci? zicea Max, turbat de furie. În clipa în care și-a dat seama că era numele ei pe articol, a sunat la Consiliul de Cercetare al Reichului. Aici nu mai e vorba de știință. E vorba de știință evreiască.

– Tată, sunt sigur că tu nu crezi asta.

– Nu contează ce cred eu. Acum nu va mai putea fi niciodată publicat! Toată munca aia s-a dus pe apa sâmbetei, e irosită! Dacă nu reușim să-i îmbunăm cumva, consecințele vor fi grave, mult mai grave. Nu voi ceda Institutul naziștilor.

– Deja asta faci, bucată cu bucată. În tonul vocii lui Stefan se simțeau așteptările lui de o viață și regretele. Ți-ai dat pe mâna lor propriul fiu.

– Încerc să fac ce e mai bine pentru toată lumea. Încerc să fac ce e mai bine pentru știință. Doamna doctor Weiss este extraordinară. Prețuiesc munca ei, îi cunosc valoarea și știu că ții la ea, Stefan. Văd pe fața ta de fiecare dată când intră în încăpere. Și e aiurea, e stupid. Stupid! Ai putea avea orice femeie. Încerc să o țin departe de ochii celorlalți, departe de toată nebunia, dar atitudinea ta nu ajută deloc. Max suspină adânc. Toată sminteala asta se va încheia în cele din urmă. Lucrurile vor reveni la normal. Trebuie doar să avem grijă, să ne controlăm, până când...

– Tată, sminteală e să crezi că așa ceva e posibil.

Capitolul 32

Zilele înverșunatei autoiluzionări ale lui Max Frei erau numărate. O săptămână mai târziu, când Hannah intră în clădire, fu dusă în sala de conferințe. În spatele scenei se aflau afișe uriașe, de la podea până-n tavan, cu mesaje naziste, iar pe podium stătea Max Frei tremurând. Părea mai scund cu acele enorme svastici în fundal și flancat de comandantul Scholl și de alți câțiva înalți oficiali. Când se adresă savanților și celorlați angajați adunați acolo, vocea lui era uniformă și calmă, dar chiar și de acolo, de sus, din balcon, Hannah putu înțelege suferința ascunsă pe care o simțea.

– Kaiser Wilhelm a fost declarat Institut Model al Reichului, spuse el. Începând din acest moment, voi renunța la postul meu actual și mă voi alătura departamentului de fizică, pentru ca importanta noastră muncă să poată continua fără întrerupere, sub aripa gloriosului nostru Führer și a Reichstag-ului lui.

Brațul lui Scholl se înălță ca o suliță în unghiul corespunzător:

– Heil Hitler!

Liniștea mormântală care pusese stăpânire pe sală preț de câteva clipe fu urmată de un ropot ezitant de aplauze și de voci care murmurau „Heil Hitler!".

– Vă mulțumesc tuturor, spuse Max, pentru onoarea de a fi lucrat cu voi.

După ce coborî de pe podium, Scholl urcă la microfon, dar, înainte să apuce să spună ceva, Stefan Frei se ridică în picioare și începu să aplaude. Diebner și ceilalți fizicieni se ridicară și ei imediat și i se alăturară. În scurt timp, întreaga sală era în picioare, aplaudând din ce în ce mai tare. Max își plecă capul politicos, dar se vedea clar că e emoționat. Hannah își ridică genunchii la gură și-și încolăci brațele în jurul lor, făcându-se ghem. Tresări când cineva îi puse mâna pe umăr.

– Gregor...

– Hannah, vino repede. Doi agenți de la Gestapo așteaptă în laboratorul tău să te aresteze. Deschise geanta, iar Hannah observă că acolo erau poșeta ei, câteva fotografii înrămate și lumânările ei de Sabat. Am luat ce-am putut. Haide. Repede.

– Trebuie să-l avertizez pe unchiul meu.

– Nu avem timp, Hannah.

– Te rog! Te rog, Gregor, te implor. Dacă nu pot eu, du-te tu la apartamentul meu și sparge mezuza. Unchiul va ști ce înseamnă.

– Bine. Merg, promit, dar acum nu te las aici. Te rog. Pierdem timp prețios.

Ghemuindu-se în spatele locurilor de la balcon, Gregor merse în patru labe până la o ușiță care ducea la proiectorul de diapozitive.

– Doamnele mai întâi, spuse Gregor, iar Hannah trecu prin ea târâș, fără ezitare. Gregor o urmă, apoi trase în jos o scară șubredă care ducea către schela de care atârnau proiectoarele fixate pe scena din depărtare, de la parter.

– Mă alătur vouă și-mi exprim și eu prețuirea față de domnul doctor Frei, care și-a dedicat mulți, mulți ani științei, spunea Scholl, făcând gesturi cu mâinile pentru a potoli ovațiile. Vă veți bucura să aflați că succesorul lui este unul dintre voi: domnul doctor Kurt Diebner.

Anunțul fu urmat de alte aplauze, deși mai puțin entuziaste. Diebner urcă pe scenă și-și salută superiorii.

– Azi-dimineață, începu el, cu pieptul înainte, am vorbit direct cu Führer-ul nostru, care a dat dispoziție să ne concentrăm eforturile asupra producerii de energie atomică – pentru gloria Reichului!

Privind de la acea înălțime amețitoare, Hannah văzu o mare de mâini ridicate, o scenă suprarealistă dintr-o melodramă care era bazată în întregime pe clișee răsuflate despre război și pe un patriotism viciat. Gregor o trase de mânecă, iar ea îl urmă pe o scară care ducea pe acoperiș, spre ieșirea de urgență, în zigzag, de pe partea laterală a clădirii. De acolo se putea vedea un șir lung de mașini negre.

– Pe aici, spuse Hannah. Își dădu jos cizmele, le luă în mână și porniră pe sub streșini în jurul turnurilor de cupru. Folosindu-se de geanta lui Gregor, Hannah sparse o fereastră de la mansardă și intrară într-un depozit.

– O să cobor cu liftul pentru marfă în camera cu incineratorul, spuse ea.

– Perfect. Gregor ridică o sprânceană. Pare că te-ai gândit la toate.

– E bine întotdeauna să ai un plan, spuse Hannah.

– Așteaptă-mă aici. O să se lase întunericul în scurt timp. Dacă nu revin în treizeci de minute, atunci... Scutură din cap. Mi-e mintea pustie. Nu știu ce să zic.

Coborî poarta liftului, iar Hannah comută butonul ca să coboare la subsol. Stătu în penumbra din camera cu incineratorul, tresărind la fiecare sunet pe care îl făceau șoarecii care fugeau de colo colo. După un timp care i se păru o eternitate, îl auzi pe Gregor șoptindu-i numele.

– Pe aici. O luă de mână și se îndreptară în grabă spre ieșire. Când ajungem în stradă, să mergi normal, fără să atragi atenția, până la capătul blocului.

Acolo, la câțiva metri de felinarul care lumina colțul străzii, aștepta un taxi. Gregor îi deschise portiera, iar Hannah fu cuprinsă de un val de emoții când îl văzu pe Stefan întinzându-i mâna s-o ajute să urce. Îl îmbrățișă pe Gregor și-l sărută pe obraz.

– Ești un prieten bun. Ți-ai riscat viața pentru mine. Nu știu ce să zic.

– Știi la ce mă pun acuma să lucrez? întrebă el, scuturând din cap. La un mecanism de acționare a valvelor pentru locomotivele cu aburi. Poate că nu voi fi eu niciodată un savant strălucit sau un mare filantrop, dar oricine primește o șansă în viață, în care să demonstreze că valorează ceva. Iar tu mi-ai dat această șansă.

Hannah scoase din geantă una dintre lumânările ei pentru Sabat:

– Vreau să-ți dăruiesc asta.

– Nu pot.

– Te rog. De fiecare dată când o s-o aprind pe a mea, o să mă gândesc la tine și o să-i mulțumesc lui Dumnezeu.

Gregor o acceptă și o îmbrățișă scurt pe Hannah:

– Plecați acum, înainte să mă bușească plânsul.

– Mulțumesc, Gregor, spuse Stefan.

– Încă un gologan pentru banca cu favoruri, spuse Gregor. Te anunț când sunt pregătit să retrag din cont.

În timp ce taxiul se îndepărta în viteză, Stefan puse geanta ei pe jos, între picioare, și o întrebă:

– Stai comod?

– Nu-mi dau seama până nu-mi spui unde mergem.

– Nu vreau să stric surpriza. Stefan făcu un semn cu ochii către șofer. Apoi își dădu jos fularul de cașmir din jurul gâtului și-l înfășură în jurul umerilor ei, acoperind, astfel, steaua aurie de pe haină. Așa. Să nu răcești.

Nici unul nu mai zise nimic pe durata călătoriei prin traficul după-amiezii până ajunseră la gară. Hannah se strădui să țină pasul cu mersul grăbit al lui Stefan. Se urcară într-un tren și se așezară, fără a rosti nici o vorbă, într-un compartiment separat; se prefăceau că citesc când oamenii treceau pe peronul din fața ferestrei lor. După un timp care li se păru o eternitate, trenul porni. Când veni controlorul să le verifice actele, deja traversau zona rurală, bogată în vegetație.

Funcționarul de la căile ferate bătu de două ori cu dosul palmei, apoi deschise ușa și zise:

– Heil Hitler!

– Heil Hitler, spuse Stefan, dându-i cele două bilete și actele sale. Pentru mine și pentru asistenta mea, preciză el.

– Pot să văd și actele ei?

– Vă asigur că ale mele vor fi suficiente, spuse Stefan.

Funcționarul îl privi cu atenție, apoi ieși pe coridor să se consulte cu unul dintre soldații care fumau lângă bara de la fereastră. Soldatul se uită la actele lui Stefan, apoi merse la ușa compartimentului. Stefan îl salută, zâmbind impasibil.

– E o onoare să vă cunosc, domnule doctor Frei.

– Mă bucur și eu de cunoștință, domnule locotenent...

– Coster.

– Locotenent Coster. Excelent, spuse Stefan. Cine este comandantul dumitale?

– Domnul căpitan Ramsauer.

– Ah! Fritz, da. Vă ține în priză tot timpul. Încă se încăpățânează să-și păstreze favoriții aceia de pugilist?

Locotenentul râse:

– Da, să trăiți.

– Aștept cu nerăbdare să mă întâlnesc cu el și cu comandantul Scholl săptămâna viitoare la Institut. Îi voi spune negreșit despre comportamentul dumitale excelent.

– Mulțumesc, domnule doctor Frei. Soldatul evita intenționat să se uite la Hannah. O seară plăcută.

– Și dumitale, locotenent Coster.

După ce soldatul se întoarse la postul său, funcționarul de la căile ferate îi dădu lui Stefan actele înapoi, perforă cele două bilete și ieși din compartiment, închizând ușa în urma lui. Hannah răsuflă ușurată, gândindu-se ce bine trebuie să fie să poți sări atât de ușor peste gardul din sârmă ghimpată al birocrației. O clipă mai târziu, se auziră zgomote pe coridor, iar Coster trecu în viteză pe lângă ușa compartimentului lor, trăgând după el, de ceafă, un bărbat în vârstă. O bătrână se ținea după ei, plângând și implorând în maghiară, chinuindu-se cu gențile lor grele. Când căzu, soțul ei încercă să o ajute, dar Coster îi trase o palmă peste cap.

Hannah deveni încordată, dar Stefan îi puse o mână fermă pe coapsă. De la locul ei, îi vedea pe pasagerii din compartimentul alăturat cum își întorc privirea de la o scenă devenită deja obișnuită. După ce se lăsă din nou liniștea pe coridor, Stefan spuse:

– Intenția ta a fost bună, dar nu te afli în situația de a ajuta pe cineva.

Stefan trase perdelele de la ușa și geamul compartimentului și se așeză la loc lângă Hannah.

– Spune-mi acum, unde mergem? întrebă ea.

– Într-un orășel din Pădurea Neagră, îi răspunse el. Haigerloch. Ai auzit de el?

Hannah scutură din cap.

– Cât de departe e?

– Vreo opt ore. Familia mea are o casă de vacanță acolo. În ea mi-am petrecut cea mai fericită perioadă a copilăriei. Stefan își întinse picioarele și-și trase pălăria peste ochi, de parcă ar fi vrut să tragă un pui de somn. Mă gândeam că ne va prinde bine să schimbăm aerul, ne va inspira.

– Pentru ce?

– Îți dau cuvântul meu, doamnă doctor Weiss, zise Stefan ducându-și mâna la inimă, sunt mult prea leneș ca să trăiesc cum se zvonește despre mine, adică făcând tot felul de năzbâtii.

Hannah își întoarse privirea spre fereastră. Vedea culorile toamnei care treceau cu repeziciune și, din când în când, reflexia propriului ei zâmbet. Pe măsură ce Berlinul rămânea în urma lor, soarele cobora, dispărând periodic după copacii și acoperișurile de la marginea orașului. Apăru un cărucior pe coridor și Stefan cumpără sendvișuri și cafea. Astfel își petrecură următoarea oră a călătoriei, fiecare cu un sendviș într-o mână și o carte în cealaltă. De-abia mai târziu îi trecu prin minte lui Hannah că era un lucru ieșit din comun să împartă cu cineva o tăcere atât de confortabilă. Trenul se oprea în stații, dar ei nu-și ridicau privirea din cărți în timp ce ceilalți pasageri și ofițerii de ordine, în cămășile lor maro, circulau încoace și-ncolo pe coridor. Din când în când Hannah auzea, de pe peronul vreunei gări, voci aspre, repezite și atunci observa că bărbia lui Stefan tremură abia perceptibil, dar, în rest, chipul său nu trăda nici o emoție sau nesiguranță.

În cele din urmă, Hannah adormi, ghemuită pe bancheta de piele, suspendată între tărâmul viselor și zgomotul sacadat al roților de tren. Când deschise ochii, observă că Stefan o acoperise cu paltonul lui și sforăia ușor pe locul din fața ei, iar în mână încă ținea cartea din care citise - un exemplar uzat din *Faust* al lui Goethe.

Aruncă o privire în spațiul dintre perete și draperie, dar era prea întuneric să poată distinge ceva, era doar o fărâmă de orizont.

- Bună dimineața, spuse Stefan.

- Bună dimineața. Hannah îi înapoie paltonul. Mulțumesc.

- Semănai cu un tablou de Frederick Leighton. „Flaming June", parcă, nu?

- Nu-l știu, răspunse ea. E din perioada modernă?

- Victoriană. Dar nu în stilul acela pudibond, destul de des întâlnit în epocă. Dimpotrivă, e foarte senzual.

- Ah.

Stefan își drese glasul și se ridică brusc în picioare. Ridică perdeaua de la geam și privi afară. Începea să se facă lumină.

- Următoarea stație e Haigerloch. Trebuie să mergem puțin pe jos, peste deal, până ajungem la casă. Te deranjează?

Hannah se gândi că, de când au urcat în taxi în fața Institutului Kaiser Wilhem, aceasta era prima dată când Stefan îi cerea părerea în legătură cu destinația spre care se îndreptau. În clipa următoare, îi trecu prin minte că răspunsul ei era pur academic. Își adună lucrurile și-l urmă pe coridor. După ce trenul opri în stație, funcționarul de la căile ferate coborî cu o geantă de poștă și lăsă un morman de ziare în fața ușii olandeze, în care se afla responsabilul din tura de dimineață. Hannah așteptă deoparte în timp ce Stefan schimbă câteva vorbe cu impiegatul. Domnul mai în vârstă tăie grămada cu un briceag și îi înmână lui Stefan un ziar, iar Stefan îi dădu câteva monede. O găsi pe Hannah la capătul peronului și, observând expresia curioasă de pe chipul ei, îi spuse:

- Gregor nu e singurul care are ceva rezerve în banca de favoruri.

- Ce înseamnă asta? întrebă Hannah.

- O să-ți arăt. Stefan răsfoi paginile ziarului de dimineață, ignoră știrile propagandistice și politice și ajunse la cele sociale. Da. Iată.

Îi arătă lui Hannah titlul: DIVA LOTTE SCHEER ÎȘI IA UN CĂLDUROS RĂMAS-BUN DE LA GERMANIA. Hannah luă ziarul și scrută cu emoție figurile oarecum neclare din fundalul fotografiei. Tânăra care fusese cândva Sabine stătea deoparte, în siguranță, pe partea înaltă a pasarelei, sprijinindu-și cotul de bară. Purta ochelarii aceia cu rame din alamă, care reflectau lumina și-i ascundeau complet expresia ochilor. Dar era acolo, pe vapor, pe *S.S. St. Louis*. Exact în clipa aceasta, Gisella Proust se afla în siguranță, în drum spre Havana, sub coordonarea strictă și severă a Lottei Scheer.

Hannah răsuflă ușurată.

- Acum sunt departe, au lăsat apele germane în urmă, spuse Stefan. O s-o poți contacta pe Lotte în Cuba, să vă înțelegeți în legătură cu mutarea lui Sabine în America.

- Mulțumesc, Stefan. Nu știu ce să zic.

- Spune-mi că ai încredere în mine.

- Doar sunt aici, nu?

- Da, ești, răspunse el, mângâind-o pe obraz.

Bucuroasă că avea cizmele de iarnă în picioare, chiar dacă erau cam demodate, Hannah coborî alături de Stefan pe scări și porniră pe o cărare abruptă care ducea către pădure, departe de șoseaua principală. Ajunseră în vârful dealului când soarele răsărea deasupra unei creste din depărtare. De jos, din vale, se auzeau clopotele unei biserici aflate pe o palisadă deasupra râului. Impozanta bazilică fusese construită pentru a servi familia de nobili Schloss și pe alți locuitori ai pitorescului sat.

– Uite, acolo e casa, spuse Stefan arătând spre o cabană din piatră și lemn, cu ferestre înalte, frontoane și o verandă de jur împrejur. E doar la câțiva kilometri dacă mergem pe drum. Sau o putem lua pe scurtătură, pe pajiște, dacă ai chef și crezi că poți.

– Bine, răspunse Hannah, aprobând din cap.

– Așa mă gândeam și eu.

Stefan îi luă valiza și începură să coboare dealul. Pe cer se vedeau fâșii roz și aurii. Aerul înțepa, atât de rece era; mirosea a pin și se auzea cântecul gălăgios al păsărilor. Hannah lovi cu piciorul în frunzele răzlețe și împrăștie câteva grămăjoare de zăpadă.

– Acum înțeleg de ce ai fost fericit aici, spuse ea. E un loc grozav să-ți petreci copilăria.

– Singurul loc în care tatăl meu era mai apropiat de mine decât de asistenta lui.

– Atunci bănuiesc că și el a fost fericit aici.

– Ai o imaginație mai bună decât a mea, spuse Stefan.

– Dar mama ta?

– Ce-i cu ea? Stefan se grăbi să alunge cu un zâmbet senzația neplăcută pe care o lăsase asprimea din vocea lui. E o persoană minunată care a avut o viață minunată. Acum e greu pentru ea. Are momente în care o apasă îngrozitor conștiința. Știrile pe care le aude la radio o supără foarte tare. Are oroare de tot ce se întâmplă, dar nu vrea să spună sau să facă ceva care ne-ar putea crea probleme, mie sau tatălui meu, așa că se retrage în grădina ei. S-a apucat de pictură în ulei. Strânge fonduri și împarte coșuri cu mâncare văduvelor de război. Încearcă să fie o persoană bună.

– Sunt convinsă că e, spuse Hannah. Foarte mulți oameni se apucă de pictură în ulei zilele astea.

Stefan îi arătă valea de lângă râu:

– Vezi copacul acela mort?

– Acela care arată ca o epavă?

– Chiar așa arată, nu? Mulțumesc. Ulrike întotdeauna insista că seamănă cu un castel din basme. Eu voiam să fie corabia mea de pirați. Familia Diebner închiria o casă lângă râu în fiecare vară; părinții noștri erau prieteni. Când erau aici Kurt și Ulrike, făceam tot felul de năzbâtii. După ce plecau, eu rămâneam în laborator cu tata cât era ziua de lungă. Bănuiesc că există copilării și mai nefericite.

– Mie-mi plăcea la nebunie să stau cu tata la clinică, spuse Hannah. Mă ridica în brațe și mă lăsa să mă uit la microscop. Iubeam lumea aceea – secretă, invizibilă. Îmi spunea tot timpul: „Dacă n-ai aflat răspunsul, atunci înseamnă că n-ai căutat suficient". Zicea că există un tipar – o explicație pentru tot ce se întâmplă.

– Dar nu există, de fapt.

Hannah căzu pe gânduri, cu mâinile în buzunare.

– A fost ucis în Primul Război Mondial, nu?

– Da, răspunse ea. Iperită.

– Îmi pare rău. E o moarte cumplită.

– Mama tot întreba: „De ce s-a-ntâmplat așa?" N-am aflat răspunsul niciodată. A încetat să întrebe, în cele din urmă. Și-a construit o nouă viață.

– Dar tu ai ales să trăiești în lumea invizibilă.

– Atât cât pot.

– Pare o viață singuratică, spuse Stefan. E bine să cauți răspunsuri la microscop, Hannah, dar nu-ți poți trăi viața acolo.

Ieșiră în dumbrava cufundată în umbră de lângă râu. Pe cele două maluri se aflau tei și larice. Cu colțul ochiului, Hannah zări câteva pete aurii și indigo: un fluture mare se așezase pe mâneca paltonului lui Stefan.

– Ai un musafir, spuse ea.

– Da, văd.

Puse genţile jos şi încercă să ademenească fluturele să i se aşeze pe deget, dar acesta făcu un ocol al mâinii şi apoi zbură în lumina soarelui. E un papilio albastru, face parte din familia papilionide. Vârful aripilor e de un albastru deschis, strălucitor, iar restul, dedesubt, e maro deschis. Când nu zboară, îşi ţin aripile închise, pentru a fi camuflaţi. Ah – uite că vine-napoi.

Hannah rămase nemişcată. Stefan păşi mai aproape de ea şi încercă din nou să convingă fluturele să se aşeze pe mâna lui, dar de data aceasta el zbură şi se aşeză pe părul lui Hannah.

– Admir asta la fluturii papilio, au o frumuseţe ascunsă, nu ostentativă, nu o scot în evidenţă fără rost. Nu te mişca, şopti el.

Hannah simţi bătaia aripii fluturelui la tâmplă. Greutatea lui se asemăna cu greutatea privirii lui Stefan: un fel de uitare de sine, asociată cu dorinţă puternică. O să înceteze să respire, dacă preţul respiraţiei consta în întreruperea acestei clipe. Atingerea uşoară a degetelor lui pe ceafă îi stârni un fior pe şira spinării.

Stefan îşi apropie buzele de ale ei, dar păstră distanţa ultimului centimetru care-i despărţea de un sărut. Îi alungă fluturele din păr, iar ea îl urmări cu privirea cum se îndepărtează printre frunze până se topi în albastrul cerului.

– Ai prins fluturi când erai copil?

– Da. Dar uram borcanele de prins insecte, aşa că le dădeam drumul, spuse Stefan. De fapt, prefer fluturii de noapte. Toată lumea zice că sunt doar nişte chestii mohorâte, care dau neîncetat din aripi, dar mulţi dintre ei sunt mai frumoşi decât fluturii de zi. Mama mi-a arătat cum să atrag un fluture de noapte. Încălzea bere brună într-o oală, adăuga o ceaşcă de zahăr brun, o conservă de melasă neagră. Apoi mai punea câteva picături de rom. Uneori mă lăsa şi să gust. Cu câteva ore înainte ca soarele să apună după deal, întindeam acel amestec dulce pe trunchiurile copacilor şi pe stâlpii de la gardul care împrejmuia grădina. După ce se lăsa întunericul, mă întindeam pe jos, în mijlocul grădinii, cu lanterna îndreptată în sus, spre cer – deasupra mea era o boltă de fluturi de noapte, ca nişte stele căzătoare pe bolta cerului.

Hannah închise ochii, să și-l poată imagina pe băiețelul acela pe care propria-i imaginație îl ținea la adăpost de greutățile lumii și fluturii care dădeau din aripile lor mici, formând un fel de scut delicat deasupra lui.

Stefan era atât de aproape de Hannah acum, încât ea îi putea auzi bătăile inimii și sângele care-i curgea prin vene. Propria ei inimă părea sincronizată cu a lui; simți un fel de amețeală, așa că făcu un pas înapoi, să-și reia echilibrul.

– Poate că ar trebui să ne continuăm drumul, spuse ea.

– Oare?

– Da, așa cred.

– De tine depinde. E de datoria unui ticălos frivol, care încearcă să atragă femei frumoase în bârlogul său.

– Dar tu nu ești frivol, spuse ea, iar eu nu sunt...

– Tu ești o femeie frumoasă.

– Nu. Eu sunt cea inteligentă. Muncitoare, harnică.

Hannah își luă geanta și-și continuară drumul de-a lungul malului până la podul care trecea peste râu. Apoi o luară pe o cărare îngustă printr-un pâlc de copaci groși, plini de frunze, și ieșiră la capătul pășunii.

– Aproape am ajuns acasă, spuse Stefan. Stai să vezi laboratorul tatălui meu. Toate dispozitivele și aparatele moderne pe care ți le poți închipui. O luă la pas, vioi, cu brațele întinse lateral ca niște aripi de avion și cu poalele hainei fluturându-i în urmă. Hai mai repede, codașo! strigă el, peste umăr, cu un zâmbet larg, contagios, pe chip.

Hannah își iuți pașii și simți o scânteiere de bucurie pe care n-o mai simțise de mult. Simțea fizic cum i se schimbă atitudinea, poziția corpului – a umerilor încovoiați de griji, a ochilor care fuseseră nevoiți să privească întotdeauna în altă parte –, pe măsură ce tensiunea acumulată în oraș dispărea din sufletul ei. Își înălță chipul spre cerul limpede al dimineții. Era de mult conștientă de acel instinct mereu activ, de fugă sau luptă, care îi tremura sub piele, dar acum, pentru prima dată, își dădea seama cât de puternică o făcuse. În timp ce urca scările din fața acelei verande elegante, Stefan îi deschise ușa cu un gest larg, teatral.

– Bine ai venit. Angajații pleacă la sfârșitul verii, spuse el, dar îmi voi da toată silința să ai o ședere plăcută.

Înăuntru, la parterul acelei case mari intrau câteva raze de soare printre obloanele închise. Pianul și piesele de mobilier erau acoperite cu cearșafuri albe care păreau un fel de avangardă de stafii care-și așteaptă reîntoarcerea la viață. Chiar și așa, pietrele aveau o anumită eleganță, exista o expresivitate tăcută în fâșiile subțiri de praf care pluteau în aer. Peretele din dreptul scărilor era o galerie înaltă de portrete de familie, cu rame din cositor, lemn de abanos și tablă poleită cu aur; unele aveau gravate mici plăcuțe cu numele bravilor înaintași ai lui Stefan, în diferite etape ale vieții, de la copilăria cu părul blond până la cutele zbârcite ale bătrâneții.

– Cred că o să găsești tot ce-ți trebuie la etaj, ultima cameră pe stânga, îi spuse Stefan. Acolo își țin Ulrike și Lotte hainele de vară.

– Mulțumesc. Hannah se opri pe prima treaptă, cu o mână pe stâlpul scării în spirală. Stefan stătea la baza scărilor, pe podeaua de scândură, astfel că ochii lor erau la același nivel când ea îl întrebă: De ce m-ai adus aici?

– Pentru că tu ești cea inteligentă. Buzele lui îi atinseră ușor tâmpla. Și cea harnică. O sărută pe gât. Și cea frumoasă. Se aplecă să o sărute, iar Hannah nu se trase înapoi. Deschise gura, îl sărută la rândul ei, îl cuprinse cu brațele, trăgându-l tot mai aproape, simțind tot mai intens încărcătura momentului. Apoi se opri și-și trase răsuflarea, de parcă voia să se trezească din transă.

– De când îmi doresc să fac asta...! spuse el. De când te-am văzut prima dată.

O mângâie pe păr, aranjându-i câteva șuvițe care-i cădeau pe față, iar ea își lăsă obrazul în palma lui, înclinându-și capul într-o atitudine de calm, abandon și relaxare.

El se aplecă înainte, îi luă capul în mâini și o sărută din nou, de data aceasta cu foarte multă blândețe.

– Vrei să vezi laboratorul?

– Da, răspunse Hannah, dar mai târziu.

Îl luă de mână și urcară la etaj; când coborâră din nou, era seară. Profitând de ultimele clipe de lumină, Stefan o luă prin pădure și merse la un vecin după ouă, unt și lapte din bucătăria servitorilor, în timp ce Hannah scotoci prin cămară și pivniță după conserve de piersici, vin și cartofi. Au stat până târziu, pregătind laboratorul pentru muncă, au făcut dragoste până dimineața, au dormit până la amiază și apoi s-au trezit, nerăbdători să meargă în laborator, atât de nerăbdători încât au fost nevoiți să dea cu banul ca să decidă cine trece pe la bucătărie să prepare cafeaua.

Timp de trei zile, timpul lor a fost ocupat doar cu știință și sex, sex și știință, cele două alimentându-se reciproc și creând un efect ciclonic. Nici o parte a trupului ei nu a rămas neexplorată de atingerea și sărutările lui, nici o parte a lui nu a fost scutită de experimentările ei pline de dorință lacomă. Fie că erau în laborator, fie în pat, el o făcea să râdă, îi stimula încrederea în sine. Stând în poziția lotus pe masa de inox în laboratorul luminos al lui Max Frei, îmbrăcată în bluza albă și pantalonii din gabardină ai Lottei, în care se simțea de parcă era Katharine Hepburn, Hannah era mai liberă, mai haioasă și mai înțeleaptă decât fusese vreodată în subsolul de la Institutul Kaiser Wilhelm. Instinctele ei se manifestau mai puternic, mai precis. Capacitatea ei de a procesa informații și idei devenise mai profundă și mai amplă. Pentru prima dată de ani de zile – poate pentru prima dată în viața ei –, Hannah simțea o fericire care o purta în afara lumii și o făcea să se concentreze asupra ei însăși, asupra propriei ei abundențe de trăiri și senzații.

În cea de-a patra zi, au deschis obloanele de la dormitor spre o priveliște de vis: ningea cu fulgi mari, astfel că rămaseră acasă, bucurându-se de căldura intimității căminului până seara.

Cuprins de agitație, Stefan măsura camera cea mare, jucându-se cu un prespapier pe care erau gravate continentele și întinderile de ape ale globului. Sfera argintie avea un diametru de aproximativ cinci centimetri, cam de mărimea unei mingi de cricket. O arunca peste umăr și o prindea la spate, până când zgomotul pe care-l făcea o irită pe Hannah.

– Indiferent de felul în care o atacăm, spuse Stefan, reacția în lanț nu ține.

– Când Niels Bohr e în impas, spuse Hannah, prinzând prespapierul din zbor și punându-l pe pian, se întreabă: „Oare ce ar zice Mozart?“

Stefan se așeză la pian și cântă câteva acorduri din Concertul nr. 12 de Mozart. Hannah se așeză lângă el și începu să cânte și ea, cu o octavă sau două mai sus, transformând clasica piesă într-un amalgam de jazz și aiureală. Stefan își sprijini umărul de al ei și-și lăsară amândoi mâinile să zburde libere pe clape.

– Nu mă concentrez destul, spuse el.

O oră mai târziu erau în pat, îmbrățișați, extenuați. Stefan își plimbă degetele de-a lungul spatelui ei, pe șira spinării, pe care scria litere și simboluri.

– E egal cu mc pătrat, spuse ea. Mult prea ușor. E rândul meu acum.

Stefan se întoarse pe burtă:

– Fără gâdilat.

– Ghicește. Hannah desenă o ecuație complexă în locul transpirat de la baza spatelui, iar el începu să râdă, arcuindu-și spinarea.

– Am zis că fără gâdilat!

– Ghicește și mă opresc.

– Mă dau bătut.

– Transmutația atomului de nitrogen a lui Rutherford.

– Așa voiam să zic și eu. Stefan se întinse peste ea, sprijinindu-și cotul lângă umărul ei. Nu vreau să plecăm.

– Mai bine să nu vorbim despre asta.

– O să fie război. Sunt convins. Și știu că sună egoist din partea mea, dar aș vrea să supraviețuiască locul ăsta.

– Adică Haigerloch? Sau casa?

– Ambele. Și pacea și bucuria din ultimele zile. Nu am nici un drept să am astfel de așteptări și dorințe, dar aș vrea să ne aducem copiii aici într-o bună zi. Și nepoții. Aș vrea să îmbătrânesc aici, alături de tine. Îi sărută buzele și pleoapele. Așa ar fi, continuă el, dacă n-am fi nevoiți să plecăm.

– Dacă am putea trăi într-o lume invizibilă.

– Am putea să muncim împreună. Și am continua să... O înghionti ușor, zâmbind ștrengărește, iar ea îl primi înlăuntrul ființei ei, refuzând să renunțe la momentele de fericire din cauza gândului că va sosi curând ora când va trebui să plece. Chiar dacă ar decide să nu se întoarcă în lumea reală, lumea reală se va întoarce, în cele din urmă, la ei cu o înverșunare cumplită.

Pe 12 martie au auzit la radio că Austria fusese anexată. Hannah nu mai era protejată de statutul de străină. Totul era hotărât acum; nu va mai putea să se întoarcă la Berlin cât timp naziștii erau la putere. Vor fi acolo când Stefan se va întoarce la Institut, așteptând de la el să-și preia funcția ce i se cuvine în Reichul aflat în ascensiune. Dacă ar încerca să se ascundă în casa de vară, n-ar rezolva nimic, ar fi doar o chestiune de timp până ar fi prinși. Hannah va fi trimisă într-un lagăr de concentrare. Stefan va fi acuzat de poluare rasială. Colaboratorii săi își vor pierde credibilitatea în întregul Reich, iar familia lui va pierde totul, inclusiv locul acesta, în care a fost atât de fericit pe vremea când era copil și în care Hannah e atât de fericită acum.

Nu nutreau nici o iluzie că ar putea să îmbătrânească împreună. Timpul petrecut unul cu celălalt era limitat, de aceea simțeau nevoia să trăiască din plin clipa. Să se gândească la dragoste în termeni de profunzime și amploare, nu de durată. Să trăiască iubirea fără limite. Lipsită de constrângerile timpului și ale proximității, pentru ei dragostea era asemenea unei energii pure, infinite. Dar ea nu putea exista într-un vid.

În ziua următoare, au mers pe jos până la gara din Haigerloch să ia trenul înapoi spre Berlin. S-au așezat față în față și au evitat să se privească în ochi. Hannah ținea în mâini *Faust*-ul uzat al lui Stefan. Nici unul dintre ei nu și-a ridicat privirea când o familie tânără din compartimentul de vizavi a fost scoasă în lacrimi pe coridor din cauza actelor. Orice ar fi putut face pentru a le schimba soarta – și direcția în care se îndrepta istoria – știau că fusese deja făcut.

Au coborât în gara din Lichtenberg și au mers, separat, până la taraba cu ziare unde aștepta Gregor Stern răsfoind tabloide și periodice. Stând unul lângă altul, ca doi străini într-o gară aglomerată, și-au vorbit în șoaptă, acoperindu-și fața cu foile de ziar.

– Cât despre Gestapo, spuse Gregor, Hannah Weiss va fi arestată în timpul călătoriei ei spre Copenhaga. Strecură un bilet de tren și acte proaspăt tipărite în buzunarul lui Hannah. Fă cunoștință cu Susannah Rosbaud, care va lucra cu mine în Zürich. Întotdeauna mi-am dorit o asistentă de laborator care să fie mai inteligentă decât mine.

– Ai reușit să dai de unchiul meu?

– Îmi pare rău, Hannah. A dispărut.

Hannah încercă să nu scoată nici un sunet, dar suspină adânc, incontrolabil, ca un animal rănit aflat în ghearele morții.

– O să-l sun pe generalul Volker, spuse Stefan. Dacă a fost dus într-unul dintre lagărele de concentrare...

– Stefan, nu se poate, șopti Hannah, cu ură față de cuvintele care-i ieșeau pe gură, deși știa că unchiul ei ar fi fost de acord cu ea. Nu poți să-ți pui în pericol munca. Am vorbit despre asta. Tu vei fi un cetățean model al Reichului.

– Cum o să știu dacă ești bine? întrebă el în șoaptă.

– O să găsim noi o cale.

Trenul fluieră cu putere, iar Gregor spuse:

– Merg să ocup locurile.

Stefan se întoarse cu spatele în spatele lui Hannah, iar ea fu învăluită de căldura lui. Simți că îi strecoară ceva în buzunar.

– Trimite-mi-l înapoi, spuse el, dacă încetezi să crezi în ceea ce facem. Sau dacă întâlnești pe cineva care... dacă îți găsești fericirea.

– Nu se va întâmpla asta.

Stefan ar fi vrut să mai spună ceva, dar glasul parcă îi pierise. Tuși scurt și se îndepărtă cu pași repezi. În timp ce trenul ieșea din gară, Hannah, așezată lângă Gregor, băgă mâna în buzunar și pipăi conturul neted al cutiei de argint. O deschise și zâmbi când văzu înăuntru clema cu cei doi fluturi de noapte. Acum înțelegea. Prima dată când el încercase să i-o dea nu a înțeles semnificația lor; apoi l-a considerat un simplu obiect lucios, pe care îl lovește cu ciocul o coțofană, și s-a gândit că, poate, așa o vede Stefan și pe ea. Acum însă, știa că are o poveste, cunoștea acea parte intimă a lui pe care i-o dezvăluise ei – era un simbol al încrederii lui în tăria și statornicia ei.

Hannah își prinse părul ondulat într-un coc și înfipse clema în partea pe care putea el s-o vadă. Îl căută cu privirea pe peron și-l zări mergând cu pași tot mai iuți, apoi alergând de-a binelea, să fie lângă fereastra pe care ea își lipise mâna deschisă, până când trenul ajunse la o curbă, iar gara dispăru din vedere.

Capitolul 33

Hannah părea mai mică, de parcă odată cu această poveste, această parte din trecut, ar fi pierdut ceva din esența ființei ei.

– Dacă acele cărți poștale nu erau, într-adevăr, nimic altceva decât poezii de dragoste, spuse Jack, de ce nu mi-ai zis așa de la început?

– Nu știam dacă pot avea încredere în tine.

– Dar în el ai avut încredere.

– Și în ceea ce privește munca, și viața mea.

– De ce obsesia asta pentru *Faust*?

– Unchiul meu zicea tot timpul că o carte bună e ca o ușă deschisă.

– Către ce?

Hannah ridică din umeri:

– Către lumea întreagă.

– Tăieturile din ziare – „Diva Lotte Scheer își ia un călduros rămas-bun de la Germania", în timp ce se îmbarca pe un vapor în Hamburg. Jack își aminti că citise știrea când răscolise prin locuința lui Hannah și încercă să-și amintească fotografia, imaginea unei tinere cu păr brunet, tunsă scurt, și ochelari cu rame...

– E ultima fotografie pe care o am cu ea, spuse Hannah. Aș fi foarte recunoscătoare dacă mi-ar fi înapoiată.

– Ai crezut că fotografia aceea îți garantează că e în siguranță.

– E dovada că Gisella Proust a reușit să părăsească Europa înainte de a începe coșmarul cu transporturile de evrei, înainte de a începe bombardamentele. Nu am cum să iau legătura cu ea. Iar ea nu știe unde sunt. Am încercat să dau de Lotte, dar se pare că se ține în umbră. Ceea ce e de înțeles. Nu s-a străduit niciodată să ascundă adevărul legat de simpatiile ei comuniste sau de homosexualitatea ei. Nu prea cred că astea reprezintă vreun avantaj pentru cineva care încearcă să-și construiască o viață nouă în Statele Unite.

Fără a o aproba sau dezaproba, Jack spuse:

– Dacă ai avut încredere în el, de ce ai trimis telegrama?

– Nu mai primeam cărți poștale. L-am implorat pe Peter să trimită telegrama, în speranța că Gregor va răspunde. Nici acum nu știu de ce n-am mai auzit nimic de el.

– L-au ridicat pe Gregor cu câteva zile în urmă, în Elveția, spuse Jack. A fost puțin ocupat.

Hannah tresări, îngrozită.

– Ce i-au făcut? El nu a greșit cu nimic.

– Au obținut de la el ce-au vrut și apoi l-au trimis înapoi acasă, la soția lui. Ce a făcut Frei cu cercetarea ta?

Hannah ignoră întrebarea:

– Simplul fapt că reușești să menții o reacție în lanț nu înseamnă că poți construi o bombă. Orice fizician care se respectă înțelege principiile. Ceea ce contează acum e partea mecanică.

– Și asta te absolvă cumva de acuzația de trădare, prin ceea ce faci?

– Trădare. Hannah se uită lung, cu o privire absentă, la propria-i palmă, de parcă acolo se afla acel cuvânt, iar ea îl examina, întorcându-l pe toate părțile, ca pe un fluture prins într-un ac. Se poate să fii trădător dacă țara ta nu mai există?

– Poate că nu i-ai oferit lui Hitler bomba efectiv, când ai plecat din Germania, dar e imposibil de tăgăduit că tu și Stefan ați pus lucrurile în mișcare. Hai să nu ne prefacem că el e tot acolo, tânjind de dorul tău și trimițându-ți scrisori de dragoste.

Hannah, știm amândoi că el și Kurt Diebner au un post bun undeva și încearcă să găsească o modalitate de a bombarda coasta de est a Statelor Unite.

– Câtă siguranță, spuse Hannah, câtă convingere. Un adevărat lux.

– Păi, nu e cine știe ce filosofie să înțelegi ce se întâmplă de fapt.

– Bine-ar fi să fie așa. Bomba V-2 e o jucărie prin comparație.

– Șase ani, spuse Jack. Ce te face să crezi că încă te iubește?

– Îl cunosc.

– Ah, fii serioasă.

– Nu crezi că e posibil să cunoști pe cineva în totalitate?

– Nu.

– Pentru că tu refuzi să te cunoști pe tine însuți, spuse Hannah.

– Nu e vorba despre mine.

– Atunci de ce nu-mi spui adevăratul tău nume?

– Pentru că n-are nici o relevanță pentru discuția noastră.

– Asta să fie motivul, Jack? Pentru că eu am impresia că te macină teribil: *Ești un evreu infect. Te ascunzi sau ești persecutat pentru că așa stau lucrurile și nu poți face nimic ca să le schimbi. Un jidan.* În asta a constat triumful naziștilor – au transformat cuvântul ăsta într-unul dezumanizant. Știi că e o minciună, dar, în cele din urmă, devine parte din tine, ca glonțul acela din umărul tău sau ca numerele tatuate pe o încheietură. Alegi să trăiești disprețuindu-te pe tine însuți pentru că durerea e mai ușor de suportat decât ideea că întreaga ta viață e o trădare față de cei care te iubesc și față de tine însuți.

Jack se ridică brusc în picioare și-și luă paltonul pe el.

– Scuză-mă. Am nevoie de o gură de aer.

Ieși pe trotuarul din fața motelului, închizând ușa în urma lui. Traversă parcarea motelului și se îndreptă spre o cabină telefonică, aflată în fața recepției. Era telefon și înăuntru, dar avea nevoie să fie singur și să tragă aerul rece în plămâni. Apropierea lui Hannah și avalanșa de întrebări pe care i le punea îi erodau scutul de autoprotecție pe care și-l făurise cu atâta grijă. Se simțea tulburat și voia să se agațe de ceva solid, să recâștige controlul asupra investigației. Aerul rece, prăfuit, care-i înțepa pielea, îi reamintea că trebuie să-și păstreze capul limpede, ochii înainte. N-avea nici un plan de rezervă pentru cazul în care Hannah ar fi decis să fugă, dar nu era sigur nici că ar vrea să fie responsabil pentru consecințe dacă ea ar rămâne.

Dacă Hannah spunea adevărul, asta ar însemna că Stefan Frei și-a riscat viața pentru a o salva pe Sabine, prin urmare, fie era într-adevăr un prinț adevărat, al cărui unic mic defect era că el conducea echipa care se ocupa cu fabricarea bombei atomice pentru Adolf Hitler, fie a făcut-o ca să o cucerească pe Hannah, pe care a băgat-o apoi în patul lui pentru a finaliza înțelegerea. Dacă Hannah a inventat totul, atunci era Șeherezada, iar Jack, fraierul care nu se mai sătura de poveștile ei, care era atât de obsedat de istorisirile scornite de ea, încât n-a observat că s-au ivit zorile, iar el a irosit, iremediabil, foarte mult timp prețios. Cu fiecare oră pe care o petrecea ascultându-i fanteziile romantice, Stefan Frei se apropia și mai mult de punctul în care putea decide cine va avea ocazia să declanșeze sfârșitul lumii.

Jack introduse o monedă în aparat și așteptă să sune de mai multe ori până când îl auzi pe Aaron mormăind:

– Da. Epstein.

– Eu sunt.

– Ce naiba, Jack, cât e ceasul?

– Ah – trei dimineața.

– Unde ești? Ea e cu tine?

– Asta nu te privește pe dumneata, domnule locotenent.

– Jack, nu face așa ceva, spuse Epstein. Trebuie să veniți înapoi aici imediat. Groves mă tot bate la cap de când i-a zis Collier că tu și doamna doctor Weiss ați părăsit baza. O să distrugi toată investigația și o să se aleagă praful de cariera ta pentru o femeie care...

- Locotenente, îl întrerupse Jack, taci naibii din gură. E un ordin.

- Da, să trăiți.

- Ai reușit s-o localizezi pe Lotte Scheer?

- Încă nu.

- Găsește-o, spuse Jack, și fă rost de lista cu toți pasagerii care au ieșit din Cuba în primele două săptămâni din noiembrie 1938.

- Jack, de ce-ți pierzi vremea cu așa ceva? Știm că a fost doamna doctor Weiss. Știm ce face.

- Dar nu știm de ce.

- Nu are nici o importanță! se înfierbântă Epstein. Bani. Politică. Șantaj. Aș putea să-ți înșir o duzină de motive. Ce contează?

- Am luat cunoștință de îngrijorările dumitale, domnule locotenent.

- Trebuie să-ți mai spun ceva - Institutul Kaiser Wilhelm a fost bombardat. Se auzi fâșâitul foii de telex în timp ce Epstein îi citea detaliile.

- Mersi, Aaron. Spune-i lui Collier că o să fiu înapoi la micul dejun.

- Jack, Groves tot amenință...

Jack puse receptorul în furcă și rămase în cabină până își aprinse o țigară. Auzea zgomotul slab scos de fluturi care zburau neîncetat în jurul becului de deasupra capului. Nu-i plăcea cum îi tremura mâna când era obosit. Fiecare mușchi căruia nu-i dăduse nici o importanță avea acum nevoie de atenție în fiecare zi. Un simplu pumn, tras nu tocmai în momentul potrivit, îi bloca mușchii timp de câteva zile. Într-o secundă, după un singur glonț, a încetat să mai trăiască într-un corp tânăr și, în cele șaptesprezece luni cât trecuse de când fusese împușcat, dorința pe care o simțea față de Hannah a fost singurul lucru care l-a făcut să se simtă din nou viu.

Dacă joacă teatru, e foarte urât din partea ei, dacă nu mai rău. Jack avusese experiențe cu câteva femei, atât în viața personală, cât și în cea profesională; abordarea standard era să-l facă pe bărbat să se simtă mai grozav, mai deștept, mai puternic decât era în realitate. Hannah îl făcea să simtă exact contrariul, cu efecte devastatoare. Și, deși nu era de acord cu evaluarea ei, nu avea de gând s-o subestimeze. Dacă într-adevăr era într-o situație dificilă, periculoasă, așa cum avea el impresia, cel mai inteligent lucru pe care-l putea face era să-l înfunde și pe Jack odată cu ea. *E șmecheră*, îi sâsâi în ureche tovarășul său, ascuns sub claviculă. *E o complotistă, pune la cale tot felul de intrigi.*

„*A shvartse hun ken oykh leygn vays ey*", îi spunea bunica lui. „Și o găină neagră poate face ouă albe." Jack nu se mai gândise de mult la această expresie din limba idiș. Aptitudinile sale de a interoga i se datorau în întregime ei, bunicii lui sceptice. Trase un ultim fum din țigară, o stinse sub talpa pantofului și o aruncă în canalizare. Trebuia să se întoarcă la Los Alamos.

Când deschise ușa de la camera aceea sordidă, o fâșie de lumină căzu pe Hannah, care dormea la piciorul patului, învelită cu haina ei.

Jack se aplecă și-i șopti la ureche:

- Jakob.

Ea zâmbi fără să-și deschidă ochii și se trase puțin, să se poată așeza lângă ea.

- Jakob, spuse el, din nou. Fiul Rahelei și al lui Beniamin.

- Și cum ai ajuns de la Jakob la Jack Delaney?

- Treptat, spuse Jack. Dar n-a fost greu. Era o fată...

- Știam eu că e vorba despre o fată, spuse Hannah, răsucindu-se și sprijinindu-și bărbia în mâini, uitându-se în sus la Jack. Toate poveștile bune încep cu o fată.

Capitolul 34

La vârsta de cincisprezece ani, Jakob Abramson și-a promis că va lăsa în urmă tot ceea ce-i amintea de copilărie - măcelăria kosher, cu rumeguș pe jos, sânge și duhoare de carne putredă. Într-o zi de vară, într-un oraș pătruns de mirosul infect de gunoi și transpirație, care se răspândea în valuri când ieșea aerul fierbinte din grilajele de la metrou sau din conductele de aerisire ale clădirilor, o fată frumoasă a trecut pe lângă el pe stradă, atingându-l ușor. Mirosea a lămâie, așternuturi curate și bani. O chema Janie Winthrop. Era cu doi ani mai mare decât el și destul de rebelă, i-a permis s-o scoată la cinema atât pentru pentru răcoarea din sală, cât și pentru mângâieri. Fiind evreu, îi era interzis să aibă vreo legătură cu el, lucru care-l făcea, în ochii ei, cu atât mai atrăgător.

Cu frumusețea și cu vocea aceea a ei ciudată, ușor sacadată, care părea să sugereze posibilități nelimitate, Janie l-a invitat să petreacă Ziua Eroilor la clubul country al părinților ei din Parcul Tuxedo. Era un club cu acces restricționat și prietenii lui au pariat că nu i se va permite să intre. Dar Janie i-a pus stiloul în mână să semneze în Registrul cu Invitați și a zâmbit.

– Șmecheria e că nimeni nu te cunoaște, așa că poți fi oricine ai chef. Și-apoi, îi șopti ea încântată de mica ei intrigă, ești cu mine, nimeni nu va bănui adevărul.

Putea fi oricine voia. Oricine. Așa că a scris un nume pe care-l întâlnise într-un roman.

Jack Delaney.

Nu era o înșelăciune; pur și simplu era mai inteligent decât ei. Nu-și făcea de rușine părinții; îi făcea mândri. El nu putuse să meargă la școala privată, dar Jack Delaney putea. După ce și-a schimbat numele, Jack Delaney a fost admis la Harvard, unde a jucat tenis și a practicat canotajul. Jack Delaney a mers la festivitatea de iarnă și a putut dansa cu orice strănepoată a Revoluției Americane a avut el chef. Și tot Jack Delaney avea viitorul asigurat la orice firmă de avocatură din Manhattan care îl va recruta.

În acele zile, Hitler era departe de prima pagină. Când Jack și-a cumpărat locuința din Park Avenue, Pearl Harbor încă era o minunată destinație turistică. Apoi au avut loc Jocurile Olimpice din 1936 – panourile, steagurile, ritmul marșurilor care-ți dau fiori. Spectacolul a avut un anume efect peste Ocean, ca un prim val de termite care încep să roadă în toate locurile întunecate unde Marea Recesiune crease o stare existențială putredă de disperare și blamări. Jack aproape că nu a acordat nici o atenție mișcării până în februarie 1939, când Organizația Germano-Americană a adunat peste 20 000 de oameni pe Madison Square Garden.

„Manifestație Pro-Americană" a apărut într-un articol așezat chiar deasupra celui despre meciul de hochei de marți seara (Rangers vs Detroit) și a celui de baschet de miercuri seara (Fordham vs Pittsburgh), de parcă aceste trei evenimente erau pe picior de egalitate, animate de un spirit prietenos, chiar dacă ușor competitiv – să câștige cel mai bun –, dar numărul celor prezenți a fost îndeajuns de mare pentru a ridica probleme legate de responsabilitate, fapt ce i-a făcut pe oficialii Organizației să apeleze la celebra firmă de avocatură Cravath, Swaine & Moore.

– Jack, l-a întrebat Lowell Moore în timpul ședinței de dimineață, știi germană, nu?

– Am cam uitat, a răspuns Jack, încercând să se eschiveze. Dialectul nemțesc pe care-l învățase din mers când era copil nu era tocmai acea germană *echt* pe care suporterii Organizației o aduseseră cu ei din Berlin.

– Au nevoie de cineva care să citească hârtiile astea și să le semnaleze orice poate fi folosit în instanță. Moore îi dădu lui Jack o ciornă și câteva foi, cu textul așezat în pagină ca pentru ziar. Nu vor să apară în presă într-o lumină proastă. știi doar că cei de la *Times* au înclinații stângiste – comuniști, sindicate, Hollywood – grație lui Franklin D. Roosevelt și înțelegerii lui cu evreii.

Jack a studiat atent documentele în timp ce pălăvrăgeala lui Moore devenise zgomot de fundal. Trupe de militari, lângă un grup de fete frumoase, sub un poster uriaș reprezentându-l pe George Washington. Steaguri americane fluturând lângă svastici. Mulțime cuprinsă de frenezie la auzul prelegerii lui Fritz Kuhn, liderul mișcării naziste din America. Linguri comemorative, săpuniere și batoane de ciocolată – toate oferite spre vânzare publicului. Tabloidul Organizației era impecabil aranjat în pagină, cu perorații ilustrate vesel despre lipsa de moralitate a evreilor, ucigașii lui Iisus, și despre cum plănuiesc ei să fure, să convertească și să persecute creștinii peste tot în lume. Mai vorbea și despre cea mai bună și singura speranță a Americii – puritatea rasială – și despre faptul că știința eugeniei era primordială pentru acest viitor glorios.

Jack a luat legătura prin telefon cu Comisia Evreilor din America și cu ACLU[1], care i-au ținut o predică despre caracterul sacru al libertății de exprimare, chiar și în cazul celor cu care nu suntem de acord. L-a sunat pe primar la birou și i s-a spus că „primarul Henry LaGuardia spune că cel mai indicat tratament împotriva acestor căpușe internaționale e să le expui vederii". Jack a cercetat cu atenție permisele, asigurările de răspundere civilă, normele de protecție; Organizația făcuse totul ca la carte.

[1] Uniunea Americană pentru Libertăți Civile

În cele din urmă, i-a înapoiat documentele lui Moore, spunându-i fără tragere de inimă că manifestațiile nu aveau nimic ilegal sau ceva ce putea fi acționat în instanță. Dimpotrivă, poate cei care ar protesta față de ele ar putea fi arestați. Pe Moore l-a bucurat această veste și l-a asigurat că și Fritz Kuhn va fi mulțumit.

– I-am spus că vom fi în tribuna VIP, a spus Moore. De-abia așteaptă să te cunoască. Chestiile astea încep să ia amploare, Jack. S-au înscris și Lindbergh și William Randolph. Vreau să ne implicăm și noi de la început.

Jack a avut nevoie doar de șase minute să-și scrie demisia, dar apoi a stat la birou o oră, cumpănind bine toate aspectele înainte de a semna actul.

Qui tacet consentire videtur, scrisese acolo. *Cel care tace e considerat ca fiind de acord. Eu nu sunt de acord.*

Capitolul 35

Hannah se întoarse pe spate, cu ochii închiși – lăsând povestea pe care tocmai o ascultase să zburde în voie în imaginație. Jack inspiră adânc mirosul de pudră de talc care îi persista pe gât, încercând să-și închipuie pielea ei sub atingerile lui, ce s-ar întâmpla dacă ar fi una dintre acele persoane care acceptă compromisuri. Mai jos de buze, Hannah avea o mică cicatrice, semăna cu o semilună albă, minusculă, pe care Jack își dorea nespus de mult s-o atingă.

– A fost curajos din partea ta că ai luat atitudine, zise Hannah, aproape în șoaptă.

Jack și-ar fi dorit foarte mult să poată fi de acord, să primească aprobarea lui Hannah, atât de rară, valoroasă și imposibil de obținut. Dar știa că atitudinea lui curajoasă era pervertită de greutatea tuturor tăcerilor lui din trecut, a părerilor greșite pe care le avusese și nu le corectase, a glumelor la care luase parte.

– Ce s-a-ntâmplat cu scrisoarea?

– I-am dat-o secretarei lui Moore după ce mi-am eliberat biroul.

Hannah deschise ochii, ochii ei de un albastru pal, foarte pal, de parcă s-ar fi ridicat o cortină să lase vederii minunata priveliște a mării. Era ceva delicat în arcuirea pleoapelor ei; în felul în care stătea pe pat, ca o femeie dintr-un tablou. Se uită la el, ușor confuză, ca și cum exista în povestea lui o parte care – la fel ca într-o ecuație – nu are logică. Apoi, preț de o clipă, amândoi simțiră că sunt pe aceeași lungime de undă.

– Cine a semnat scrisoarea? întrebă ea. Jack sau Jakob?

– Jack, recunoscu el. Dar știai asta deja, nu?

Hannah încuviință din cap, dar privirea ei era blândă, înțelegătoare; se vedea pe chipul ei că nu-l judecă, nu-l condamnă.

– E nevoie de mai mult de o scrisoare pentru a limpezi o viață construită pe minciuni.

– N-am reușit să-mi ispășesc păcatele, spuse Jack. Mă cunosc îndeajuns de bine, știu asta. Încă mă căiesc.

– Uneori..., reflectă Hannah, uneori poți face mai mult bine în lume dacă ești sub acoperire, cu o identitate falsă.

Jack avu senzația că îi făcea o mărturisire, că îi transmitea un fel de mesaj, deși nu înțelegea prea bine. Apoi Hannah se aplecă spre el, zâmbind, și-l sărută pe obraz – un gest de binecuvântare, de acceptare, de iertare.

– Deci, Jakob, de ce-mi spui toate astea acum?

– Pentru că ai întrebat.

Ea râse.

– Nu răspunzi doar pentru că ai fost întrebat. Nimeni nu face asta.

Se ridică în capul oaselor, își îndreptă spatele și, adoptând un ton ostentativ serios, îi spuse:

– Anchetatorul te întreabă din nou: de ce ai făcut asta?

– Pentru că nu vreau ca orice bărbat care-ți spune că te iubește să fie un mincinos.

Hannah își strecură mâna rece în buzunarul lui.

– Dac-am putea să ne urcăm în mașină și să plecăm de aici, să lăsăm totul în urmă... Jack își împreună degetele cu ale ei. Dac-aș putea să te duc departe de toate astea...

– Știu. Nu poți, dar îți mulțumesc pentru intenție.

Își lăsă capul pe locul acela moale dintre umăr și piept, iar el o cuprinse cu brațul, lăsând-o să se cuibărească la pieptul lui ca un copil. Dacă ar fi putut, s-ar fi lăsat din nou pe pat, fără a-i deranja poziția în care se afla, cu capul sprijinit de curba protectoare a brațului său. Ar putea rămâne așa pentru totdeauna - suspendați în timp. Poate că i-ar trezi șocul puternic provocat de spargerea ușii de la camera de motel sau poate că ar fi uitați ca doi oameni care ar dispărea din lumea reală, palpabilă.

Atunci el înțelese că făcuse o înțelegere tacită, nu doar cu ea, ci și cu el însuși - fără minciuni de acum încolo. Fără jumătăți de adevăr. Fără născociri comode sau omisiuni.

- Hannah, trebuie să-ți spun ceva.

Ea se ridică brusc, cu ochii larg deschiși:

- Cât de grav e?

- Au bombardat Institutul Kaiser Wilhelm. A fost o țintă principală.

- Stefan...

- Nu vor putea identifica foarte curând cadavrele.

- Nu e mort. Nu e mort. Aș fi simțit. Își așeză tălpile picioarelor pe podea, încercând să-și facă ordine în tumultul de gânduri și sentimente, să formuleze întrebările cele mai urgente: Dar Max? A rămas ceva? Biblioteca, arhivele...

- Te rog, Hannah, nu-mi cere mai multe detalii. Deja ți-am spus prea multe.

- Îți mulțumesc. Hannah își îngropă fața în mâini. Sunt atât de obosită. Nici nu mai știu pentru ce sunt toate luptele astea. Potsdamer Platz, Monbijou, acum Kaiser Wilhelm - parcuri, arhitectură, artă -, tot ce era frumos în Berlin a fost transformat în ruine și cenușă. Nu ne mai așteaptă nimic acasă, doar câini care se bat pentru oase putrede. Toți cei pe care i-am iubit sunt fie morți, fie dispăruți... restul au înnebunit cu toții.

În mașină, în drum spre bază, Hannah a moțăit cu capul pe umărul lui. Jack a fost nevoit să clipească des și să țină geamul deschis pentru a nu adormi. Când s-au apropiat de paza de la intrare, luminile i-au izbit ochii obosiți.

- Hannah. Îi puse mâna pe coapsă. Am ajuns.

Ea își ridică repede capul și căută în poșeta de pe genunchi, pregătită să arate actele necesare, când agentul de pază bătu în geam și spuse:

- Actele la control.

Jack o lăsă la locuința ei și merse la birou, unde Epstein selecta corespondența primită prin telex.

- Serviciul militar de informații mi-a strecurat ceva despre Lotte, spuse el, înmânându-i lui Jack o copie galbenă a unui raport operațional vechi. Indiferent de ce ai vrut tu s-o întrebi - alții nu au întrebat-o într-o manieră foarte plăcută.

Capitolul 36

Cerul de deasupra Berlinului. Un oraş de o frumuseţe clasică, cu clădiri monumentale, parcuri întinse şi idealuri înalte. Luna plină răsare după norii trecători de ploaie, iar reflexia ei pluteşte pe curenţii lenţi ai râului Spree. Peste străzile ude domneşte liniştea. Berăriile sunt goale, becurile lipsite de viaţă zăngănesc în bătaia brizei până când – o clipă de tăcere, de parcă oraşul însuşi inspiră adânc – sirenele care anunţă un raid aerian încep să urle. Toate ferestrele se întunecă. Au rămas doar luna şi urletul megafonului. Uşile duble, impunătoare, se deschid şi un roi de licurici coboară pe scările din faţa Institutului Kaiser Wilhelm: savanţi, împreună cu asistenţii lor, cu lanterne mici fixate la reverul halatelor lor albe. Unii dintre ei strâng la piept cărţi şi alte obiecte personale; alţii se chinuie să nu scape din braţe echipamentele, rezultatele experimentelor fragile.

Un avion de luptă Mosquito se năpusteşte asupra oraşului; are aripi subţiri, negre, un motor mic care huruie încontinuu, sugestiv, mai întâi încet, apoi mai tare, mai tare, şi mai tare, până când lasă să cadă o minusculă flacără fosforescentă, un pom de Crăciun puternic iluminat ce atârnă de fumul palid al unei paraşute. Chiar deasupra grandioaselor turnuri vechi declanşează o explozie de lumini orbitor de albe, de parcă ar fi artificii, iluminând ţinta principală a asaltului. Reflectoarele se îndreaptă în sus, în căutarea bombardierelor RAF. Artileria antiaeriană îşi deschide burţile de fier şi în aer izbucnesc focuri uriaşe. Bombele se abat asupra oraşului în rafale asurzitoare. O minge de foc transformă cerul nopţii. Institutul se prăbuşeşte. Cărţile ard. Tablele şi mesele se transformă în scrum.

Prins între ferestrele cu grilaje de la subsol, laboratorul lui Einstein e un crematoriu acum. Vreau să cred că el nu e acolo, dar ştiu că e. La început, mă rog să mă trezesc înainte de a-i vedea carnea cum se topeşte, dar apoi mă rog să rămân, să stau cu el în căldura aceea înăbuşitoare, în timp ce el se chinuie să salveze ce are mai de preţ - cărţile lui, experimentele lui, tatăl lui -, refuzând să accepte că toate acestea au fost pierdute cu ani în urmă, în lumina clară a unei zile promiţătoare.

Capitolul 37

NOTĂ DE CONSTATARE
STRICT SECRET

SUBIECT: LOTTE SHEER
Către: Delaney
De la: Donovan

REZUMAT: Conform solicitării, detalii privind autopsia corpului recuperat din Sena de către poliția guvernului Vichy în data de 20 august 1942.

1) Corpul unei femei, identificată ulterior ca fiind SCHEER LOTTE. 33 de ani, ocupația: artistă animatoare, țara de origine: Luxemburg. 2) Examinarea medico-legală indică următoarele: a) detenție pe o perioadă semnificativă , semnalată de masa corporală scăzută, urme de lanțuri la încheieturi, glezne și gât; b) tehnici de interogare îmbunătățite, cunoscute ca fiind folosite atât de Gestapo, cât și de KGB. Greu de spus de partea cui era asta.

RECOMANDĂRI: Persoana decedată era o lesbiană faimoasă, care socializa cu persoane hollywoodiene în cercuri înalte din Germania, Rusia, Polonia, SUA, Italia și Franța. Identificarea ei e strict confidențială și rămâne așa, conform protocolului.

Capitolul 38

Jack fu trezit brusc din somn, de parcă-l electrocutase cineva și-l catapultase din patul de metal în care dormea. Încă avea pantofii și paltonul pe el. Cineva bătea cu putere în ușă, strigând ceva neinteligibil. Își frecă fața cu mâinile și mormăi „o secundă", dar trecu mai puțin de atât până când ușa fu doborâtă la pământ. În pragul ușii stătea Collier, rânjind, încadrat de doi agenți de la poliția militară.

– Bună dimineața, Doris.

– Ce se întâmplă? întrebă Jack.

– E timpul să facem o plimbare.

Obosit și sătul de dramatismele de doi bani ale lui Collier, Jack ridică din umeri a lehamite și-i urmă pe agenți la mașină. Epstein era pe bancheta din spate, cu brațele încrucișate strâns la piept și falca încordată de iritare. Se uită o clipă în ochii lui Jack, apoi își întoarse privirea către geam, în timp ce agentul ieșea din tabără și se îndrepta spre deșertul fără sfârșit. Răsăritul cenușiu și foița de zăpadă învăluiau ca o perdea vastul bazin de lavă dintre Munții Oscura și lanțul muntos Sangre de Cristo.

– În vulcan, mormăi Jack. Epstein scutură din cap, fără să guste gluma. În următoarele trei ore nu avură parte de nimic altceva decât de zgomotul monoton al roților pe drumul plat, întrerupt din când în când de explozia vreunui foc de artilerie și de zdruncinăturile mașinii când dădea peste gropi adânci.

Jack privea fulgii de nea care cădeau pe parbriz și ținutul pustiu din jur, devenit alb peste noapte. O lună de gheață își arunca razele palide peste stâncile vulcanice. O moară veche, de metal, zornăia și șuiera, iar în apropiere erau câteva vaci care încercau să găsească ultimele fire de iarbă. În contrast izbitor cu peisajul deșertic, la orizont se distingea o clădire înaltă din oțel. Ocolind tot felul de echipamente de construcție și capcane necesare unei tabere militare și săltând pe drumurile de pe stânci, duba ajunse, în cele din urmă, la baza turnului. Acolo îi aștepta Groves, al cărui corp masiv părea și mai mare din cauza hainelor groase. Mesteca un trabuc neaprins, cercetându-i cu privirea pe cei care tocmai sosiseră. Îi făcu semn lui Jack să i se alăture.

– Bine ai venit la Jornada del Muerto, domnule maior Delaney. În cărțile de istorie se va scrie că acesta a fost locul de unde am câștigat războiul.

– Aici e locul de testare? întrebă Epstein.

– M-a convins Oppenheimer că e perfect, răspunse Groves. Acum vântul e foarte puternic și totul e acoperit cu zăpadă. A naibii zăpadă, taman în deșert, fir-ar să fie. Își întoarse privirea obosită către Jack. Spune-mi ce știi, domnule maior.

– Cărțile poștale erau poezii de dragoste.

– Poezii de dragoste, repetă Groves. Oh, drăguț. Foarte drăguț. Și bănuiesc că nu i-a fost greu să te convingă de asta, nu-i așa? Începu să fredoneze câteva acorduri dintr-un cântec de Rodgers și Hammerstein, cu trabucul între dinții încleștați, apoi își mișcă ușor picioarele, parcă în pași de dans, și-și puse mâna pe umărul lui Jack.

– Iată o scrisorică de dragoste de la colonelul Pash din Zürich. Groves scoase o telegramă din buzunarul de la piept. Era prinsă de fotografia lucioasă a unei cărți poștale care fusese semnată *Ich Liebe dich – H.*

– De când o ai?

– O am de ceva vreme, destul cât să obțin descifrarea codului, spuse Groves.

Jack se uită lung la copia galbenă a raportului concis al lui Pash: încă încercau să deslușească codificarea elegantă a lui Hannah, care era legată, într-un mod complex, de caligrafia în sine și nu era neapărat o reconfigurare de litere sau cuvinte. Însă existau dovezi de netăgăduit că strecurase informații secrete din laboratorul lui Oppenheimer către cel al lui Frei.

– Parcă era vorba că tu o să pătrunzi în mintea ei, spuse Groves, nu invers.

– Domnule general, vă asigur...

– Poate că ai lipsit în prima zi de instruire de la școala de spionaj, unde vi s-a spus să nu gândiți cu pula. Chiar credeai că, după ce o să-i mărturisești marele tău secret, ea nu te va mai minți? Sau erai prea ocupat să ajungi între picioarele ei.

– Nu așa s-a întâmplat, domnule.

– Un scorpion tot scorpion rămâne, domnule maior Delaney, iar dumneata ai fost înțepat. Nici nu vreau să mă gândesc ce se va întâmpla cu băiatul promițător de la Ivy League când vor afla colegii tăi de la informații cine ești cu adevărat.

– Domnule, eu sunt un ofițer al...

– Ești un jidan. Duhnind a tutun, Grove îi respira în față. Arătă cu degetul spre Epstein și continuă: Tu și celălalt jidov, sluga ta – n-am avut niciodată încredere în voi. Acum știu de ce.

Înainte să poată rosti întrebarea – *Cum ați aflat?* –, înțelese și simți cum i se taie picioarele. Le-a spus Hannah. A reușit să-l descompună, element cu element, și să scoată la iveală secretul pe care l-a ținut ascuns toată viața. Când era afară, în fața camerei de motel, chinuindu-se să revină la realitate, i-a dat răgazul să sune de la telefonul de lângă pat și să compromită orice informații care ar fi fost furnizate de el, asigurându-se că, dacă ea va avea probleme, nu va fi singura. Jack se concentră pe singurul său punct solid, cel din plumb, blocat undeva lângă şira spinării, forţându-se să distingă un obiectiv clar în tumultul de furie şi prostie pe care îl simţea în acele clipe.

- Aș da orice să pot să-ți trag un șut în fund să zbori de aici în clipa asta, spuse Groves.

- Din păcate, interveni Epstein, Delaney e singurul în care ea are încredere.

Jack își dădu seama, după expresia de pe chipul lui, că Groves se gândise deja la asta.

- Domnule general, dacă oamenii dumitale o aduc pe doamna doctor Weiss la interogatoriu, spuse Jack, o să aflu exact ce și cât știe Frei.

- Dacă nu poți scoate informațiile de la ea, spuse Groves, Pash are niște asociați din străinătate care pot.

- Vă asigur că nu va fi nevoie, domnule.

Groves își propti degetul arătător în mijlocul frunții lui Jack și împinse îndeajuns de tare ca să-l facă să dea un pas înapoi.

- Să faci bine să-ți bagi mințile în cap, domnule maior Cretinstein.

Capitolul 39

Hannah stătea lângă Oppenheimer în laboratorul de la Critical Assemblies, având în spate, ca o umbră, un cadru de fier de vreo trei metri, care semăna foarte bine cu o ghilotină. La baza structurii fusese așezată, cu grijă, o masă pe care se aflau blocuri de hidrură de uraniu; sus, în vârf, o sferă de mărimea unui burete de tablă, atârna de un cablu deasupra unei camere de izolare consolidate. În timp ce Hannah făcea măsurători, Oppenheimer testa firul de metal. Mărul lui Adam îi tresălta proeminent în gât.

– O valoare de 300 000 de wați înseamnă că avem destulă reacție pentru a detona, spuse el. Mai puțin de atât și eșuăm.

– Mai mult de atât, completă Reichl, și ucidem o jumătate de milion de oameni – inclusiv pe noi. Reuși să schițeze un zâmbet care sugera îngrijorare. În orice caz, a fost o plăcere, prieteni, să lucrez cu voi.

Hannah îi strânse mâna și-i făcu semn cu capul lui Oppie, care – fără să mai zăbovească – lăsă firul să-i alunece printre degete. Sfera căzu, prinse viteză și trecu prin blocurile de hidrură într-o explozie de neutroni, marcată de interferențele înăbușite și de huruitul amenințător al exploziei controlate. Sticla care acoperea acele indicatoare se sparse cu un bubuit puternic, făcându-l pe Reichl să tresare, și, în clipa următoare, lumini albastre, ca niște săgeți, luminară încăperea. Hannah simți în brațe energia și grozăvia momentului. Primul care și-a revenit a fost Oppenheimer, care s-a apropiat, precaut, de indicatori, să citească valorile prin sticla spartă.

– Douăzeci de milioane de wați, spuse el, și mult timp după aceea nici unul dintre ei nu fu în stare să scoată nici o vorbă.

Au stat așa, cu fețele încremenite într-o expresie vecină cu disperarea. Oppie își reveni cel dintâi și spuse, cu vocea încărcată de emoție și groază, care ar putea fi următorul pas:

– Trebuie să înfășurăm sfera cu un material-tampon, un material care să reflecte orice neutroni care se eliberează înapoi în uraniu.

– Un înveliș de material reflector, non-reactiv, spuse Hannah. Wolfram, poate.

– Exact. Punem neutronii înăuntru, ca pe o haită de lupi, și-i lăsăm să se sfâșie între ei.

Se auzi o bătaie în ușă, care le perturbă calmul și concentrarea.

Oppenheimer deschise ușa și spuse:

– Am cerut să nu fim deranjați.

Collier păși înăuntru și o luă pe Hannah de braț:

– Doamnă doctor Weiss, vă rog să ne însoțiți.

– Stați puțin! zise Reichl, interpunându-se între Hannah și agenți. Ce înseamnă asta?

– Maiorul nu controlează laboratorul meu, spuse Oppenheimer.

– În schimb, generalul Groves da, răspunse Collier.

– Oppie, nu e nici o problemă. Hannah își dădu jos halatul alb și-și luă poșeta de pe un raft de lângă ușă. În timp ce ieșea, îl atinse pe Reichl pe braț și-i spuse:

– Și pentru mine a fost o plăcere să lucrez cu tine, Peter.

După ce ieșiră din turnul în care se afla laboratorul, Hannah trase în piept, cu încântare, aerul răcoros al dimineții și rămase cu privirea ațintită la stânca din depărtare, în timp ce Collier conducea mașina spre o clădire cu bolțari din perimetrul cel mai îndepărtat al complexului. Îl urmă pe un coridor fără ferestre până ajunseră într-o cameră de interogatoriu luminată puternic, în care se aflau o masă obișnuită de oțel și două scaune de lemn, așezate față în față. Atmosfera era încordată, pereții goi, cu excepția unei fotografii înrămate cu Franklin Delano Roosevelt lângă steagul american. Când Hannah se așeză la masă, în fața lui Jack, nu reuși să distingă pe chipul lui nici cea mai vagă urmă din Jakob. Locotenentul Epstein aranjă în fața ei o serie de dosare și un volum gros din biblioteca ei, apoi se retrase, impasibil, într-un colț.

Hannah își ridică privirea spre becul suspendat deasupra capului și spuse:

– Se pare că am progresat, nu ne mai limităm la simpla verificare a antecedentelor.

– Te rog să identifici asta. Jack îi împinse, pe masă, o foaie de hârtie. Corpul îi era încordat, vocea – inflexibilă.

Hannah se uită la pagina pe care erau copiate notițele de laborator ale lui Oppenheimer și rămase tăcută.

– E lucrarea ta, nu? o întrebă Jack.

– Sunt aici de trei ani. Noi am făcut mii de...

– Poate că asta îți va reîmprospăta memoria. Jack îi puse în față o fotografie cu o carte poștală a lui Hannah și observația Rosettei Stone, mâzgălită lângă codul spart al lui Pash. Îl avem pe Gregor Stern în arest. Aceasta este ultima carte poștală pe care i-ai trimis-o. E o versiune codificată a acestei pagini din notele de laborator ale lui Oppenheimer. Mai spune-mi o dată, Hannah, despre cum să nu lăsăm adevărul să ajungă pe mâinile cui nu trebuie.

– E o chestiune de perspectivă, nu-i așa?

Jack nu mușcă momeala, rămase tăcut.

– Ce veți face când trupele voastre vor descoperi că nemții nu au bomba? spuse Hannah. Ne faceți bagajele și ne trimiteți acasă?

– De cum află japonezii că noi o avem, putem opri războiul din Pacific. Nici nu va trebui s-o folosim.

– Ce consolare.

– Parcă simt o notă de sarcasm în tonul tău.

– Hai să-l întrebăm pe prietenul tău, generalul Groves. Hannah se apleacă înainte, să fie mai aproape de microfon. De ce au fost bombardate toate marile orașe din Japonia, în afară de unu sau două? Oare Peter Reichl are temeri imaginare, nefondate, sau Aliații într-adevăr au lăsat, cu foarte bună știință, două ținte perfecte care ar putea fi locurile ideale pentru o demonstrație grandioasă de putere absolută?

– Nu despre asta e vorba.

– Există atâtea moduri de a construi un crematoriu.

– *Ajunge!*

Jack trânti cartea groasă pe masă, iar Hannah simți reverberația impactului în osul pieptului. Fără să vrea, se încordă și se trase puțin înapoi când îi văzu chipul încremenit din cauza furiei; era imposibil să rămână impasibilă, așa cum crezuse întotdeauna că va reuși.

– Eliberați camera, spuse Jack.

Epstein își drese vocea și i se adresă:

– Domnule maior...

– AFARĂ!

În timp ce agenții se grăbeau să iasă, Epstein îi aruncă o privire imploratoare lui Jack, însă ochii lui erau fixați asupra lui Hannah. Epstein părăsi camera și închise ușa în urma lui.

– Jakob...

Jack își împinse cu zgomot scaunul, merse cu pași mari la celălalt capăt al camerei și smulse portretul lui Roosevelt de pe perete, scoțând la iveală un cablu de microfon care atârna ca o coadă de șoarece. Se întoarse la masă și se aplecă amenințător peste umărul lui Hannah.

– Gata cu minciunile, spuse el, cu un calm de gheață. Gata cu uneltirile și manipulările. Gata cu momentele tandre și privirile gingașe, de căprioară. Puse cartea pe masă și o deschise: Inițialele tale – aici, aici, aici și aici. Da sau nu?

– Îți pot explica.

– Tu nu explici, Hannah. Tu minți. Și apoi minți și în legătură cu minciunile. Vreau adevărul. Ce le-ai spus?

– Nimic! Jakob – Jack –, trebuie să mă crezi. Nu le-am spus nimic.

– Tu. Le-ai. Spus. *Totul.* Când Jack se ridică în picioare, lovi becul cu umărul, care începu să penduleze ca un om spânzurat.

– Le-am trimis experimente false. Hannah încercă să găsească o ieșire. Am procedat în așa fel încât să pară că...

– Chiar în clipa asta mă uit la scrisul de mână al lui Oppenheimer. Nu erau false, Hannah. N-ai schimbat absolut nimic.

– Bineînțeles că n-am schimbat nimic, neghiobule! izbucni Hannah. Tu crezi că e așa de prost Kurt Diebner? I-am direcționat către niște fundături.

– Ca să nu piardă vremea.

– Tocmai, ca s-o piardă. Le-am indicat piste false.

Jack așeză cărțile poștale pe masă în rând cu un gest care arăta mai degrabă ca o sentință tăcută.

Ea rămase cu privirea fixată pe masă.

– Unde e acum? Ce face?

– Dacă-ți spun, o să-l omoare.

– Da, sigur. Tot uit. El e unul dintre cei buni. Jack făcu câțiva pași, apoi se întoarse la scaunul gol. Cu cine ai vorbit la telefonul de la motel? Cu Collier?

– Ce? De ce să vorbesc cu Collier?

– Atunci cum au aflat despre mine, Hannah? Pentru că eu nu am spus nimănui secretul meu de când aveam paisprezece ani. Am reușit să termin Facultatea de Drept de la Harvard, să trec prin șaptesprezece controale ale cazierului, iar tu vrei să-mi spui că e o coincidență?

– Îmi pare rău, Jack, dar eu nu le-am spus nimic. Nu le-am spus secretul tău.

– Și-atunci de unde știu?

Hannah își întoarse privirea către cablul care atârna ca o coadă de șoricel:

– Ei știu totul.

Se auzi o bătaie ușoară, apoi ușa se deschise.

– Jack, spuse Epstein cu o față cadaverică, s-a întâmplat ceva.

Jack urlă către agenții de pe hol, care intrară imediat.

– Ea rămâne aici, spuse el, arătând cu degetul către Hannah. Epstein, tu vino cu mine.

În timp ce se îndepărtau pe strada noroioasă, Epstein mormăi:

– E FUBAR[1], Jack. Toată nebunia asta. E FUBAR toată ziua, fir-ar a naibii.

– Domnule locotenent, spuse Jack, abia schițând un zâmbet, e prima dată când te aud folosind astfel de cuvinte.

– Le-am păstrat pentru ocazia potrivită, răspunse Aaron. Sunt destul de sigur că cea de față îndeplinește toate criteriile.

De obicei, când megafoanele îi chemau pe cetățenii din Los Alamos să se adune pentru a fi făcut vreun anunț, în aer se simțea, aproape palpabil, o răbufnire a speranței – toată lumea se ruga să audă că Puterile Axei au fost învinse sau cel puțin că o bună parte a Reichului căzuse. Când Groves urcă pe podiumul instalat pe veranda din fața uneia dintre case, Jack observă pe chipul lui că nu va spune așa ceva. Savanții și ceilalți membri ai taberei de cercetare așteptau în tăcere sub soarele orbitor de iarnă. Nu se auzea nimic în afară de zgomotul scos de steagul care flutura în vânt. Groves lovi de câteva ori în microfon, făcându-i pe cei prezenți să se crispeze din cauza sunetului strident.

– Doamnelor și domnilor, spuse el, e datoria mea să vă informez că marele nostru Președinte și Comandant Suprem, Franklin Delano Roosevelt, a murit la ora trei și cincizeci și cinci de minute.

Se auzi un oftat colectiv, apoi suspine înăbușite prin mulțimea neliniștită, îngrijorată. Jack și Epstein stăteau acolo,

---

[1] FUBAR („fucked up beyond all recognition") este un acronim militar, folosit în timpul celui de-al Doilea Război Mondial, pentru a descrie situații întortocheate, fără ieșire.

înmărmuriți. Doi soldați coborâră steagul până la jumătatea catargului. Un ofițer scund, aflat la capătul verandei, bătea ritmuri de înmormântare. Peter Reichl își ținea mâna la gură și plângea, în timp ce Oppenheimer se urcă lângă Groves și se apropie de microfon.

– Scriptura hindusă, începu el, în Bhagavad Gita, zice așa: „Omul e o creație a cărui substanță e credința. Credința lui e identitatea lui.“ Credința lui Roosevelt e împărtășită de bărbați și femei din toate țările lumii. Din acest motiv, trebuie să menținem vie speranța că faptele lui bune nu se vor încheia odată cu moartea lui. Dragi prieteni și colegi...

– Această tragedie nu va afecta măreața noastră sarcină, îl întrerupse Groves. L-am informat deja pe noul președinte Truman în legătură cu munca noastră de aici, care va continua ca până acum.

Oppenheimer părea că ar vrea să mai spună ceva, dar Groves îndreptă microfonul în jos.

– Sunteți liberi, spuse el, dar toată lumea rămase pe loc, de parcă o furtună de gheață le trecuse peste picioare și nu se mai puteau mișca. În acel moment, înainte ca mulțimea să se împrăștie, Jack îl observă pe admiratorul secret al lui Hannah, cel care rezolva rebusuri la bar, stând pe colina de sub pădurea cu pini. Cu pălăria bine așezată pe cap, scruta curtea cu binoclul, apoi veranda, unde Oppenheimer zăbovea, îndoit de spate și slab ca un schelet, și în cele din urmă se opri asupra lui Jack.

Jack îl trase de cot pe Aaron și-i spuse:

– Însoțește-o pe doamna doctor Weiss înapoi la baraca ei și păzește-o până ajung eu.

Epstein clipi de parcă încerca să se trezească dintr-un coșmar.

– Poftim?

Jack plecase deja; o luă cu pași mari prin curte, făcându-și loc printre savanții și asistenții care se adunaseră lângă verandă. Pălăria dispăru într-un pâlc de copaci. Jack țâșni după ea printre arbuști, până ajunse pe o pantă îngustă, aflată la câteva zeci de metri sub linia copacilor. Se aplecă înainte, cu mâinile pe coaste, respirând greu și ciulindu-și urechile, încercând să prindă vreun zgomot. Zgomotul vântului era întrerupt de ciripitul păsărelelor, dar, pe măsură ce inima lui Jack își încetinea ritmul, revenind la normal, cântecul păsărilor îi păru puțin prea uniform, puțin prea monoton. Se luă după sunet pe o cărare dosită.

Mica încăpere cu aparate de transmisie radio era așezată la o distanță apreciabilă, de unde persoana care locuia acolo se putea bucura, de la balcon, de o vedere amplă a Sediului Y și a taberei din jurul lui. Prin fereastra deschisă se auzeau sunetul sacadat al codului Morse și țăcănitul unui telex. Bărbatul cu pălărie și impermeabil stătea în ușă. Lovi un pachet de Lucky Strike de palmă. În jurul ochilor era vânăt, iar nasul îi era străbătut de o dungă albă.

– Ce chestie nemaipomenită, nu-i așa? spuse el.

– Da, e, răspunse Jack. Aruncă o privire către încăperea cu echipament audio. Ești de la FBI.

– Agentul Hicks.

Bărbatul zâmbi larg și-i oferi lui Jack o țigară, dar, când Jack întinse mâna s-o ia, simți că ceva, ca un cârlig, îl apucă cu putere și-l trage în spate. Ajunse nu doar pe jos, ci și câțiva pași în spate, spre amuzamentul lui Hicks.

– Fie, spuse Jack, mângâindu-și bărbia, te simți mai bine acum, domnule agent Hicks?

– Deocamdată. Hicks îi întinse, din nou, pachetul de Lucky Strike. Precaut, Jack o luă pe cea care ieșea în afară. De fapt, ar trebui să-ți mulțumesc. Acum Uncle Sam va trebui să-mi rezolve deviația de sept.

– Mă bucur că îți e de folos, spuse Jack. De ce o urmărești pe doamna doctor Weiss?

– Pe tine te urmăream, Hymie[1].

Jack dădu din cap ca un robot, fără să audă nimic. Apoi cuvintele își croiră drum în conștiința lui, ca un ecou: „Pe tine te urmăream".

[1] Nume ofensator atribuit evreilor

– Deci nu ea i-a spus lui Groves, ci tu. Jack suspină și se ciupi de nas. Fir-ar să fie.

– Nu mi-a făcut nici o plăcere. Nu-mi place nici mie grăsanul ăla, dar ce să faci, e război, nu? Trebuie să respectăm ordinele, superiorii, toată tevatura.

– Dar n-ai avut timp să instalezi un microfon.

– Citesc pe buze.

– Bineînțeles.

Se sprijiniră amândoi de peretele camerei cu echipament audio, fumând în liniște, de parcă încheiaseră un armistițiu. Înăuntru, telexul își continua păcănitul. Jack scoase o sticluță cu whisky din buzunarul de la haină.

– Ai două cești?

Hicks făcu un gest către ușă și intrară amândoi în umila sa locuință. Hicks luă două căni de metal de pe raft.

– Teoretic, sunt încă în timpul serviciului, spuse el. Mai bine pune-mi dublu.

Jack turnă o cantitate generoasă în ambele căni și aruncă o privire către jocul de solitaire pe care Hicks îl avea desfășurat pe biroul lui încărcat cu tot felul de hârtii.

– Ai putea să pui treiul de treflă la regele de caro. Apoi poți muta rândul la cinciul de pică.

Hicks încuviință din cap și își ciocni cana de a lui Jack.

– De ce mă urmăreai?

– Donovan voia să știe cum o mai duci. Dacă o să-ți revii după treaba din Paris. Ți-a rezervat un loc în noua sa agenție centrală de informații, care, se presupune, o să primească fonduri.

– Interesant.

– Bine că toată treaba asta... Hicks făcu un gest ciudat cu mâna. Jack nu-și dădu seama sau nu voi să-și dea seama ce înseamnă. Femeia. Nu e tocmai un avantaj, în cazul tău.

– Probabil că nu.

– Dar cine știe? Întotdeauna ai fost printre preferații lui Donovan, iar acum o ai pe domnița de pe gheață...

– Domnița? îl imită Jack. Pe gheață? Ce-i asta – un film cu Humphrey Bogart?

– Exact asta e, spuse Hicks, fără pic de umor. Asta e partea în care detectivul înțelege, în sfârșit, că poate să-și ducă la bun sfârșit misiunea sau să-și arunce cariera pe apa sâmbetei pentru o femeiușcă evreică. Își termină de băut whisky-ul și se întoarse la joc. Să-mi spui ce cale alegi. O să-l anunț pe Donovan.

Jack nu-i răspunse, doar făcu un semn cu capul către telex.

– Pot să mă uit peste conversații? Asta, dacă ai terminat să mă freci la icre.

– Sigur, te rog, răspunse Hicks, ridicând din umeri. Folosește autorizația aia de securitate până mai e valabilă.

Jack privi sulul lung de hârtie de culoarea muștarului care se aduna, ondulată, în lada de lapte așezată în fața aparatului. Citi mesajele primite, începând cu cele mai recente. Primii metri de hârtie erau cu discuții despre moartea prematură a președintelui. Apoi veneau o serie de rapoarte meteorologice, urmate de lista zilnică a celor decedați. Și atunci Jack zări numele – *Frei.*

Capitolul 40

A fost odată un băiat care-l iubea pe Einstein. Obișnuia să se așeze pe genunchii lui, curios să-i descopere ciudățeniile chipului – nasul proeminent, firele de păr care ieșeau, inexplicabil, din urechile lui –, dar nepăsător față de mărețele cuvinte ale bătrânului.

Imaginația e mai importantă decât cunoașterea. Cunoașterea e limitată; imaginația face înconjurul lumii.

Cuvintele îi ieșeau din gură ca niște semințe care cădeau dintr-un arțar, una după alta, fiecare strop de geniu găsindu-și căminul pe capul blond al băiatului sau în buzunarul de la puloverul lui albastru, de școală. Băiețelul era prea ocupat cu săritul peste pietre și cu observarea fluturilor pentru a-i acorda atenție, dar, cu toate acestea, semințele au fost plantate.

Nu am nici un talent special; sunt doar un curios pasionat și neobosit.

Pe măsură ce băiatul creștea, s-a dedicat înțelegerii științei și a vieții, dar întotdeauna punea mai mult accent pe prima, căci știința era obiectivul logic al curiozității lui neostoite, în timp ce viața era doar o parabolă mistică ce îi scăpa printre degete de fiecare dată când era sigur că îi rezolvase enigmele.

Nu te strădui să devii un bărbat de succes, străduiește-te să devii un bărbat de valoare.

Măcar dacă mama lui l-ar fi găsit pe băiat pe malul vreunui pârâu de la țară și i-ar fi șoptit la ureche: „Nu-l asculta. Nu te gândi la vorbele lui. Rămâi la plăcerile tale nevinovate. Să nu pui niciodată creta pe tablă. Rezultatul va fi o adevărată calamitate."

Capitolul 41

Hannah urca pe cărarea noroioasă către locuința ei și fu recunoscătoare când Epstein îi oferi brațul. După o noapte nedormită și o zi atât de lungă și de solicitantă, se simțea amețită de foame și profund tulburată. Trecând pe lângă laborator, își ridică privirea și-l văzu pe Reichl la fereastră, cu o expresie mohorâtă pe chip. Mai mult decât orice, își dorea să fie acolo, sus, în turnul înalt, să se piardă în cascada de numere și să uite de toate. Când ajunseră la ușa barăcii în care locuia Hannah, agenții se instalară în prag. Amândoi aveau cu puțin peste douăzeci de ani, chipurile lor exprimau hotărâre, dar obrajii erau plini de lacrimi. Privindu-i, Hannah simți iar un nod în gât. Pierderile îi erau familiare, dar moartea lui Roosevelt era ceva diferit. Fiecare posibilă cale ce va fi urmată de acum încolo era plină de incertitudine, în cel mai bun caz, iar în cel mai rău, putea însemna sfârșitul absolut. Ea și ceilalți savanți care semnaseră petiția lui Reich s-au alinat cu gândul că Roosevelt va avea o atitudine fermă în fața puterii inimaginabile. Cât despre Truman, acesta le inspira mai puțină încredere, căci nu avea nici o fărâmă de poezie în el – un politician care se vedea pus în fața faptului de a fi câștigat nu doar un război, ci și alegerile.

– După dumneata. Epstein deschise ușa și-i făcu semn să intre.

– Nu intri?

– O să aștept aici.

Hannah intră și se ghemui pe fotoliul din colț, prea flămândă ca să mănânce, prea obosită ca să doarmă. Privi o vreme în gol paginile unei cărți, dar o puse deoparte când își dădu seama că citește, în mod repetat, aceleași două paragrafe. Afară, Epstein, neavând un palton gros ca agenții militari, se plimba și făcea sărituri în frig, strănutând și tușind zgomotos. În cele din urmă, Hannah deschise ușa și-i spuse:

– Te rog, intră, domnule locotenent.

– Nu, mulțumesc, răspunse el. Îl aștept pe domnul maior Delaney.

– Fii serios. Ai înghețat. Haide înăuntru. O să fac o cafea. Apoi se întoarse către tinerii agenți și-i întrebă: Domnilor, doriți o cafea?

Nici unul dintre cei doi soldați nu clipi.

Ea scoase un oftat, ușor exasperată:

– Se consideră trădare doar dacă pui zahăr în ea.

Epstein nu râse, dar ea zări o tresărire în colțul gurii, apoi intră în încăpere și puse rucsacul lui Jack în colț. Valiza aceea de piele era umflată din cauza dosarelor groase care îi fuseseră prezentate pe masa interogatoriului. Hannah tresări, gândindu-se ce mult își dorea să vadă ce e în ele. Epstein se așeză, stingher, pe un scaun de lemn, iar Hannah puse ibricul pe plită, măsură cafeaua și o adăugă în cafetieră.

– O să stea mult Jack? întrebă ea.

– Adică domnul maior Delaney.

– Probabil că e mai înțelept să nu devenim prea familiari. Deși, având în vedere trecutul dumitale...

– Ți-a povestit despre el?

– Bineînțeles.

– Aș prefera să nu mai vorbim, spuse Epstein.

– Ce dezamăgire să descoperi că nu e bărbatul care credeai.

– O să vă treacă, sunt sigur.

– Mă refeream la dumneata, spuse Hannah.

– Dacă există cineva care-i înțelege alegerile pe care le-a făcut, atunci eu sunt acela, spuse Epstein. Nu știți cum e.

– Să ți se pună piedici la orice, aproape jumătate ca în cazul femeilor? spuse Hannah. Să ți se refuze statutul de membru al unui club? Ai dreptate, domnule locotenent, pot doar să-mi închipui.

– Nu-l cunoașteți.

– Din câte se vede, nici dumneata.

– Are un glonț în spate din cauza mea. Epstein împinse scaunul în spate și se ridică în picioare. În ziua în care Parisul a fost eliberat – când mergeam să asigurăm paza de la laboratorul Joliot-Curie –, a văzut un lunetist pe acoperișul de peste drum și s-a pus în fața mea. Când l-au anchetat pe lunetist și l-au întrebat de ce – războiul era pe sfârșite, Parisul era eliberat, oricine putea pleca –, așadar, de ce?, el a răspuns: „Am vrut să mai ucid un afurisit de jidan". Cum își plimba el, așa, privirea pe stradă, m-a zărit pe mine și a decis că nu arăt ca o persoană care merită să trăiască. Jack l-a observat și, în loc să...

– Domnule locotenent.

Epstein tresări și observă cu uimire că Jack era în ușă.

– Domnule maior Delaney. Eu nu am...

– Ești liber. Jack îi puse mâna pe umăr. Mulțumesc, Aaron. Vreau să te duci înapoi la birou și să rezolvi câteva chestiuni. O să găsești o listă pe masă.

– Da, să trăiți.

Hannah duse două căni cu cafea afară, pentru cei doi agenți, iar Jack își scoase dosarele și luă loc la masă. Hannah se așeză în fața lui, încercând să rămână impasibilă la vederea umflăturii vineții de pe bărbia lui.

– Se pare că ai avut o zi tare complicată, spuse ea.

Ca toată lumea, de altfel. Jack așeză cu grijă dosarele în aceeași ordine în care le pusese pe masa de interogatoriu.

Înainte de a începe, Hannah, îmi cer scuze.

– Scuze pentru că ai tras concluzii pripite și nedrepte sau scuze pentru că ai fost prins cu minciuna?

– Scuze că am lăsat sentimentele să afecteze ancheta, răspunse Jack. Nu se va mai întâmpla.

Hannah își întoarse privirea spre fereastră. Afară străzile erau acoperite de zăpadă, iar camioanele și alte vehicule de transport săltau când treceau prin vreo groapă.

– Ne-a părăsit unul dintre cei mai mari conducători pe care i-a cunoscut lumea vreodată, spuse ea. Două minute de tăcere și apoi fiecare se întoarce la treburile lui.

– Tu nu asta ai făcut după ce au luat-o pe Sabine?

– Nu e același lucru. Credeam că e în siguranță. Încă mai cred asta.

Jack desfăcu o bucată de hârtie de telex din buzunar și o netezi pe masă:

– Max Frei e mort.

Hannah își înfășură mâinile în jurul pieptului, de parcă ar fi vrut să se apere de o lovitură puternică. Nu avu puterea să rostească numele lui Stefan, așa că întrebă:

– Cine altcineva?

Jack îi întinse lista și o privi cum urmărește cu degetul coloanele de nume, în timp ce chipul ei, de pe care dispăruse orice urmă de culoare, se crispa la cele pe care le recunoștea.

– Max, Karin, Heiden, Ramses, Gottler... atât de mulți... atât de mulți. Toți, în afară de...

– În afară de Stefan Frei.

Ea de-abia acum își dădu seama că strângea atât de tare foaia în mână, încât se mototolise.

– Altcineva care se remarcă prin absență?

Hannah scutură din cap, dar apoi spuse:

– Kurt. Kurt Diebner.

– Echivalentul detașamentului lui Hitler.

– Asta-i o simplificare exagerată.

– Kurt Diebner este Oppenheimer-ul lui Hitler. Stefan Frei e Reichl-ul lui Hitler. Singura persoană pe care n-o au în echipa lor ești tu. Jack își trase scaunul lângă al ei și o luă de mână. Hannah. Nu faci parte din echipa lor, așa-i?

Hannah rămase nemişcată ca o stană de piatră, cu privirea aţintită pe perete. Jack îi atinse încheietura mâinii şi-i simţi pulsul agitat sub aparenţa calmă.

– Chiar atât de bun a fost? întrebă el. Atât de bun încât să-l ajuţi chiar dacă ştiai că e unul dintre ei?

– Oare o să-ţi pierzi somnul dacă-ţi răspund că da? Tonul ei sugera că îl tachinează, dar, de fapt, atitudinea ei izvora din sfidare pură. Jack se lăsă pe spatele scaunului şi-şi mângâie bărbia.

– Eşti obosit, spuse Hannah. Poate că ar trebui să ne oprim aici.

– E epuizant, nu? Să minţi.

– Da, e. Dar tu nu te poţi opri.

Jack ridică din umeri.

– Se pare că tu poţi.

– De ce să am încredere în tine?

– Pentru că nu te afli în Leavenworth încă.

El tresări înainte de a spune:

– Te înşeli.

– În legătură cu ce?

– Nu e unul dintre ei, spuse Hannah. El încearcă să-i oprească. De aceea nu a plecat cu mine.

– Încă mai crezi că te iubeşte.

– Mă iubeşte.

– Atunci de ce te-a convins să intri în schema asta? De ce ţi-a pus viaţa în pericol? Crezi că el nu ştie că ai putea fi judecată pentru spionaj? Că ai putea fi spânzurată pentru trădare?

– Pericolul în care se află el e mai mare, răspunse Hannah. De aceea nu ţi-am spus, Jack. Tu vrei să crezi că naziştii sunt nişte imbecili, dar Kurt Diebner e un savant strălucit. Stefan a avut nevoie de mine să-i derutez.

– Am înţeles. Cu mâinile în buzunare, Jack făcu câţiva paşi. Deci tu îi trimiteai rezultatele echipei...

– Doar pistele false, care nu duceau nicăieri.

– Mda. Pentru ca Stefan să-i poată induce în eroare.

– Exact, răspunse Hannah.

– Dar există ceva ce nu se leagă. Dacă tu n-ai fi trimis telegrama, Hannah, noi n-am fi aflat niciodată. Așa că mă văd nevoit să-mi pun întrebarea... Se așeză din nou lângă ea, genunchiul atingându-i-l pe al ei. Cum se poate ca cineva atât de inteligent să fie atât de prost?

– Poftim?

– Știi ce cred eu? Eu cred că tu ai vrut să te prindem. Ai vrut să se încheie o dată pentru totdeauna totul pentru că, undeva în adâncul sufletului tău, știai că te-a amăgit.

– Nu mai auzisem de el de săptămâni întregi. Îmi doream cu disperare să știu...

– Ce să știi? Dacă mai are nevoie de tine? Dacă te mai dorește?

– Nu, răspunse Hannah. De asta nu m-am îndoit niciodată.

– Niciodată? Jack scutură din cap. Hmmm. Te cunosc, Hannah. Tu pui sub semnul întrebării orice.

– Nu și asta.

– Ai vrut ca noi să te prindem pentru că te îngrozea gândul că te folosise și voiai cu disperare să afli dacă e prea târziu – dacă ai pus deja bomba în mâinile lui Hitler.

– A jurat că așa ceva nu se va întâmpla.

– O, asta cred. Jack se ridică din nou în picioare și începu să-i expună raționamentul lui în timp ce măsura camera: Mă numesc Stefan Frei. Sunt foarte inteligent, dar leneș. M-am săturat să trăiesc în umbra lui Diebner. Aș vrea să fiu recunoscut pentru alte merite decât cel de playboy. În propriul meu subsol, descopăr o persoană care mă face să mă simt ca un savant de primă clasă. Îi fur ideile, o las să lucreze cu mine – dar numai în secret – și, ca să mă asigur de loialitatea ei, îi spun că m-am îndrăgostit de ea. O conving că devotamentul meu față de naziști e doar de fațadă, e un truc. Mă prefac că-i ajut familia să scape – și o ajut și pe ea să scape –, ba chiar o fac să creadă că eu sunt cel în pericol când o trimit în lumea largă ca pe un virus. Știu că altcineva o va folosi așa cum am folosit-o și eu. Dacă nu Fermi, atunci altcineva. În cele din urmă, va ajunge exact în punctul în care voiam. O conving să-mi trimită informații secrete. Nimic major. Diebner s-a ocupat de ideile principale. Nu, am nevoie doar de mai multe experimente eșuate pentru a umple spațiile goale, ca să pot evita fundăturile și să mă pot mișca de două ori mai repede, pentru că timpul - timpul e totul.

- Te înșeli. Hannah făcea eforturi vizibile să rămână nemișcată, se simțea copleșită de cele auzite. Te înșeli. Te înșeli.

- Și de-abia acum urmează partea cea mai interesantă: nu există premiu de consolare. Cine ajunge primul conduce lumea. Așa că nu-i dau bomba lui Hitler. Ar fi o prostie. Sunt prea deștept să fac așa ceva. Le dau bomba rușilor.

- Tu te auzi ce spui? pufni Hannah. Tu și Collier - vedeți un comunist în spatele fiecărui copac.

- De unde știa că Aliații vor bombarda Institutul Kaiser Wilhelm? o întrebă Jack. Dacă nu a primit un pont de la cineva, cum de știa că el și Diebner trebuie s-o șteargă?

- Să-și lase, cu bună știință, tatăl și colegii în voia sorții? Nu ar face el așa ceva.

- Ai spus chiar tu că Stefan Frei nu a lucrat niciodată cu nimeni. El doar găsea oameni pe care să-i folosească. Așa ai zis. Pot să-ți pun înregistrarea, dacă vrei să auzi exact cuvintele pe care le-ai folosit.

- Am mințit! Ca să-l protejez. Mă iubește. Ăsta-i adevărul.

- Arată-mi o singură dovadă că te iubește - că s-a gândit vreodată la tine, în afară de momentele în care primea cărțile poștale care conțineau secrete pe care le putea folosi.

- Ai văzut dovezile.

- Ce? Ăsta? Jack smulse pieptenele cu bijuterii din părul lui Hannah și-l aruncă pe masă. Ăsta n-avea nici o valoare pentru el. Te agăți de el deoarece, ca să poți continua să crezi că Sabine e în viață, trebuie să continui să crezi că el te iubește.

- Ai văzut fotografia din ziar. Știi că i-a salvat viața.

- Chiar așa să fie, Hannah?

Jack răsfoi agitat printre dosarele împrăștiate, găsi o fotografie neclară cu autopsia unui cadavru și i-o împinse sub nas. Prima reacție a lui Hannah a fost să-și ascundă privirea de acea imagine înfiorătoare - trupul distrus și descompus al unei femei -, dar se forță să se uite cu atenție, apoi se întoarse, triumfătoare, către Jack:

- Ei, bravo. Hannah îi flutură fotografia în față. Nu-i Sabine.

- Într-adevăr, nu e Sabine, răspunse Jack. E Lotte Scheer.

- Minți.

- Sunt Stefan. Trebuie să mă prefac foarte bine față de Hannah, așa că mă asigur că există dovezi publice care confirmă că totul s-a întâmplat cum am zis eu, dar și să nu las urme care ar putea deveni incomode la un moment dat. Jack împrăștie pe masă o serie de liste de pasageri. Vaporul *S.S. St. Louis* nu a primit permisiunea de a ancora în Cuba. A rătăcit prin strâmtorile din jurul Floridei, sperând să poată acosta în Miami, până când FDR l-a trimis înapoi în Europa, unde a lăsat câțiva pasageri în Olanda și Franța. Toți ceilalți au fost expediați în țara de unde au încercat să scape. Au pescuit-o pe Lotte din Sena. Torturată. Mutilată. Iar faptul că încă n-au găsit trupul Gisellei Proust nu înseamnă că nu e în același râu, Hannah, sau în vreun mormânt de suprafață sau că cenușa ei nu s-a amestecat cu cea a altor mii de oameni pe podeaua crematoriului.

- Mincinosule! Hannah îl plesni peste față. El o prinse de încheietura mâinii și o forță să se uite din nou la fotografie.

- Vezi ce i-au făcut, Hannah? El i-a făcut asta, când a turnat-o Gestapo-ului. *Tu* i-ai făcut asta, când ai dat-o pe mâna lui înainte să te culci cu el; atunci i-ai trădat pe toți cei pe care i-ai iubit vreodată.

- Încetează, te rog. Sunt atât de obosită, încât nici nu pot gândi.

Își acoperi gura cu mâinile, voia să oprească gemetele care amenințau să iasă la suprafață. Se adună, chircită, pe scaun, și începu să rostească numele lui Sabine printre suspinele grele.

Jack se așeză lângă ea, o mângâie pe păr și-i șopti la ureche, să nu se audă în microfoanele ascunse prin încăpere:

– Aș vrea să existe o cale de scăpare, Hannah. Aș vrea să nu se fi întâmplat așa.

– Eu îmi doresc doar să se termine odată totul. Bolborosind rugăciuni evreiești și plângând în hohote, Hannah își lovi pumnii strânși de genunchi. Sper să mă ia de aici și să mă ucidă. Spune-le să mă ucidă, Jack. Nu-i lăsa să mă ducă acolo. Spune-le să mă împuște în cap.

– Ascultă-mă. Îi luă capul în mâini, forțând-o să-l privească în ochi. Hannah? *Ascultă-mă.* Trebuie să fii tare acum. Trebuie să reziști. Încă nu știu cum să te ajut, dar, îți jur, o să încerc. Ai încredere că o să fac asta?

Ea scutură din cap, deznădăjduită.

– Ce mai contează?

– Știu că n-ai vrut să se întâmple așa, spuse el. Pot să aduc argumente împotriva pedepsei cu moartea. O să te protejez dacă pot.

Hannah închise ochii când Jack o sărută pe obrajii umezi și pe buze și, în scurtul moment de tăcere care urmă, Jack auzi sunetul, neobișnuit în acel loc, al unui pian în camera alăturată.

– Vezi? spuse ea, ca un copil care așteaptă aprobarea adultului. Ți-am zis eu, pianul e ultimul lucru pe care-l aud în fiecare noapte, înainte de-a adormi. Nu ți-am spus doar minciuni, Jakob.

El își apăsă capul de fruntea lui Hannah, își puse mâna lată pe spatele ei slab și rămaseră așa până când se termină cântecul de jale de alături.

– *„Yitgadal v'yitkadash sh'mei raba b'alma di-vra...“*

Jack nu mai ascultase acea melodie evreiască de jale din ziua în care fusese înmormântată mama lui, dar încercă să-și amintească versurile. Hannah i se alătură, strângându-l de mână cu forța disperată a cuiva care atârnă de marginea unei stânci – amândoi îngăimară tradiționala rugăciune pentru morți cu gândul la Sabine, Lotte, la multele suflete pierdute la Institutul

Kaisel Wilhelm și la toți bărbații și băieții pe care Jack îi omorâse sau îi văzuse uciși.

Y'hei shlama raba min-sh-maya v'chayim aleinu... v'al-kol-yisrael, v'im'ru: amen... „Să primim pace deplină din ceruri și viață pentru noi toți și pentru Israel, să spunem: Amin..."

Hannah își lăsă capul în jos, iar Jack rămase un timp lângă ea, încercând să-i potolească suspinele și îndepărtându-i buclele răzlețe de pe obrajii scăldați în lacrimi. Când respirația ei reveni la normal, uniform, Jack simți cum îi dispare adrenalina din vene, în locul ei instalându-se amorțeala, durerea, disprețul de sine. Se ridică cu grijă, ieși afară și închise ușa după el cu un zgomot ușor. În lumina amurgului, îl zări pe Epstein îndreptându-se spre el. Jack îl întâmpină la capătul drumului acoperit cu pietriș.

– Ai ascultat?

– Da, să trăiți. Dacă doriți să reexaminați benzile înainte de a...

– Nu e nevoie, spuse Jack, sperând să fie adevărat. Aranjează transportul. Vezi să fie oameni pe care ne putem baza că...

Nu reuși să găsească cuvântul potrivit, dar Epstein încuviință din cap, înțelesese despre ce e vorba.

– Mă ocup chiar acum de asta, spuse Epstein și-i dădu lui Jack un plic gros. Informațiile pe care le-ați cerut.

– Spune-mi-le pe scurt.

– E exact ce ați bănuit dumneavoastră.

– Mersi, Aaron. Jack îndesă plicul in buzunarul de la piept al hainei și se instală lângă cei doi agenți militari, în pragul ușii lui Hannah. Se întoarse cu spatele către ei când își aprinse o țigară, nu ar fi vrut ca ei să observe cât de tare îi tremurau mâinile.

După un timp, care i se păru o eternitate, Epstein se întoarse cu mașina. Groves și Collier ajunseră și ei tocmai când agenții militari deschideau ușa de oțel a dubei de poliție. Jack nutrea speranța că vor păstra distanța, din compasiune, sau că cel puțin le va fi lene să coboare din jeep.

– O aduc eu, le spuse Jack agenților. Lăsați-mă un minut.

Intră înăuntru și o găsi pe Hannah cu ochii secați de lacrimi. Stătea cu spatele drept pe scaun în tăcerea stranie și uitându-se cu privirea pierdută la bijuteriile de pe masă.

– N-am susținut niciodată că sunt virgină, spuse ea. În fond, așa sunt din fire, îmi place să adun dovezi empirice. Am fost cu doi bărbați – fie, trei, dar, din fericire, a intervenit fiziologia. Toți savanți. Nici unul dintre ei nu a fost insensibil sau absent. Fiecare dintre acești trei bărbați a făcut un efort lăudabil. Mi-ar fi plăcut ca propria-mi dorință să fi fost pe măsura ocaziilor, dar... Făcu un gest cu mâna, de parcă ar fi vrut să alunge un gând. La final, am simțit de fiecare dată că mi-aș fi petrecut mai bine timpul în cada de baie, cu o carte bună.

Jack își drese vocea, jenat.

– Hannah, trebuie să plecăm acum.

– Stefan a fost altfel. Mai precis, eu am fost altfel când am fost cu el. Ca diferența dintre a fi gol și a fi fără haine.

– Hannah, te rog.

– Jack. Ridică un deget, apoi continuă: E important ce vreau să spun. M-ai întrebat ceva. Acum știu răspunsul.

– Ce te-am întrebat?

– M-ai întrebat: „Cum poate cineva atât de inteligent să fie atât de prost?“ Iar răspunsul e: *nu pot*. Hannah se ridică în picioare, calmă, sigură pe sine. Un zâmbet ciudat, tulburător, îi flutura pe buze. Nu sunt proastă. Nu sunt vreo fetișcană naivă și neajutorată care și-a desfăcut picioarele pentru vreun Lothario isteț. Stefan e un om bun și mă iubește. Simt asta în fiecare moleculă a ființei mele. Știu că mi-a spus întotdeauna adevărul.

Jack își adună puterile, întorcându-și privirea de la fața ei:

– Hannah, aș vrea să fie așa. Dar nu e. Iar noi trebuie să plecăm.

– Germania nu are bomba, Jack. Stefan mi-a jurat că el și cu mine – noi împreună – nu vom permite așa ceva. Ăsta-i adevărul. Nemții n-au nimic. Nici măcar reactorul atomic.

Jack o întoarse pe Hannah cu fața la perete și-i puse cătușele. Făcu eforturi să rămână puternic, impasibil, și deschise ușa pentru agenții militari. Pulsul lui Hannah crescu rapid. Era îngrozită, dar chiar și așa, își păstra pe buze zâmbetul acela senin, hotărât. El o luă de braț și o conduse spre vehicul, șoptindu-i încet la ureche:

- O să fie foarte greu. Să fii tare. Să nu renunți. O ajută să urce pe treptele de fier din spatele vehiculului și-i legă cătușele de un șurub de la banchetă. Te protejez dacă pot.

- Nu! spuse ea cu o voce gâtuită, intensă, aruncând o privire furișă peste umăr către Groves. Protejează-l pe Stefan. Totul depinde de el acum.

- Să-l protejez pe el? Cum crezi că...

- Jură-mi, Jakob: dacă-ți spun unde găsești dovezile, le vei folosi pentru a-l proteja.

- Ce dovezi?

- Le găsești în *Faust*. Promite-mi că nu vei renunța până nu le găsești.

Agenții militari închiseră poarta de oțel și o fixară cu un țăruș, să nu se miște.

- Ei, ce să zic, ai scăpat din rahat, îi spuse Groves lui Jack, bătându-l pe spate. Mai avem șaptesprezece minute. Sper că ți-au plăcut petuniile. Donovan te așteaptă în Washington. Sper că o să scap de tine fără întârziere.

- Da, să trăiți, răspunse Jack. Vreau doar să mă asigur că nu las nimic neterminat.

Privind mașina care se îndepărta, Jack își dădu seama că încă mai strângea în mână pieptenele lui Hannah. Când își desfăcu mâna, observă că dinții fluturilor îi lăsaseră urme destul de adânci, se vedea și o picătură de sânge, de parcă afurisiții îl otrăviseră.

Capitolul 42

NOTĂ DE CONSTATARE
STRICT SECRET

28 aprilie 1945
SUBIECT: APEL URGENT PENTRU A INTRA ÎN ECHIPA ALSOS DIN GERMANIA
Către: Donovan
De la: Delaney

REZUMAT: Conform precizărilor din comunicatele anterioare, agenții acestui detașament cer urgent permisiunea de a se alătura echipei Alsos din Germania. Savanta HANNAH WEISS de la Sediul Y a furnizat informații prețioase privind locul unde se află echipa germană de CERCETARE ATOMICĂ, inclusiv lui FREI S. și DIEBNER K. FREI e periculos de manipulator și deține informații cruciale, care pot oferi avantaje decisive rușilor.

RECOMANDĂRI: 1) Execuția doamnei doctor WEISS să fie amânată până când se poate evalua importanța cooperării ei. 2) Bill – dă-mi șansa să fac ce trebuie. Lasă-mă să mă alătur echipei Alsos, divizia Pădurea Neagră. OBIECTIV: să-l găsesc, să-l interoghez și să-l elimin pe STEFAN FREI.

Capitolul 43

După ce obținu, în sfârșit, permisiunea de care avea nevoie, Jack merse cu mașina până la Jornada del Muerto, să-și ia rămas-bun. Sub soarele dogoritor de aprilie, singurele zone cu umbră se aflau la est de micile barăci care se topeau sub razele mistuitoare. Acel tărâm al nimănui se transforma rapid în locul pentru Testul Trinity și fremăta de tot felul de activități intense. Tundra era presărată cu kilometri întregi de cabluri și fire. Bărbați la bustul gol, cu mănuși uriașe de pânză și cu ochii acoperiți cu ochelari de protecție din cauza rafalelor de nisip, întindeau alte și alte fire. Se construiau buncăre din ciment. Locul era situat într-o vale, iar în depărtare se distingeau, vag, Munții Oscura, un fundal pictat pentru marea realizare – turnul de treizeci de metri, înspăimântător, cu o aură care te tulbură, dar care te și face să te minunezi.

Groves, Oppenheimer și Reichl stăteau deoparte, supraveghind operațiunea. Groves se ținea țanțoș, mândru nevoie mare; era evident că văzuse deja știrea trimisă prin telex și care se afla acum în buzunarul lui Jack. Ca întotdeauna, chipul lui Oppenheimer era impasibil, dar Jack era convins că nici unul dintre cei cu nivelul de acces la informațiile secrete a lui Reichl nu fusese informat de ceea ce știa el. După două săptămâni de bătut în zadar la ușa lui Bill Donovan, Jack avea, în sfârșit, cheia. Tot ce trebuia să facă acum era să-l convingă pe Groves că ar fi mai bine pentru ei dacă Jack s-ar afla pe teritoriul Germaniei când se va răspândi vestea în întreaga lume.

– Deci continui lucrul la dispozitiv? strigă Jack către Groves, știind că aud și Oppenheimer și Reichl. Chiar dacă nu există nici o informație credibilă care să indice că naziștii sunt pe cale de a obține bomba?

– Nu există nici o informație credibilă care să indice că nu o au, răspunse Groves.

– Ce mai contează acum? Jack îi întinse foaia din buzunar. Hitler e mort.

Vestea căzu ca o piatră într-un lac adânc, fără să producă nici un ecou. Valurile gravitaționale s-au împrăștiat spre munți, unde șocul a fost atenuat și absorbit de liniștea absolută. Jack își putea auzi bătăile inimii și pulsul sângelui care-i curgea prin vine. În cele din urmă, vocea tremurândă a lui Reichl rupse tăcerea:

– Hitler e mort? *Hitler e mort*?

– Ding-dong, spuse Jack, *der Führer* a fugit în buncărul lui și a luat o capsulă de cianură, testată mai întâi pe iubitul său câine. Apoi, ca să fie sigur, și-a tras un glonț în cap, timp în care Reichul de 1 000 de ani se prăbușea deasupra lui.

– Slavă Domnului! Reichl își împreună mâinile deasupra capului și apoi făcu o plecăciune, de parcă se ruga, cu palmele pe genunchi. *Ich glaub mich knutscht ein Elch*[1]. Of, Doamne. S-a sfârșit. S-a sfârșit.

– Nu chiar, spuse Jack. Nu-i așa, domnule general?

Jack își întoarse privirea către generalul Groves, care încerca să-i spună din priviri să tacă. Jack zâmbi calm în timp ce ascultau cu toții mormăielile extaziate ale lui Reichl.

– Păi, japonezii, desigur, spuse Reichl, dar și ei au ajuns la capătul puterilor. Fără naziști, Puterile Axei sunt iremediabil

[1] „Să fiu al naibii!" – în traducere literală „Parcă m-a lins un elan". Expresie care indică ușurarea sau mirarea (în limba germană în original)

mutilate. Acum nu mai e nevoie să detonăm bomba. Dacă planificăm o demonstrație – îi invităm pe generalii japonezi în deșert, inclusiv pe ruși, dacă insiști –, le putem arăta că războiul nu-și mai are sensul acum.

Reichl se uită la Oppenheimer, așteptând să-l susțină, dar bărbia lui Oppie era încleștată și orice urmă de empatie dispăruse de pe chipul lui. Lui Jack aproape că-i era milă de Oppenheimer, al cărui număr de magie în deșert se apropia de final în mijlocul unei furtuni de fapte incontestabile. Bunul savant, care-și ținuse atuurile și planurile secrete, era nevoit să le împărtășească. Nu-și mai permitea indulgență, implicare sau neutralitate, avea o misiune de îndeplinit.

– Și dacă mecanismul de declanșare se blochează? întrebă Oppenheimer cu asprime, întorcându-se spre Reichl. Dacă se degradează plutoniul? Dacă, pur și simplu, nu funcționează? Dușmanii noștri se vor simți încurajați de eșecul nostru.

– Dar, dar... petiția, Oppie – ai fost de acord! bolborosi Reichl. E vorba despre *oameni*. Ființe umane – mii, poate chiar milioane – *rase de pe fața pământului*. Cum se poate justifica așa ceva?

Privirea lui Oppenheimer deveni rece ca plumbul.

– Cu toții am știut ce construim.

Indignarea și simțul dreptății, care-l scoseseră pe Reichl din țâțâni, se dezumflară încet, ca un balon.

– Nu ar trebui să avem arma asta, gemu Reichl, fără să se adreseze cuiva anume. Nimeni nu ar trebui să aibă arma asta.

– E prea târziu, Peter, zise Oppenheimer, cu o expresie sumbră pe chip și arătând spre Groves. Deja o au. E a lor, noi le-am dat-o. La auzul acestui adevăr brut, dar incontestabil, Reichl, șocat, rămase fără cuvinte.

Groves simți că acum e momentul să intervină și prelua controlul:

– De trei minute de când stăm aici certându-ne pe chestii de moralitate, sute de băieți au murit în Pacific. Între timp, Truman e la Potsdam cu Churchill și Stalin, pregătindu-se să împartă Germania. N-am sacrificat patru ani și patruzeci de mii de oameni să scăpăm Europa de un dictator doar ca să i-o dăm unui alt dictator. Comuniștii trebuie să știe că avem bomba.

– Dar nu e de ajuns ca ei să știe că o aveți, spuse Jack. Trebuie să știe că n-aveți nici o reținere în a o folosi.

– E arma supremă, care va pune capăt războaielor, domnule maior.

Aceasta era, înțelese Jack, justificarea pe care o folosise Groves – o expresie repetată la nesfârșit – pentru a potoli conștiința savanților „lui" și pentru a-i determina să-și continue munca. „Arma care va pune capăt războaielor." Jack se uită la Groves cu un respect pe care nu-l avusese față de el până atunci; concentrarea lui încăpățânată pe misiune, pe construirea bombei „lui", nu a derivat dintr-un instinct primar, precum cel al câinelui care urinează pentru a-și marca teritoriul, ci a făcut posibilă trecerea de la bombă ca fantezie științifică la o realitate care va fi în scurt timp testată exact în locul acela. Groves a creat și a cultivat, în armata lui de câștigători ai Premiului Nobel și de genii excentrice, exact ce era nevoie: un obiectiv clar, unic și incontestabil.

– Sunt curios să aflu ce crezi despre aceste informații de logistică, domnule general, zise Jack, scoțând la iveală fructul amar al săpăturilor sârguincioase efectuate de Epstein, un comunicat care conținea o evaluare făcută de generalul Curtis LeMay.

Desfăcu foaia și începu să citească cu voce tare:

– „Bombardarea strategică a Japoniei aproape încheiată. Disponibilitatea unor ținte viitoare ar putea fi o problemă." Mie mi se pare, domnule general, că, dacă nu aveți dispozitivul gata curând, nu va mai rămâne nimic de distrus în Japonia. De aceea Hiroshima e în capul listei.

Când Jack îi întinse generalului comunicatul, Reichl i-l smulse din mână; rămase mut, holbându-se la cuvinte fără să le vadă, fără să le înțeleagă. Pentru o clipă, chiar și Groves rămase mut de uimire.

– Aveți nevoie de o țintă bună, spuse Jack, un loc perfect în care să arătați lumii că această armă e capabilă de distrugere totală. Dar dacă savanții voștri află adevărul – că, de fapt, ei nu au luptat deloc împotriva lui Hitler –, ce se va întâmpla cu prețiosul vostru dispozitiv?

– Ocupă-te de asta, domnule general.

Oppenheimer, palid ca o fantomă, se întoarse spre Groves și rosti apăsat, printre dinți, de parcă ar fi vorbit cu un subaltern:

– Fiecare secundă e critică. Nu-mi permit ca savanții mei să aibă îndoieli cu privire la acțiunile și scopurile noastre. Petiția lui Reichl privind nerespectarea normelor etice a adunat deja sute de semnături.

Oppenheimer îi aruncă o privire lui Reichl care era tot în picioare, cu știrea în mână.

– Cum vor reacționa acești savanți, domnule doctor Oppenheimer, întrebă Jack, când vor descoperi că dumneata și generalul i-ați indus în eroare, intenționat, ca să-i faceți să-și continue munca?

– Domnule general, spuse Oppenheimer, dă-i ce vrea.

– Nu, dacă e vorba de femeia aceea, răspunse Groves și-și încrucișă brațele peste burtă.

– Îl vreau pe Stefan Frei, spuse Jack. E încă liber – cu secretele noastre și ale lor. Lăsați-mă să-l găsesc până nu cade în mâna rușilor. Doamna doctor Weiss e în Leavenworth și știm foarte bine ce înseamnă asta. N-o s-o las să atârne în ștreang în timp ce nemernicul ăla de neamț se plimbă liber, în loc să stea în fața unui pluton de execuție.

– Nu știe nimeni unde e Frei, spuse Groves, sau dacă mai trăiește.

– Dacă trăiește, o să-l găsesc.

– Iar eu ce-i spun lui Donovan?

– Spune-i că noi, jidanii, suntem uniți. Jack se îndreptă, apoi, către Oppenheimer, care se uita în pământ, tras la față și chinuit de gânduri. Domnule doctor, spuse Jack, ridicându-și privirea către turn – o siluetă neagră, ca o ghilotină, – știu că e cam tardiv să vă întreb acum, dar, vă rog, faceți-mi hatârul. Cum o să funcționeze drăcia asta?

Ca și cum ar fi recitat din memorie dintr-un manual unui student restanțier care poate nici nu era în stare să înțeleagă, Oppenheimer spuse:

– În acea carcasă vom pune o mică sferă cu plutoniu fisionabil, înconjurată de explozibili care vor produce unde de șoc de intensități diferite. Von Naumann a calculat o configurație care va concentra undele înăuntru, comprimând rapid sfera de plutoniu.

– Și sfera asta cât de mare e?

Oppenheimer desenă în aer forma unui glob mic:

– De mărimea unei mingi de baseball. Aproximativ nouă centimetri în diametru.

– Iar distrugerea va fi...

– Habar n-avem, de fapt. Colegii mei fac pariuri pe cât de extinsă va fi explozia. Enrico Fermi pune pariu că va rade de pe fața pământului întregul stat New Mexico.

– Iar dacă acea minge de baseball de plutoniu nu explodează...

– Dumnezeu să ne aibă în pază.

– Și dacă explodează?

– Dumnezeu să ne aibă în pază.

– Și atunci de ce? Peter Reichl, spumegând de furie, se apropie cu pași mari de Oppenheimer, fluturându-i știrea de la LeMay în față: De ce faceți asta?

– Dar tu de ce-ai făcut ce-ai făcut, Peter? În Ziua Victoriei în Europa, de ce nu te-ai întors pe călcâie să pleci? Privirea intensă, nemiloasă, a lui Oppenheimer se îndreptă în zare. Îți spun eu de ce – nici un savant adevărat nu ar renunța la posibilitatea de a elibera însăși energia materiei, transformând, literalmente, compoziția lucrurilor. Ești la fel ca noi, ceilalți. Moralitatea noastră e convenabilă.

Capitolul 44

Nu degeaba aprindem două lumânări de Sabat. Unchiul meu mi-a spus așa: „Tora vorbește despre Sabat în mai multe feluri. În Exod, ni se spune să ne amintim de *zachor* și să-l păstrăm sfânt. În Deuteronom, ni se spune să ne amintim de *shamor* și să-l păstrăm sfânt. *Zachor* se referă la lucrurile pozitive: pâine, vin, rugăciune și cântec - tot ce sărbătorim, mâncăm, bem și ce ne încântă. *Shamor* se referă la cele negative - lucruri care sunt interzise: munca și jocul, pe care trebuie să le lăsăm deoparte, plăcerile, de la care trebuie să ne abținem. Asta nu înseamnă că aceste lucruri sunt bune sau rele, Hannah. Că pot fi împărțite în corecte sau greșite. Mai degrabă, e ca atunci când inspiri și expiri. Lucruri pe care alegem să le păstrăm și lucruri la care alegem să renunțăm. Ambele sunt sfinte."

Capitolul 45

După cele nouă ore petrecute la bordul avionului militar C-108 Flying Fortress pe o banchetă de metal care era înghesuită între un scripete și o grămadă de butelii de propan, Jack disprețuia *Faust* cu ura intensă a unui elev de clasa a unsprezecea. A citit din scoarță în scoarță cartea pe care o luase Epstein din locuința lui Hannah. A citit-o de la coadă la cap. A verificat fiecare pagină, ținând-o în lumina becului. A încercat să separe și să suprapună litere și numere legate de pasajele scrise pe cărți poștale, pe care le-a înșirat pe o masă improvizată și le-a luat la rând, plimbându-și mâinile pe deasupra lor de parcă ar fi atins clapele unui pian vechi.

„O să-l găsești în *Faust*", îi spusese ea, dar Jack habar n-avea ce căuta. Cheia de criptare, probabil. Sau vreun indiciu în legătură cu meticuloasele notițe de laborator de la casa de vară. Cu siguranță că există un fel de jurnal, dar el și Aaron au întors pe dos locuința lui Hannah după ce a fost arestată și nu au găsit nimic, lucru ce confirma bănuiala lui Jack, și anume că Stefan Frei a păstrat informațiile relevante și importante pentru el.

– Am primit vreo veste de la sol? întrebă Jack. I-au localizat pe savanți?

– Nici urmă de ei, răspunse Epstein. Pash e pe cale să explodeze de nervi, umblă după tot felul de indicii, de la Basel la

Saarbrücken. Refuză să-l lase pe Uncle Joe[1] să-i adune pe savanți într-o îmbrățișare colegială. Epstein desfăcu pe masă o hartă. Căutarea se concentrează aici, în Munții Pădurea Neagră.

Jack simți vocea instinctului pur ca o briză răcoroasă pe ceafă:

– Știu unde sunt.

Câteva ore mai târziu, Aliații – o coloană neîntreruptă de tancuri, camioane și mașini blindate – au intrat în Haigerloch. În satul pitoresc, ferestrele cu obloane și ușile olandeze erau deschise larg. Prin ele ieșeau bețe de mătură de care fluturau prosoape sau fețe de pernă albe. Aflat în primul tanc, lângă sergentul Rhodes, colonelul Pash se uita, cu o privire sticloasă, la priveliștea dezolantă din jur. În mașina blindată din spatele lor se auzi, prin stație, vocea lui Pash.

– Ești pe muchie de cuțit, domnule maior Delaney. Ăsta-i un nenorocit de sat. Nu ai unde să ascunzi un laborator.

Se auziră bătăile de dimineață ale clopotului bisericii. Jack luă stația și-i spuse lui Pash:

– Luați-o la stânga.

Aproape de centrul satului se afla o biserică foarte veche, la marginea unei stânci înalte de vreo 25 de metri. Tancul lui Pash și mașina blindată a lui Jack ieșiră din coloană și o luară în sus, pe drumul îngust, acoperit cu pietriș. Când tancul se opri în fața ușilor frumos gravate, Jack porni iar stația:

– Înainte de a face ceva...

Tancul porni cu forță înainte și distruse, dintr-o mișcare, partea frontală a clădirii, care explodă într-un iureș de vitralii și pietre.

– Sau se poate și așa, spuse Jack, sec.

Cu armele la îndemână, el și Epstein porniră în urma lui Pash, pășind pe covorul de cioburi cu sfinți pictați și pe bucăți de îngeri sparți. Jack se îndreptă către o ușă îngustă din spatele altarului. Le-o arătă celorlalți și-și duse degetul la buze.

[1] General al Statelor Unite care a deținut comanda forțelor Aliate în China și Burma, în timpul celui de-al Doilea Război Mondial (Joseph Warren Stilwell, 1883–1946).

– Nu uitați, Frei trebuie să rămână în viață.

– Frei trebuie să fie de partea noastră sau mort, bombăni Pash. Deschide-o.

Doi subofițeri traseră în ușă și o făcură țăndări. După ce norul de fum și praf se ridică, ieși la iveală un tunel umed și rece, săpat în stâncă. Cu arma într-o mână și lanterna în cealaltă, Rhodes o luă înainte, urmat de Pash și oamenii lui. Jack și Epstein rămaseră în urmă, oprindu-se să cerceteze paturile de campanie, scaunele și mesele pe care încă se aflau instrumente recent folosite. Tunelul se deschidea, într-un final, într-o zonă de depozitare și apoi într-o cameră de lucru rudimentară, în care fuseseră instalate birouri.

Rhodes se opri brusc, îndreptând lumina lanternei sub masa de laborator, unde se ascundeau câțiva bărbați, care tresăriră la auzul armelor grele ridicate la nivelul umărului.

– Ieșiți de acolo! Acum! lătră Pash la ei.

– *Herauskommen*! spuse Jack. *Jetzt*!

– Spune-le să-și țină mâinile la vedere.

– *Halte deine Hände hoch. Wo ist* Stefan Frei? Când savanții rămaseră tăcuți, privind în gol în fața lor, Jack își puse revolverul sub bărbia celui care era cel mai aproape de el și urlă: *Wo ist* Stefan Frei?

Savantul se aplecă înainte și vomită, lucru care-l făcu pe Pash să râdă în hohote. Un domn dichisit, cărunt, săritor ca un unchi protector, făcu un pas înainte și puse mâna pe umărul colegului împietrit de frică.

– Dumneata ești Diebner, spuse Jack.

Bărbatul aprobă din cap.

– Frei *ist weg*, spuse el. Frei *ist tot. Er wurde vor Wochen getötet.*

– Delaney?

– Zice că Frei e mort. A fost ucis în urmă cu câteva săptămâni.

Pash îl trase pe Diebner de gulerul hainei:

– Care este cuvântul nemțesc pentru rahat?

– *Bullenscheiße.*

– O să ne fie de folos. Pash îi făcu semn subofițerului să-l readucă pe Diebner în simțiri, iar Jack îi însoți până la ieșirea din tunel. Oamenii lui Pash îl împinseră pe Kurt Diebner în mașina blindată. Jack și Epstein urcară pe cealaltă parte.

– Du-ne la gară, spuse Jack. Cred că știu drumul de acolo.

Mașina blindată porni pe drumul șerpuit și se opri în vârf, unde se afla o pășune. Jack coborî din mașină, cercetă scurt casa de vară, apoi îi întinse binoclul lui Epstein.

– O s-o iau pe scurtătură, spuse el. Așteptați câteva minute după ce intru, apoi coborâți pe drum. Dacă e acolo, ori o să fiu mort, ori o să-l înhaț.

O luă la vale printre tufișuri, înțelegând, în sfârșit, povestea pe care i-o spusese Hannah, de ce zăbovise ca să descrie copacul care semăna cu o corabie naufragiată, dumbrava unde se adunau fluturii, zidul antic de piatră, din care lipseau șapte bucăți. De la bun început povestea fusese o hartă detaliată, trasată în memoria lui cu cerneala invizibilă a lui Hannah. Ea știuse tot timpul că el o va vedea doar dacă o iubea îndeajuns încât să o asculte cu atenție.

Jack încercă să treacă neobservat și să se apropie de verandă. Pe lângă susurul unui râu din depărtare și ciripitul păsărelelor, se auzea un pian. Oprindu-se cu spatele lipit de perete, își scoase arma și intră pe ușa deschisă. Se luă după sunetul muzicii și ajunse în camera din față, o cameră spațioasă în care Stefan Frei se afla la pian, cântând cu îndemânare Preludiul în mi bemol al lui Bach.

Interiorul casei era aproape așa cum îl descrisese Hannah, deși trecuseră șapte ani. Jack simțea acel moment din povestea ei. Nu-și putea scoate din minte felul în care ea povestise, cum i se însuflețise chipul cu o energie care-i era atât de caracteristică: senzuală, intelectuală, misterioasă. Nu-și putea scoate din minte trupul ei, când Frei își desfăcu brațele pentru momentul special al preludiului lui Bach, cu umerii lui lați și frumos conturați, mâinile îndemânatice și rafinate. Jack simți că ceva ca acidul părea să i se prelingă pe șira spinării și ridică revolverul, cu mâna stângă sprijinindu-și-o pe cea dreaptă, fără să tremure, în ciuda încordării extreme care-i făceau omoplații și mai pronunțați, cu ochii minții ațintiți chiar asupra capului lui Frei.

Muzica deveni sumbră, iar Jack simți acea parte din povestea lui Hannah care va rămâne pentru totdeauna nerostită, toate lucrurile despre care știa că, din neputință, nu le va putea preveni, toate detaliile asupra cărora nu s-a oprit. Totul îi deveni foarte clar acum, de parcă ea însăși îi șoptea la ureche.

Capitolul 46

E un zgomot infernal sub picioarele mele. Pe drum, duba poliției e ca o încăpere de fier, cu ecou, pe care fiecare groapă și piatră o zdruncină puternic. Vântul suflă prin găurile minuscule, care permit circulația aerului, dar lasă puțină lumină să intre. Din când în când, aud crengile arbuștilor zgâriind mașina. Am lăsat în urmă locul familiar al laboratoarelor, acolo unde mii de oameni dorm sau muncesc până târziu în noapte: colegii mei, familiile lor, localnicii care gătesc și fac curățenie pentru ei. Acolo unde stele vii, sclipitoare, dansează pe cerul nesfârșit, stele mici, argintii, care strălucesc ca niște sori minusculi, de parcă cerul și-a deschis mantia lui de cerneală pentru a oferi, preț de o secundă, priveliștea cufundată parcă în aur.

Mă trezesc brusc, simt în gură un gust amar din cauza fricii. Ușa de metal se deschide, scoțând la iveală câmpiile care, sub lumina lunii, par de culoarea cobaltului. Văd un soldat pe marginea drumului. Colegul lui îmi întinde o găleată.

– Doamnă, mormăie, închizând parțial ușa, pentru a-mi oferi o oarecare intimitate.

Pe timp de război, lucrul acesta poate fi considerat un gest de compasiune, iar eu sunt recunoscătoare. Oare ofițerii nemți i-au arătat unchiului meu compasiune când l-au îmbrâncit în camionul de vite?

După o zi care a părut cât o eternitate din cauza caniculei, urmată de o noapte lungă, rece, ajungem la închisoare. Îmi dezleagă lanțurile, iar eu mă ridic ca o poartă năpădită de rugină. Pășesc mândră, cu spatele drept, sub luminile aspre, nemiloase, ale reflectoarelor care alunecă pe suprafețele cufundate în beznă și apoi se opresc asupra mea. Stâncile reci din orașul Leavenworth se conturează amenințător în zare, deasupra mea. Îi privesc pe gardieni în ochi, în timp ce mă dezbracă. Încerc să nu schițez nici un gest când simt tăișul lamei pe cap și când văd căzând buclele mele brunete și o bucată de piele. De pe frunte, îmi picură sânge în ochi. Un duș rece spală roșul intens, care se scurge într-o țeavă neagră.

Îmbrăcată într-o salopetă aspră, gri, de închisoare, traversez coridorul de ciment până ajung la celula mea. Îndur privirile deţinuţilor care lovesc barele celulelor și strigă batjocoritor: *Trădătoare... Nemțoaică trădătoare... jidancă trădătoare...* Treizeci de celule pe fiecare parte, doi deţinuţi în fiecare celulă, o sută douăzeci de ochi mustind de ură. Ne oprim când gardianul descuie o ușă enormă, de lemn, de la capătul coridorului. „Trădătoare“, se aud vocile în continuare, ca niște tunete, strigătele unor frați care și-au pierdut frații, ale unor tați care și-au pierdut fiii, ale unor soldați care și-au pierdut camarazii. Vor răzbunare pentru pierderile suferite. Aș vrea să le spun că munca mea și a colegilor mei a salvat mii - poate chiar sute de mii - de vieți. Nu m-ar asculta. M-ar judeca așa cum o va face posteritatea: o spioană trădătoare, din Germania.

Simt o lovitură în braț, apoi în moalele capului. Nu e noroi, îmi dau seama, e vorba de niște cocoloașe calde la atingere. Fecale umane.

Număr pașii... șaptezeci și unu... șaptezeci și doi... carcera mea e la zece metri sub pământ, săpată în țărâna rece și umedă. Gardienii îmi aruncă o pătură subțire, apoi trântesc ușa grea cu un zgomot puternic, care parcă marchează un punct final. Nu voi mai vedea niciodată lumina zilei. Voi dispărea de pe fața pământului împreună cu cenușa epocii mele. Dacă povestea mea - toate ecuațiile și calculele și împărțirile care m-au adus unde sunt acum - rămâne nespusă, oare se va întreba cineva vreodată dacă s-ar fi putut încheia altfel?

Legile fizicii sunt finite și inflexibile. Cândva, gândul acesta mă consola. Credeam că înseamnă că pot avea controlul asupra unui rezultat prin calcularea direcției unei reacții în lanț. Încrederea naivă că eram stăpână pe vreo bucată din viața mea a fost o iluzie stupidă și fără sens: după ce începe o reacție în lanț, nu i se pot aduce modificări, nu există cale de scăpare.

Capitolul 47

Lăsând ultimele note ale lui Bach suspendate în aer, Stefan Frei își așeză mâinile pe genunchi. Fără să se întoarcă, spuse:

– Mulțumesc că m-ați lăsat să termin. Mă puteți împușca acum.

De după ușa din spatele lui, Jack auzi vocea calculată, calmă, a lui Epstein.

– Domnule maior Delaney, unde dorești să-l interoghezi pe domnul doctor Frei, aici sau în bucătărie?

– Întoarce-te. Încet, spuse Jack. *Langsam. Umdrehen.*

Frei se întoarse. Avea o atitudine degajată, prietenoasă chiar, dar chipul îi trăda oboseala. Ochii lui nu mai arătau farmecul acela dezinvolt, îndrăzneț, la care se așteptase Jack, ci aceeași suferință, de om hăituit, pe care o observase și la Hannah.

– Ar trebui să vorbim în engleză, spuse el. E mai ușor pentru cel care transcrie. Și-apoi, adevărul e că accentul tău îmi strepezește dinții.

– Pentru că vorbesc germana ca un evreu?

Frei ridică din umeri; se priviră fix în ochi în timp ce Epstein despachetă aparatura de înregistrare, conectă bateria și așeză un microfon voluminos pe o măsuță, lângă o cutie plină cu dovezi.

– O să-ți pun câteva întrebări, începu Jack.

– Și dacă refuz să răspund?

– E dreptul tău. Aliații pregătesc un tribunal pentru crime de război. Orice ajutor pe care mi-l oferi acum te va pune, cu siguranță, într-o lumină favorabilă.

Pe Stefan păru că-l lasă rece această remarcă, dar spuse:

– Nu văd nimic rău în a răspunde.

Se așezară la masă, față în față.

– Domnule doctor Stefan Frei, spuse Jack, dumneata deții funcția de teoretician-șef în cadrul proiectului german de cercetare nucleară?

– Un titlu foarte simandicos pentru puținul pe care l-am făcut.

Jack deschise un dosar din cutia cu dovezi și-i puse în față o foaie acoperită cu multe rânduri mici, înghesuite.

– Acesta este unul dintre experimentele dumitale?

– Probabil.

– Iar acestea? Jack împinse spre el a doua foaie de hârtie, apoi încă una.

– Cum ați obținut acces la experimentele noastre?

– N-am obținut.

– Atunci cum explicați...

– Astea nu sunt, de fapt, experimentele dumitale, nu-i așa? întrebă Jack. Spune-mi despre doamna doctor Hannah Weiss.

– Cred că a fost cercetător la Institutul Kaiser Wilhelm, spuse Stefan.

– Și...

– Și a plecat. N-am văzut-o de o grămadă de ani.

Jack puse *Faust*-ul pe masă, iar Stefan, când văzu cartea, încercă să zâmbească, dar reuși să schițeze doar o grimasă.

– Ah, m-ați prins, domnule maior. Am păstrat acest mic secret față de colegii mei din motive evidente. A fost o indiscreție nesemnificativă, dar unii simpatizanți ai Reichului nu au deloc simțul umorului.

Jack înșiră cărțile poștale pe masă ca pe niște cărți într-un joc de solitaire, urmărind, în tot acest timp, chipul lui Frei, să vadă vreo urmă de emoție sau remușcare, dar observă doar o stăpânire perfectă de sine, ca suprafața iazului negru de dincolo de pajiște.

– Dacă a însemnat atât de puțin pentru tine, spuse Jack, de ce te-ai chinuit atât de mult și ai riscat să păstrezi legătura cu ea?

– Nu ați face la fel, dacă e vorba despre o femeie frumoasă?

– Deci nu are nimic de-a face cu faptul că ea e spioană, iar dumneata ai convins-o, într-o manieră subtilă, să obțină informații confidențiale ale unei operațiuni militare strict secrete? Jack observă la Stefan primul semn de ezitare, când îi tresări ușor colțul ochiului. Să trecem la subiect.

– Hannah nu ar spune niciodată așa ceva.

– A fost dusă la Leavenworth, spuse Jack. Îți poți imagina prin ce trece acum?

– Ah, înțeleg. Ținându-și coatele pe masă, Stefan își uni vârfurile degetelor lungi și continuă: Sunteți aici pentru că aveți sentimente față de ea. Înțeleg perfect, domnule maior, cât de departe ar fi în stare un bărbat să meargă pentru ca s-o aibă, dar ea nu vă poate folosi la nimic.

– E supusă unui interogatoriu.

– Nu știe nimic.

– E torturată.

– Repet, ea nu vă e de nici un folos.

– Va fi spânzurată, spuse Jack. Din cauza ta. Din cauza a ceea ce i-ai cerut să facă.

Stefan se răsuci și se ridică de la masă, apoi făcu câțiva pași și lovi cu pumnul în perete, lăsând o dâră de praf în tencuială. Apoi se întoarse la masă, făcând eforturi vizibile să se controleze.

– Dacă singurul lucru care vă satisface e să omorâți pe cineva, spuse el, luați-mă pe mine. Mă supun de bunăvoie oricărei sentințe hotărâte de tribunalul vostru, dar doamna doctor Weiss – domnule maior, vă implor –, doamna doctor Weiss nu a greșit cu nimic.

– Să auzim varianta dumitale.

– Nu mă credeți, orice aș spune.

– Atunci ai face bine să spui adevărul, îi zise Jack, împingând telefonul înspre el. De ce ai adus-o aici? Să lucrezi cu ea sau să te culci cu ea?

– Ambele.

– Să o manipulezi.

– Pentru a reuși așa ceva, ar trebui să fii la fel de deștept ca ea. Apoi Stefan căzu pe gânduri, uitându-se prin fereastra sufrageriei la câmpia înghețată, unde oamenii lui Pash instalaseră un aragaz de campanie și își făceau cafea. N-o să mă crezi când îți spun, dar eu am iubit-o. Cu mult înainte de a mă primi în laboratorul ei. Ani de zile am încercat s-o ignor, am încercat să păstrez distanța. După cum mergeau treburile în țara asta – ca fructele care se strică pe raft –, am știut că ar fi periculos pentru ea dacă ar fi știut cât de mult am iubit-o.

– Dacă ai iubit-o, întrebă Jack, de ce nu ai lăsat-o în pace?

– Am încercat.

– Dacă într-adevăr ai iubit-o și chiar nu aveai nici cea mai mică intenție de a-i furniza lui Hitler această armă de distrugere în masă, de ce nu i-ai dat lui Hannah jurnalul de laborator, de ce n-ai scos-o din țară?

– Așa am făcut.

– Atunci unde e? Unde e jurnalul de laborator? În Los Alamos sigur nu e.

– Nu. Stefan puse mâna pe exemplarul legat în piele din *Faust*. E aici.

Jack ridică brațele, cuprins de nerăbdare:

– Arată-mi.

Stefan scoase din buzunar un briceag elvețian și alese o lamă subțire. Deschise cartea și, cu precizie de chirurg, tăie hârtia care acoperea prima copertă, separând-o, astfel, de piele, și de acolo scoase la iveală câteva zeci de manuscrise înfășurate foarte strâns, fiecare de lungimea unui caiet standard și cu jumătate din circumferința unui creion. Scoase, unul câte unul, cilindrele delicate din cele două coperte, apoi tăie cotorul cărții și recuperă ultimele bucăți, așezându-le ordonat pe masă. Cu foarte mare grijă, desfăcu prima pagină, o netezi, trasând cu degetul peste scrisul mărunt, perfect al lui Hannah, care se întretăia cu propriile lui mâzgălituri.

– Zicea că astea sunt mezuza noastră, spuse el.

Epstein suspină și își lăsă capul în piept.

– Pentru că unchiul ei zicea mereu că o carte bună...

– Da, da, am înțeles, spuse Aaron.

– Bun. Avea jurnalul, spuse Jack, încercând o abordare dintr-un alt unghi. De aceea nu aveai cum să o lași în pace. De aceea ai căutat-o și ai constrâns-o.

– I-am spus să ia jurnalul și să nu mai privească în urmă.

Jack aruncă o privire tăioasă către reportofon, conștient că, afară, Pash asculta fiecare cuvânt. Puse pe masă pieptenele cu pietre prețioase în formă de fluturi, care sclipeau vag în lumină. Stefan inspiră brusc, adânc.

– Domnule doctor Frei, ea are acum nevoie să renunțați la ea. Are nevoie să spuneți adevărul.

– Dar asta fac, vă spun adevărul.

– Nu. Adevărul este că ați obligat-o, spuse Jack. Ați amăgit-o. Ați făcut-o să creadă că o iubiți și că aveți de gând să sabotați ...

– Am vrut să fug cu ea, să trăim împreună într-un loc liniștit, uitat de lume. Ea n-a fost de acord, zicea că-i e teamă că descoperirile noastre vor ajunge în mâinile cui nu trebuie.

– Și-atunci cum am ajuns aici, domnule doctor Frei?

– Diebner i-a promis lui Speer că vom avea o contribuție majoră în cadrul Wehrmacht-ului, în timpul conferinței de la Harnack Haus din Elveția. Și Gregor Stern era acolo. Mi-a dat o carte poștală. Stefan merse la biroul de lângă fereastră și scoase un mănunchi de cărți poștale similare celor pe care Jack le luase din locuința lui Hannah. Le răsfoi până găsi una anume, pe care o puse pe masă, în fața lui Jack. Prima dintr-o mulțime.

Vielleicht braucht Gott ein bisschen menschliche Hilfe. Ich liebe dich – H.

– Poate că și Dumnezeu are nevoie de puțin ajutor din partea oamenilor, traduse Jack, trecându-și degetele prin păr, încercând să înțeleagă implicațiile. Trimiterea secretelor – vrei să sugerezi că a fost ideea ei?

Stefan încuviință din cap:

– Da.

– Ești un mincinos aproape la fel de bun ca ea.

– E adevărul.

– Ea măcar a mințit pentru a te proteja pe tine, nu pentru a-și salva propria piele. Aplecându-se deasupra lui Stefan, Jack îi spuse cu o voce joasă, blândă, în șoaptă: Ai condamnat-o la moarte. Ai ucis-o!

Stefan încercă să-și recapete respirația.

– Dacă ai asculta...

Jack puse vârful revolverului între ochii lui Stefan și rosti amenințător:

– Dacă mai scoți un cuvânt, te omor. Continuând să apese țeava pe pielea lui Frei, i se adresă lui Epstein, spunând:

– Spune-i lui Rhodes să-l aducă pe Diebner.

Împins de la spate de Rhodes și de un soldat tânăr, Kurt Diebner își făcu apariția, arătând mult mai rău din cauza celor petrecute în vehiculul blindat.

– Stefan, spuse el, crede-mă, te rog. Nu eu le-am spus că ești aici.

– Păstrează-ți calmul, răspunse Stefan. Aproape s-a terminat.

– Domnule doctor Diebner, i se adresă Jack, așezându-l pe scaunul cel mai apropiat de reportofon, ați participat la conferința care a avut loc la Harnack Haus?

– Desigur. Da. De ce?

– Care a fost obiectivul acelei conferințe?

Diebner îi aruncă o privire îngrijorată lui Stefan, care dădu din cap și-i spuse:

– Spune adevărul, Kurt. Salvează-te.

– Albert Speer a vrut ca noi – eu și domnul doctor Frei – să raportăm în legătură cu posibilitatea unor arme noi.

– În special..., îl încurajă Jack să continue.

– Bomba atomică, spuse Diebner. Nu e nici o crimă să-ți aperi țara. Aliații fac același lucru. Avem informații din surse de încredere, așa că nu vă deranjați să vă prefaceți că nu e adevărat.

– S-ar putea spune, întrebă Jack, că domnul doctor Frei punea presiune asupra lui Speer ca să vă finanțeze cercetarea?

– Bineînțeles. Amândoi am făcut asta. Un aparat de așa dimensiuni – sigur că toate costurile de fabricație și de transport depășeau orice altă încercare similară din trecut.

– Așa dimensiuni?

– Volumul imens al dispozitivului a constituit întotdeauna factorul prohibitiv, spuse Diebner. Cu siguranță oamenii lui Oppenheimer au ajuns la aceeași concluzie.

Jack observă că Stefan Frei își recuperase ceva din șarmul lui enigmatic.

Capitolul 48

Coloanele de marmură se înălțau în cerul senin de vară, aruncând reflexe pe întinderea liniștită a lacului din fața clădirii Harnack Haus. Steagurile naziste fluturau în vânt precum pânzele pe un vapor înalt - roșul sângeriu, cu svastica neagră în mijloc. Kurt Diebner se simțea în elementul lui, ardea de nerăbdare să anunțe o descoperire care, era sigur, va schimba cursul istoriei și-i va aduce un al doilea Nobel. Stătea în capul unei mese înțesate de oficiali militari naziști, industriași și de mințile luminate ale națiunii.

– Putem crea o armă, spuse Diebner, care poate transforma Londra în praf și pulbere dintr-o singură lovitură.

Încăperea fu străbătută de un fior de entuziasm. Privind în jurul mesei, Stefan nu reuși să zărească nici măcar o persoană care să-și coboare privirea, stingherită de enormitatea acelor vorbe, nici o persoană care să ridice, chiar și ezitant, mâna. Albert Speer dădu glas întrebării care-i frământa pe toți:

– De ce este nevoie? Cât de repede o putem termina?

– Experimentele noastre arată că e nevoie de cel puțin două tone de uraniu îmbogățit, spuse Stefan.

– Două tone? Speer se întoarse spre Scholl. Putem face rost?

– Cu finanțarea potrivită, spuse comandantul, fabricile noastre se pot dedica exclusiv producției.

– Iar Luftwaffe va trebui să creeze un avion îndeajuns de mare pentru a-l transporta, spuse Stefan. Dispozitivul este prea voluminos să încapă în Heinkel sau în Gotha.

– Cât de mare va fi sfera bombei?

– Aproximativ doisprezece metri în diametru. Stefan își deschise brațele. Imaginați-vă o sferă de diametrul unui stejar uriaș.

Speer pufăi, neîncrezător.

– Deci dumneata vrei să spui, domnule doctor Frei, că, dacă experimentele dumitale vor reuși în cele din urmă, și dacă investim miliarde în producția de uraniu îmbogățit, și dacă, apoi, alocăm resurse suplimentare pentru a crea și fabrica un avion îndeajuns de mare cât să transporte acest dispozitiv masiv... Se opri în mijlocul unor chicoteli care se transformară în scurt timp în hohote de râs batjocoritoare. Atunci o să avem o bombă atomică.

– Exact, spuse Stefan. Evident, e în interesul Reichului să se angajeze să creeze o armă care îi va garanta Führer-ului nostru o victorie fără precedent...

– Nu o să obții ceea ce vrei, domnule doctor Frei, interveni Speer, dacă pui sub semnul întrebării angajamentul și devotamentul Reichului. Resursele noastre sunt în întregime concentrate pe sprijinirea oamenilor noștri de pe front.

Kurt Diebner încercă să redreseze situația.

– Domnule doctor Speer, cel puțin putem cădea toți de acord că merită să luăm în calcul această posibilitate. Și ne putem consola cu gândul că omologii noștri americani se confruntă cu aceleași obstacole – iar devotamentul lor față de acest război nu a fost niciodată atât de mare ca al nostru.

Capitolul 49

– O sferă de diametrul unui stejar uriaş, spuse Jack. Eşti sigur că aşa s-a exprimat?

Diebner aprobă din cap, cu o expresie de nefericire şi oboseală pe chip.

– Un stejar uriaş, repetă Jack. *Eine riesige Eiche.*

Diebner se întoarse către Stefan şi spuse în germană:

– Asta-i cea mai bună ofertă a americanilor? E un miracol că au câştigat războiul.

Sunetul unor cizme păşind pe pridvor anunţă sosirea lui Pash, care nu mai avea răbdare. Epstein îl întâmpină la uşă.

– L-au prins, spuse Pash. De ce naiba ne mai pierdem vremea aici?

Epstein îi dădu lui Pash un bileţel pe care erau mâzgălite câteva cuvinte. „Trebuie să autorizezi o telegramă urgentă către Leavenworth."

– Domnule doctor Diebner, aţi putea să ne explicaţi ce înseamnă asta? Jack desfăcu ultima pagină cu notele de laborator ale lui Hannah şi-i arătă nişte calcule scrise în josul paginii.

– S-ar părea că sunt notiţele despre un experiment efectuat de colegul meu împreună cu... împreună cu doamna doctor Weiss. 10 martie 1938. Se pare că au produs o reacţie în lanţ constantă, folosind o cantitate de uraniu îmbogățit de... aici scrie 80 de micrometri.

– Deci acel stejar impunător, spuse Jack, e mai degrabă o ghindă, bănuiesc.

– Nu. E imposibil. Nedumerit, Kurt își ridică privirea către Stefan, cu pleoapa zbătându-i-se, pentru că nu-i venea să creadă.

– Dacă 80 de micrometri au produs rezultatul acela, continuă Jack, de cât uraniu îmbogățit e, de fapt, nevoie pentru a distruge Londra?

Jack observă prespapierul din metal de pe pian; arăta exact așa cum îl descrisese Hannah – și îl aruncă înspre Stefan.

– Vrei să-i spun eu, sau îi spui tu?

– *Verräter!*[1] strigă Diebner, cu chipul împietrit de suferință și furie, și sări la Stefan.

Jack bănuia că cel mai tare îl durea pe Diebner – care era mai degrabă egoist decât patriot – faptul că acum descoperea că se înșelase în privința științei. Păcălit de o femeie. De o evreică.

---

[1] Trădătorule! (în limba germană în original)

Capitolul 50

NOTĂ DE CONSTATARE
CONFIDENȚIAL

SUBIECT: RAPORT FINAL ASUPRA ANGAJAȚILOR DE LA SEDIUL Y
Către: Donovan
De la: Delaney

REZUMAT: Agenții din acest detașament au încheiat investigațiile privindu-i pe angajații de la Sediul Y. În conformitate cu descoperirile noastre, COL. PASH și GEN. GROVES au ajuns la următoarele concluzii: a) Eforturile nucleare ale Reichului și cele ale rușilor s-au dovedit un eșec, nici măcar nu se apropie de magnitudinea Proiectului Manhattan. b) Dna dr. HANNAH WEISS și dl dr. STEFAN FREI au reușit să saboteze eforturile nucleare ale Reichului, astfel că au făcut posibil ca Statele Unite să fie singura posesoare a unei arme capabile de o distrugere de asemenea proporții inimaginabile. PASH îi are în custodie pe FREI, DIEBNER și pe asociații lor la ferma Hall din Anglia, până la aflarea deciziei tribunalului. OPPENHEIMER cere întoarcerea imediată a dnei dr. WEISS la Sediul Y, unde prezența dânsei e necesară pentru pregătirile finale pentru TESTUL TRINITY care este programat pentru mijlocul lui iulie.

RECOMANDĂRI: Dă-i lui Oppie ce vrea, până nu îi explodează vreun vas de sânge din mărul lui Adam.

Capitolul 51

Așezat la volanul Buickului său, Jack privea cerul brăzdat de fulgere care trimiteau firicele de lumină ce loveau pământul din Jornada del Muerto până la doar câțiva centimetri de dispozitiv. Macaraua ridică puțin carcasa de metal, fixată cu benzi care o mascau, în timp ce o echipă de bărbați în uniforme o manevrau cu ajutorul unor cabluri. Sub turn, exact unde trebuia să cadă dispozitivul, Jack observă o mulțime de saltele, așezate una peste alta, lucru ce i se păru de o utilitate îndoielnică. Spre deosebire de ultima sa vizită, acum erau sute de angajați care umblau, surescitați, de colo colo, instalând spectrografe și verificând vizibilitatea platformelor.

– Care e situația? strigă Groves.

– S-ar putea să fim nevoiți să amânăm, îi răspunse Oppenheimer. Fulgerul ar putea să declanșeze o detonare prematură. Iar ploaia ar crește pericolul de radiații.

Un grup de savanți emoționați stăteau și priveau cum doi soldați americani sprijineau sfera care se mișca în bătaia vântului, legănându-se în lanțurile lungi. Era un obiect impresionant, deși nu semăna deloc, ca mărime, cu sfera pe care Diebner și-o închipuise în prezentarea pe care i-o făcuse lui Speer. Trecuseră șase săptămâni de când Jack îl predase pe Diebner lui Pash, dar încă zâmbea când își amintea cum i-a căzut fața lui Diebner când a văzut calculele făcute de Stefan și Hannah.

- Of, Doamne, iar tu, zise Groves, punându-și mâna la ochi pentru a se apăra de razele soarelui de amiază, în timp ce se uita la un cort alb care se înălța pentru a acoperi dispozitivul și savanții care lucrau la el.

- Și eu mă bucur să vă văd din nou, domnule general.

- Cum a fost în Dușland?

- Cu de toate.

Groves scoase un sunet ciudat, care-i trăda, oarecum, amuzamentul.

- O să-mi povestești mai târziu, la un pahar de șampanie.

- Nu prea îmi vine să sărbătoresc, răspunse Jack.

- Atunci nu-mi mai sta în cale.

Groves se urcă pe platformă, lăsându-l pe Jack să se hotărască dacă vrea să-l urmeze și să se uite mai îndeaproape sau să se retragă în buncărul aflat la vreo opt kilometri depărtare, unde Oppenheimer și echipa lui pregăteau marele experiment și camerele de ultimă generație, care să înregistreze măreţul eveniment pentru posteritate. Compromis, decise el, și zări un loc pe care se putea așeza să fumeze în timp ce aștepta apusul soarelui. Hannah ar trebui să fie în buncăr, iar Jack nu știa dacă era în stare să dea ochii cu ea. De când fusese eliberată din închisoarea din Leavenworth, o urmărise, discret, încercând să vadă cât mai clar în nebuloasa de informații și telegrame de tot felul, hotărât să păstreze distanța. Existau tot mai multe zvonuri legate de un program care viza o rachetă, posibilitatea de a călători în spațiu la un moment dat în viitorul îndepărtat, iar Jack văzuse numele lui Hannah pe lista de savanți care fuseseră propuși pentru angajare.

Se lăsă noaptea, iar Jack traversă deșertul cu mașina până la unul dintre cele patru buncăre plasate în cele patru puncte cardinale, fiecare dintre ele la o distanță egală, de trei kilometri, de Punctul Zero. Apropiindu-se de cel pe care-l numeau 10K

Vest, trecu pe lângă sute de militari care se ascundeau în spatele unor baraje din saci cu nisip. Fețele lor, acoperite pentru protecție cu oxid de zinc, luceau; totul i se părea atât de absurd lui Jack - o senzație din ce în ce mai intensă de zădărnicie, combinată cu prea multă nicotină, foame și cele câteva guri zdravene de whisky din sticla de la brâu - încât simți cum îl cuprinde o grea amărăciune.

În buncăr, pregătirile continuară toată noaptea. Puțin după ora trei dimineața, Jack își stinse ultima țigară și păși înăuntru. Cufundată într-o conversație cu Oppie și Reichl, Hannah nu-l văzu intrând. Jack găsi un colț ferit de ochii celorlalți, din care o putea urmări cum verifică, de mai multe ori, instrumentele, făcând tot felul de observații mărunte celor câțiva martori, aleși pe sprânceană. Era îmbrăcată cu o pereche de pantaloni kaki și o bluză albă, cu mânecile scurte suflecate până la umeri. Părul îi crescuse, avea câteva bucle castanii, culoarea îi mai revenise în obraji, dar arăta obosită ca un câine, la fel ca și ceilalți din jurul ei. Cineva îi oferi o ceașcă de cafea și, când se întoarse s-o ia, îl zări pe Jack. Chipul îi trădă emoții amestecate: duioșie, recunoștință și poate încă ceva. Jack ar fi vrut să știe ce anume. Se îndreptă spre el.

- Doamnă doctor Weiss.

- Domnule locotenent-colonel Delaney.

- Acum folosesc numele de Abramson, de fapt.

Hannah îl îmbrățișă și-l sărută pe obraz.

- Oppie mi-a spus că ai reușit să-i înfurii pe generalul Groves, pe Wild Bill Donovan și pe J. Edgar Hoover. Pe toți deodată. O adevărată performanță.

- Meh... Jack ridică în glumă din umeri, cu falsă modestie. Adevărul e că toți m-au invitat să mă alătur lor. E mult de lucru în guvern pentru cineva care stăpânește atât de bine arta șantajului și a subterfugiului.

- Ai reușit, în cele din urmă, să ajungi în cercul select.

- Probabil. Deși aș putea să găsesc o cale să-mi folosesc talentele în scopuri mai nobile.

– Nu mă îndoiesc. Hannah îi puse mâna ei rece pe obraz. Ai găsit o cale să mă protejezi. Mulțumesc, Jakob.

Jack îi acoperi mâna cu a lui și-și întoarse buzele spre palma ei preț de o secundă.

– O ultimă întrebare?

– Îl iubesc. Îl voi iubi mereu, spuse Hannah. Dar într-un alt timp, într-un alt loc, dacă Hannah l-ar fi întâlnit pe Jakob...

– Aș fi... Zâmbetul dulce-amar de pe chipul lui Jack spuse restul.

– Iar eu te-aș fi lăsat.

În mijlocul acelei agitații din buncăr, Hannah îi strânse mâna, iar Jack se bucură și o acceptă așa cum era – modul lor tăcut de a-și lua rămas-bun –, apoi întoarse spatele către tot ce ar fi putut trăi cu ea. Spre propria-i surprindere, nu exista nici o urmă de amărăciune în atitudinea lui, pentru că își dădu seama că încă e în stare să simtă ceva în ce nu mai crezuse de mult timp.

Hannah se întoarse din nou lângă Oppenheimer și se cufundă complet în munca ei. Cu puțin timp înainte de ora cinci dimineața, Oppenheimer, Reichl și restul echipei se unseră cu cremă de protecție. Jack făcu la fel și apoi găsi un loc ferit, să nu le stea în cale.

Otto Frisch deschise o cutie de metal care se afla pe o masă de inox din mijlocul buncărului și scoase din ea mai multe comutatoare. Închise ochii și, după ce inspiră adânc și expiră încet, apăsă pe primul comutator, armând, astfel, dispozitivul. Deasupra lui se aprinse o lumină roșie și, în același timp, în perimetrul turnului din depărtare se aprinse o lumină roșie, identică. Din spatele sacilor cu nisip, bărbații își fixară măștile de gaz pe față și se întinseră la pământ, unul lângă altul, formând un șir lung de trupuri. Savanții purtau ochelari de protecție speciali. Cameramanii își ridicară vizierele de protecție. Oppenheimer își aranjă ochelarii de protecție și, tăcut, se duse la fereastra din mijloc.

Nu era nimic de văzut; totul era cufundat în beznă, de nu vedeai la doi pași, chiar dacă norii de ploaie din seara dinainte fuseseră împrăștiați de vânt. Jack închise ochii, amintindu-și greutatea prespapierului metalic.

Interiorul buncărului fu inundat de o explozie de culori. Întâi o lumină albă, strălucitoare, care apoi se transformă într-un portocaliu roșietic, apoi violet și, în cele din urmă, auriu. Se auzi un țiuit lung, ca un cor asurzitor prevestind cele ce vor urma, apoi o rafală puternică zgudui buncărul. Clătinându-se pe picioare, Oppenheimer se trase înapoi, chipul îi era distorsionat din cauza exploziei, de parcă în interiorul lui se dădea o luptă acerbă între demoni și îngeri. Părea imposibil că va rămâne ceva neatins de forța distrugătoare a exploziei, dar fiecare clipă care trecea aducea cu sine o revenire; câțiva ani mai târziu, Jack îl auzi pe Oppenheimer descriind senzația evenimentului la televizor.

– Știam că nimic nu va mai fi la fel în lume. Câțiva au râs. Câțiva au plâns. Cei mai mulți au rămas tăcuți. Îmi amintesc un episod din *Bhagavad Gita*. Vișnu încearcă să-l convingă pe prinț că trebuie să-și facă datoria și, pentru a-l impresiona, ia o înfățișare cu mai multe brațe și spune: „Acum am devenit moartea, distrugătorul lumilor". Cred că, într-un fel sau altul, toți am simțit asta.

Capitolul 52

Cerul de deasupra Berlinului, așa cum ar fi putut fi: un oraș cu idealuri mărețe, cristal. Sub turnurile din cupru de la Kaiser Wilhelm, cuplurile se învârt în pași de dans în jurul sălii de bal: Gregor și Annalise, Ulrike și Lotte, Stefan și cu mine. Sub picioarele noastre se află laboratorul lui Einstein, în așteptare – un cocon cufundat în liniște, din care sunt sortite să iasă aripi albastre, mărețe. În parc, Joshua joacă șah cu un vecin care n-a fost niciodată silit să-l urască. Pe stradă, Sabine și tânărul ei iubit împart broșuri pentru un vernisaj.

Apoi mă trezesc în lumea pe care noi am creat-o.

Acum orașul e divizat. „Construiți un zid", spun cei agresivi, puțini la număr, către marea masă de obedienți. Așa că au ridicat un zid și și-au osândit copiii să-și trăiască viețile în funcție de el, să-și păzească țara fracturată. Noi, cei din Occident, auzim tot felul de povești despre felul în care STASI[1] controlează fiecare aspect al vieții în partea de est a Republicii Democrate Germane, dominată de sovietici, dar seara, la o oră stabilită în secret, gospodinele de pe o parte a Zidului și gospodinele de pe cealaltă parte își spală ferestrele în același timp, fluturând

[1] Prescurtare în limba germană, desemnând Ministerul pentru Securitatea Statului *(Das Ministerium für Staatssicherheit)*

steaguri albe care pot fi văzute de pe turnurile de pază. Acest gest mărunt, dar plin de semnificații, îmi dă speranța că, într-o bună zi, Germania va fi liberă și unită din nou. Bănuiesc că va mai trece încă mult timp până atunci.

Eu și Stefan ne-am întors în Haigerloch la 122 de zile după Hiroshima – știu asta pentru că Hiroshima este punctul de la care eu și Stefan pornim când marcăm toate evenimentele, oricât de importante sau insignifiante ar fi ele. Am găsit casa răvășită și jefuită, în rest, intactă. Printr-un fronton din dormitorul de la etaj, făcut țăndări, au intrat ploaia, zăpada și nenumărate crengi de pin, laolaltă cu vietățile care trăiau în el. Am cărat salteaua acoperită de mușchi și am dormit prima noapte pe un pat de frunze uscate. Era, oarecum, o formă potrivită a lui Shiva: o recunoaștere a felului în care pierderile ne-au făcut mai umili, ne-au silit să ne plecăm suveranității Morții. Ne-am ținut în brațe, plângând din cauza acestei lumi pârjolite și a rolului pe care l-am jucat noi înșine.

Dimineața, am curățat ferestrele laboratorului de iedera care crescuse în voie. Acum lumina poate să pătrundă în încăpere. M-am așezat în mijlocul podelei recent măturate și l-am întrebat:

– La ce o să lucrăm mai întâi?

– La o fetiță, a răspuns Stefan. Sau un băiat.

Am zâmbit, mișcată de optimismul lui.

– Nu știu ce să zic, nu știu dacă am destulă încredere în lume.

În anii care au urmat, nici unul dintre noi nu a mai vorbit despre această posibilitate, iar eu, în taină, mă simțeam ușurată. Viața noastră împreună e concentrată pe munca pe care o avem în comun și pe o tandrețe reciprocă, plină de respect. Neavând copii, nu avem roluri clare, nu avem religie, iar acest lucru se potrivește cu personalitățile și experiențele noastre. Ne iertăm unul pe celălalt și avem grijă unul de celălalt așa cum nu o putem face singuri. Suntem mistuiți de munca la care ne-am angajat, de a reconstrui lumea, lucru care – așa cum s-a întâmplat și cu reconstruirea casei din Haigerloch – ne face să ne simțim de multe ori descurajați. E nevoie de o tărie extraordinară să facem față trăirilor și introspecției.

Germania de Vest, Republica Federală Germană, este o democrație capitalistă. Germania de Est, Republica Democrată Germană, este o republică socialistă construită, teoretic, pe acele principii nobile pentru care Sabine și-a riscat viața. Îmi amintesc cum cita din Karl Marx: „Filosofii nu au făcut altceva decât să interpreteze lumea în diverse feluri. Ideea e să o schimbăm." Stefan e mai pragmatic; el citează din Sir Isaac Newton: „Pot calcula mișcarea corpurilor grele, dar nu și nebunia oamenilor". Eu am impresia că aceste două afirmații însumează întreaga politică și mă consolez cu gândul că aceste *Weltanschauung* opuse – două perspective eterogene asupra lumii – sunt îmbrățișate de două persoane pe care le iubesc.

Am iubit. Iubesc. Voi iubi întotdeauna. Puține alte lucruri din viața mea au mai supraviețuit după Leavenworth. Majoritatea bunurilor mele au fost aruncate, sau cel puțin așa mi s-a spus, dar, într-o dimineață de vară, la 654 de zile după Hiroshima, am primit prin curier o cutiuță de argint. Când am deschis-o, am descoperit înăuntru fluturii de noapte, împodobiți cu pietre prețioase – m-am simțit de parcă am revăzut un vechi prieten la poarta grădinii. Stefan mi-a adunat părul, mi-a făcut un coc înalt și mi l-a fixat cu pieptenele.

– S-a întors acasă, spuse el. Dar acolo ce-i?

Pe catifeaua cu care era căptușită cutia am zărit un obiect mic, de culoarea cuprului, care semăna cu o amuletă de brățară, acoperit cu petale delicate, răsucite.

– Cred că vrea să fie o ciupercă, am spus, ținând ciudatul obiect în palmă. Sau poate un crin.

Stefan s-a dus la fereastră, la lumină, și l-a analizat cu acea curiozitate înnăscută a unui copil inteligent.

– E un glonț, spuse el. Unul care, se pare, și-a făcut treaba.

Capitolul 53

NOTĂ DE CONSTATARE
CONFIDENȚIAL

26 septembrie 1951
SUBIECT: OPERAȚIUNEA FLOARE DE COLȚ ÎNCHEIATĂ
Către: Abramson
De la: Epstein

Rezumat: 1) Pe data de 25 septembrie 1951, agenta Mossad GISELLA PROUST a raportat printr-un mesaj codificat către contactul CIA din Tucumán, Argentina, că obiectivul nazist, comandantul GERHARD SCHOLL, a fost eliminat cu succes. SCHOLL a jucat un rol esențial în cadrul Consiliului de Cercetare al Reichului și a gestionat lagărele de concentrare din Polonia. 2) OPERAȚIUNEA FLOARE DE COLȚ s-a încheiat, după ce și-a atins obiectivele stabilite inițial. 3) Lui PROUST, care a avut o contribuție exemplară la eforturile de cooperare dintre Mossad și CIA, i s-au garantat, după îndeplinirea misiunii, următoarele: a) suport financiar și logistic pentru transferul rămășițelor tatălui ei, JOSHUA WEISS, în Israel; b) acces permanent la apartamentul din Paris, nr 29, Rue des Rosiers; c) continuarea activității prin acoperire.

RECOMANDARE: Jack, m-am gândit că poate vrei să te ocupi personal de asta.